dtv
premium

W0053893

Henrik Tandefelt

Ultramarin

Kriminalroman

Aus dem Schwedischen
von Knut Krüger

Deutscher Taschenbuch Verlag

Von Henrik Tandefelt
ist im Deutschen Taschenbuch Verlag erschienen:
Lauf, Helin, lauf! (24404)

FSC
Mix
Produktgruppe aus vorbildlich
bewirtschafteten Wäldern und
anderen kontrollierten Herkünften

Zert.-Nr. GFA-COC-1298
www.fsc.org
© 1996 Forest Stewardship Council

Der Inhalt dieses Buches wurde auf einem nach den
Richtlinien des Forest Stewardship Council zertifizierten
Papier der Papierfabrik Munkedal gedruckt.

Deutsche Erstausgabe
Januar 2006
Deutscher Taschenbuch Verlag GmbH & Co. KG,
München
www.dtv.de
© 2004 Henrik Tandefelt
Titel der schwedischen Originalausgabe:
›Ultramarin‹ (Tre Böcker Förlag AB, Göteborg 2004)
© 2006 der deutschsprachigen Ausgabe:
Deutscher Taschenbuch Verlag GmbH & Co. KG,
München
Umschlagkonzept: Balk & Brumshagen
Umschlaggestaltung: Stephanie Weischer unter
Verwendung einer Fotografie von
© Visum/buchcover.com/Feldhoff & Martin
Satz: Fotosatz Reinhard Amann, Aichstetten
Gesetzt aus der Garamond 10,75/12,75˙
Druck und Bindung: Kösel, Krugzell
Gedruckt auf säurefreiem, chlorfrei gebleichtem Papier
Printed in Germany · ISBN 3-423-24510-7

Dank

Mein Dank gilt allen, die mir so freundlich und geduldig geholfen und meine Fragen beantwortet haben. Allen voran Kaj Kytöpuro, mit dem ich gut vierzig Jahre lang befreundet war. Er sollte im Buch eigentlich vorkommen, starb jedoch während dessen Entstehung. Des Weiteren will ich danken: Lisbeth Morin, Lennart Eckerberg, Peter Floman, Anette Wennerlöv, Per-Håkan Laurin, Heikki Riikkonen, Outi und Ari Tolvanen, mehreren freundlichen Polizisten in St. Mickel, Stockholm und Jönköping, meinen Freunden Hans und Christina Samuelsson sowie verschiedenen Experten, unter anderem vom Nordischen Museum und vom Staatlichen Kunstmuseum in Helsinki.

VORWORT

Warnung! Ein Krimi enthält vor allem Sex und Gewalt. Die Sprache ist niveaulos, die Charaktere sind billig. Deshalb ist es nicht gesund, Krimis zu lesen!

Das lernte ich in der Schule.

Aber was tut man mit einem Krimi, in dem diese moralisch verworfenen, brutalen Ingredienzien nicht vorkommen?

PROLOG

Natürlich habe ich richtig gehört, denkt er. Die Treppe zum Obergeschoss hat geknarrt. Ist da jemand? Wer soll das sein um diese Zeit? Dimitri? Ein Patient? Wohl kaum. Nicht so spät am Abend. Sicher nur die Katze. »Miez, miez … komm, Mikko, na komm, mein Alter, bekommst noch ein bisschen Milch.« Er tastet im Dunkeln nach dem Lichtschalter. Der Regenschirm fällt von der Hutablage. Wo ist nur der Korb mit den Eiern geblieben, die er aus dem Hühnerstall geholt hat? Er ärgert sich, dass er in seinem Spareifer das Licht nicht angelassen hat, doch Geldverschwendung geht ihm prinzipiell gegen den Strich. Alles kommt einem irgendwann zugute. Früher oder später. Vor allem später, denkt er, aber das macht ihm nichts aus.

Da! Er spürt den Lichtschalter unter seinen Fingern, knipst die trübe 25-Watt-Birne im Flur an und dreht sich um.

Ein Schlag. Ein weiterer Schlag, ohne ein Wort. Jens Bäck, 85, fällt schwer zu Boden.

Ich sehe dich!, will er rufen, doch seine Stimme versagt ihm den Dienst. Ich sehe dich genau. Er kommt auf die Knie, sucht im Dunkeln nach einem Halt, streckt seine Hand nach dem Regenschirm aus, der auf dem Boden liegt, will sich verteidigen. Weitere Schläge treffen seinen Körper und seinen Kopf. Er fällt aufs Gesicht und bleibt liegen.

Wer nur? Verwirrende Gedanken. Ein Dieb? Ein gewöhnlicher Dieb, natürlich. Der glaubt wohl, dass ich immer noch Medikamente in meinem Haus aufbewahre. Verdammter Idiot! Ich bin zwar Arzt, aber mit Drogen kann ich nicht dienen. Ich bin längst im Ruhestand. Er versucht es auszusprechen, die Worte zu formulieren, bringt aber keinen Ton heraus. Fremde

Schritte in seinem Haus. Jemand sucht etwas. Stößt gegen Einrichtungsgegenstände. Er selbst kann sich kaum bewegen. Langsam, unter Schmerzen, versucht er sich umzudrehen. Er will sehen, wer da ist. Bäcks Körper fühlt sich dumpf und schwerfällig an, doch er ist zäh. Dreh dich um, du Schwein!, knurrt er lautlos. Versucht alles. Kämpft. Schließlich gelingt es ihm, sich auf die Seite zu rollen.

Die Schritte nähern sich. Er bekommt einen Tritt. Bleibt wehrlos auf dem Rücken liegen. Die kleine Deckenlampe verlischt langsam, bis alles dunkel ist und seine Mutter ruft: »Komm, Jens, es gibt Frühstück!« Sie ruft aus der Küche. Draußen ist es Winter. Nein, Sommer. Der Lehrer hinter dem Katheder blickt ihn auffordernd an. »Was sagt dir die Reformation, Jens?« Oh, nein, nicht schon wieder. Gun ist so sanft. Sie riecht gut, aber... Staffan riecht auch gut, sogar noch besser... sein großes Geheimnis. Er denkt viel darüber nach. Kann man? Was? Wo ist Dimitri? Komm und hilf mir! Warum hilft Dimitri nicht? Ist er nicht zu Hause? Wer hat mich niedergeschlagen? Ist er immer noch da?

Langsam kehrt das Licht an der Decke zurück. Seltsam. Er dreht sich mühsam auf die Seite, winkelt die Beine an. Embryonalhaltung.

Wer? Warum? Er will nachsehen, ob etwas gestohlen wurde, doch er kann weder den Nacken bewegen noch den Kopf heben. Alles fällt so schwer. Nichts funktioniert. Hilflos liegt er auf dem Teppich im Flur. Verdammter alter Körper. Ich bin müde. Sehr müde. Hab keine Kraft mehr. Der Welpe, den er am Wochenende in Pension genommen hat, schleckt ihm das Ohr ab.

Verflixte Zeitungsstapel, verfluchte Dunkelheit. Er kann nichts erkennen. Ist der Dieb weg? Er horcht mit geschlossenen Augen und spürt die Kälte über den Boden kriechen. Das weiche Moos des Waldes. Eichhörnchen, Ameisen. Den Korb voller Beeren. Zum Dessert gibt es Heidelbeerkuchen, tröstet er sich, während sein Körper in der Zugluft von der Haustür taub wird.

Als sie ihn fanden, war er immer noch bewusstlos. Mit dem Taxi brachten sie ihn ins Krankenhaus. Das ging am schnellsten. Die Köchin der Schule begleitete ihn. Früher einmal hatte sie als Krankenschwester gearbeitet. Was sie in der Theorie nicht konnte, beherrschte sie in der Praxis. Im Krankenhaus kümmerten sie sich sofort um ihn. Sein Zustand sei gar nicht so schlimm. Sagten sie.

Ein paar Wochen später, kurz nach Weihnachten, war er plötzlich und unerwartet gestorben. Der pensionierte Arzt Jens Bäck war tot. Wenige Tage vor seinem sechsundachtzigsten Geburtstag erlag er seinen Verletzungen. Niemand folgte seinem Sarg.

I

Die Töölöbucht in der Morgensonne. Helsinki. Spaziergänger, Fahrradfahrer und Inlinescater. Manche tragen Aktentaschen, andere Rucksäcke. Autos, Busse, Straßenbahnen. Menschen auf dem Weg zur Arbeit. Vereinzelt werden Außenbordmotoren angeworfen und legen von Broholmen ab. Während die Fähre aus Sveaborg in den Hafen einläuft, brausen immer neue Vorortzüge in die Bahnhofshalle. Auf dem Hägnastorg und dem Salutorg drängen sich die Marktverkäufer, während in den Saluhallen das Gewimmel der Kundschaft zunimmt.

In Erwartung eines schönes Tages strecke ich meine hundertneunzig Zentimeter und werfe einen Blick auf das Thermometer am Küchenfenster. Schon über zwanzig Grad.

Bella liest am Frühstückstisch Partitur und hört kaum, was ich sage. Sie summt, brummt und nickt, während sie sich Tee nachschenkt. Ich schnappe mir die Zeitung von der Fußmatte. Bella schminkt sich die Lippen vor dem Badezimmerspiegel. Ich küsse sie flüchtig auf die Wange. Sie lächelt und sieht mich im Spiegel an.

»Rot und schwarz, Herzdame und Pikkönig, wie im Kartenspiel«, sagt sie und fährt mir zärtlich durch das Haar. Da ihre eigenen Haare sorgfältig gekämmt sind, nehme ich davon Abstand, meine Finger durch ihre rote Mähne gleiten zu lassen. Sie würde sich nur verspäten. Und Bella hat es eilig, zur Arbeit zu kommen.

Sobald ihr süßer Hintern in der Jeans verschwunden ist, macht sie sich auf den Weg. Noch ein Kuss, dann schließen sich rasselnd die Gittertüren des Aufzugs. Zip, höre ich, als sie einen

Reißverschluss hochzieht, während sich der Lift in Bewegung setzt. Schnell, schnell! Ihre leuchtend gelbe Bluse mit dem Silbermedaillon verschwindet vor meinen Augen.

Wir wohnen zurzeit in einer der kleinen Gastwohnungen der Finnischen Nationaloper in Töölö, nur einen Steinwurf vom Opernhaus entfernt. Sehr praktisch und quasi mitten in der Stadt. Nachdem ich monatelang fast rund um die Uhr an Modefotos gearbeitet habe, bin ich endlich hier. Jetzt nehme ich mir eine Weile frei. Ich habe meine Herzallerliebste viel zu lange entbehren müssen.

Als ich mich gerade mit unserem Hund Muffins aufs Bett gelegt habe, um zu lesen, klingelt das Telefon. Unnachgiebig, ein ums andere Mal, bis ich mich endlich aufraffe und abhebe. Lindström ist dran. Knut Sigurd Lindström, seines Zeichens Kriminalkommissar und ein alter Kumpel von mir.

»Wie ist die Lage, so fern der Heimat?«, will er wissen, und ich höre, dass er sich auf dem Revier in Västerås befindet. Nur öde, winzige Büromodule haben diese einzigartige Akustik.

»Tja, äh, danke ... und dir?«, entgegne ich abwartend.

»Immer derselbe Trott, aber ich will nicht klagen ...«

Ich ahne schon, dass er etwas auf dem Herzen hat. Wir haben gemeinsam so allerhand durchgemacht und kennen uns ziemlich gut. Vor gar nicht allzu langer Zeit ging es um Mordermittlungen, und so früh am Morgen bin ich nicht gerade scharf darauf, in einen neuen Fall hineingezogen zu werden. Schließlich bin ich Fotograf und kein Ermittler.

»Wie geht's denn Ingbritt?«, frage ich, während ich ein Auge auf das ›Hufvudstadsbladet‹ werfe, das aufgeschlagen auf dem Frühstückstisch liegt. Ein Journalist namens Sandbacka hat einen politischen Kommentar geschrieben.

»Die überlegt gerade, sich selbstständig zu machen.«

»Also hat sie noch keine Stelle gefunden? Keine neue Schule in Sicht?«

»Nein, sieht nicht so aus. Es sei denn, sie will jeden Tag zwischen Boköping und Stockholm hin- und herpendeln. Bei uns in der Gegend tut sich gar nichts. All die vollmundigen Wahlversprechen, das Schulangebot zu erweitern, sind doch längst wieder vergessen. Was machen Bella und Muffins?«

»Denen geht's ausgezeichnet.«

»Habe ich dir eigentlich schon erzählt, dass ich einen alten Freund und Kollegen in Helsinki habe?«

»Kann mich nicht erinnern«, antworte ich und befürchte, dass Lindström nun auf sein eigentliches Anliegen zu sprechen kommt.

»Olli Mustonen. Ich habe ihn mal auf einer Konferenz der Nordischen Länder kennen gelernt. Er spricht fließend Schwedisch, und du kannst doch auch ein bisschen Finnisch, wenn ich mich recht erinnere.«

»Ich kann mich einigermaßen verständlich machen. Sag mal, willst du mich etwa wieder in irgendwelche Ermittlungen reinziehen?«

»Wie kommst du denn darauf?« Lindström klingt beinahe entrüstet. »Es geht nur um einen Hund. So einer wie dein Muffins. Olli hat mich gestern von seinem Sommerhaus aus angerufen. Er hat vor kurzem einen Hund in Obhut genommen, und jetzt hat sich herausgestellt, dass eines seiner Enkelkinder allergisch gegen Tierhaare ist – typisch. Jedenfalls kann er den Hund nicht behalten, sagte er mir. Und da habe ich an dich gedacht, rein zufällig gewissermaßen.«

»Ach, rein zufällig…«

»Ja, ich dachte, du würdest vielleicht jemanden kennen, der… du hast doch so viele Hundebekanntschaften. Vielleicht willst du Olli ja mal anrufen. Ist wirklich ein netter Kerl, hat ein Sommerhaus in der Gegend von Sysmä.«

»Warum hat Olli den Hund denn in Obhut genommen?«

»Ach, irgendwelche schwedischen Touristen, die ein Sommerhaus gemietet hatten. Die sind am Ende der Ferien einfach abgehauen und haben den Hund zurückgelassen wie einen Müllsack. Das ist genauso einer wie Muffins. Grüß ihn von mir, wenn du nach Sysmä fährst. Ist bestimmt eine schöne Gegend. Er sagt, man kann da auch angeln.«

»Hm.«

»Na, komm schon, ein kleiner Ausflug kann doch nicht schaden. Olli ist wirklich nett, und von Helsinki nach Sysmä ist es gar nicht weit, glaub ich. Bella ist doch so eingespannt, und du hast jede Menge Zeit. Außerdem hat Olli bestimmt eine Sauna, haben das nicht alle Finnen?«

Lindströms Argumente sind nicht von der Hand zu weisen, und meine Sehnsucht nach einer Sauna ist groß. Am besten eine mit Holzfeuerung. Vielleicht könnte Bella ja mitkommen. Keine so üble Idee. Ich sehe uns schon an einem einsamen See sitzen. Die Hummeln brummen, ich halte Bella im Arm ...

»Ich denk drüber nach. Könnte ja auch sein, dass ich zufällig mal dort vorbeikomme.«

Zwei kleine Zimmer und eine Miniküche, größer ist die Wohnung nicht, aber wir sind schließlich nicht als Touristen nach Helsinki gekommen. Bella hat ihre Arbeit, ihre Proben. Im Herbst soll Premiere sein. Dann folgen die Vorstellungen. Ich bereite zurzeit eine Fotoausstellung vor.

Bella hat eine Partie in ›Figaros Hochzeit‹ übernommen. Sie ist Mezzosopran und singt die Rolle des Cherubino, eines hoffnungslos verliebten Pagen. Es ist eine so genannte Hosenrolle, also eine Männerrolle, die traditionell mit einer Frau besetzt wird. Sie umfasst zwei bekannte Arien, die sie schon früher mit Bravour gesungen hat. Außerdem hat sie bereits zugesagt, in Stockholm mit Les Goûts-Réunis zu konzertieren, einem finnischen Ensemble, das sich auf Couperin, Monteclair und Rameau spezialisiert hat. Wann genau, steht noch nicht fest.

Falls ihr Gastspiel in Helsinki ein Erfolg wird, könnte sie Chancen auf ein längerfristiges Engagement an der finnischen Nationaloper haben. Wir werden sehen. Es hat natürlich auch seinen Reiz, in Europa umherzureisen und an den verschiedenen Opernhäusern zu gastieren, doch sehnen wir uns beide nach einem Ruhepol in unserem unsteten Dasein. Zwar haben wir uns auch im Obergeschoss von Signor Rossis Lebensmittelladen im kleinen Ort Palestrina südöstlich von Rom[1] wohl gefühlt, aber inzwischen möchten wir ein richtiges Zuhause. Gerne im Norden. Wenn's nach mir ginge, am liebsten in Schweden.

Gegen Helsinki ist wirklich nichts einzuwenden, dennoch fühle ich mich ein wenig einsam. Ich treffe hin und wieder meine Cousins und bereite meine Fotoausstellung vor; das ist alles, was ich tue. Die Ausstellung trägt den Titel ›Festung Europa‹ und findet im Laterna Magica statt, einer Mischung aus Antiquariat und Galerie. Während der beiden Jahre, die Bella und ich in Italien verbrachten, habe ich den Menschenhandel dokumentiert, der vor allem von Albanien und Gibraltar aus organisiert wird. Ein abenteuerliches und gefährliches Unterfangen, das mich meine liebste Leica kostete, eine abgenutzte schwarze M-6. Nach dem resoluten Eingreifen der italienischen Küstenwache liegt sie nun auf dem Grund der Adria. Den letzten Film hatte ich vorher rausgenommen. Aber die Fotos sind gut geworden.

Ich habe nicht gewagt, Bella alle Details zu erzählen...

Eine steife Brise kommt vom Finnischen Meerbusen herein, weht über die Festung Sveaborg hinweg, erfasst den Marktplatz und bahnt sich ihren Weg durch den Esplanade genannten kleinen Stadtpark. Am Schwedischen Theater hat sie drei Richtungen zur Auswahl. Für gewöhnlich bevorzugt sie den Mannerheimvägen.

---

[1] Nachzulesen in ›Lauf, Helin, lauf!‹, <u>dtv</u> 2004

Von unserer Wohnung aus spaziere ich durch das Zentrum. Die Straßencafés zeigen das junge, elegante Helsinki. Ich passiere die Storkyrkan in Richtung Fredsgata, in der sich das Laterna Magica befindet. Überprüfe ein letztes Mal die Hängung meiner Fotos. Das urige, verwinkelte Kellerlokal erschwert zwar manchmal die freie Sicht auf die Bilder, bietet aber andererseits einen reizvollen Kontrast. Ich kann es natürlich nicht bleiben lassen, in alten Zeitschriften zu blättern: ›Kotiliesi‹, ›Anna‹ und ›Uusi Nainen‹, vermutlich die einzigen linksorientierten Frauenzeitschriften des Nordens.

In einer Wochenzeitung aus der ersten Hälfte der vierziger Jahre finde ich eine Frontreportage aus dem so genannten Fortsetzungskrieg, die die Kampfmoral der finnischen Truppen stärken sollte. Sehe Bilder enthusiastischer Soldaten, die sich um einen Topf mit Ersatzkaffee scharen oder mit dem Schlachtruf »Uraliin!« (Zum Ural!) gegen die Rote Armee vorrücken.

Das Ergebnis ist bekannt.

Nachdem ich mich mit der Hängung einverstanden erklärt und weitere Zeitschriften durchgeblättert habe, schlendere ich gemächlich nach Hause. Betrachte die Schaufenster und lausche einer Gruppe russischer Straßenmusiker, die auf vier Xylofonen und im rasenden Tempo den Toreromarsch aus ›Carmen‹ hinfetzen. Ich lasse mich treiben und nehme einen kleinen Umweg durch die Mercators Passage in Kauf, um auf einen Sprung in Aamos Anderssons Kunstmuseum vorbeizuschauen. Plötzlich werden die Erinnerungen an Ritva wieder lebendig. Wie lange ist das her? Ob sie immer noch als Geheimagentin arbeitet? Sie könnte auch verheiratet sein, im Ausland wohnen – falls sie überhaupt noch am Leben ist. Ich ziehe es vor, diesen Gedanken zu verdrängen. Anziehend war sie… und geheimnisvoll.

Schließlich gehe ich nach Hause und rufe Lindströms Kollegen an. Kriminalkommissar Olli Mustonen lädt mich spontan in sein Sommerhaus ein. Lindströms Freunde sind meine Freunde, sagt er. Ich frage ihn, wo Sysmä liegt. Ungefähr drei Stunden nordöstlich von Helsinki. Mindestens sechs Stunden hin und zurück. Das wird definitiv einen ganzen Tag in Anspruch nehmen. Auf der Straßenkarte sehe ich, dass Sysmä am Päjänne-See liegt, der sich von Lahti bis hinauf nach Jyväskylä erstreckt. Dort ist meine Karte zu Ende. Als Bella nach Hause kommt, schlage ich ihr für das nächste Wochenende einen kleinen Ausflug vor. Irgendwann müsse es sich doch mal auszahlen, dass wir unser Auto hierher mitgenommen haben, argumentiere ich. Sie protestiert zaghaft. Eigentlich hatte sie mit Les Goûts-Réunis proben wollen, doch schließlich ruft sie den Ensembleleiter Miikka Helasvuo an. Der ist total erkältet und erklärt krächzend und schniefend, dass er gegen eine Pause nichts einzuwenden habe. Zu husten und gleichzeitig Querflöte zu spielen sei ein Ding der Unmöglichkeit. Damit ist unser Ausflug beschlossene Sache.

Als wir am frühen Morgen in Richtung Lahti aufbrechen, ist weit und breit noch keine Straßenbahn zu sehen. Die Möwen am Marktplatz machen uns nur widerwillig Platz. Eine langweilige und hässliche Autobahn erwartet uns. Bella schläft, Muffins ebenfalls. Erst hinter Vääksy wird die Landschaft etwas abwechslungsreicher. Wir biegen auf eine schmale Landzunge ab, machen eine Pause und strecken im Grünen die Beine. Tauchen die Zehen ins Wasser, während Muffins ein Bad nimmt. Als wir in Sysmä ankommen, riecht das ganze Auto nach nassem Hund. Der Ort selbst ist zwar keine Schönheit, doch an der Landschaft gibt es nichts auszusetzen.

Mustonens Sommerhaus liegt ein paar Kilometer weiter östlich an einem See. Ein blauer Volvo mit mattem Lack aus den neunziger Jahren steht vor einer grauen Scheune. Durch die Ritzen kann man einen matten russischen Popeda erahnen – eine Automarke, die noch in den fünfziger Jahren in Finnland oft als Taxi benutzt wurde. Wir lassen den Wagen stehen und spazieren über eine Wiese auf ein kleines Haus zu. Im Hintergrund glitzert der See. Auf der Treppe wartet ein großer rostbrauner Hund. Ein Kollege von Muffins. Etwas unbedacht lasse ich Muffins von der Leine, und der schießt knurrend los.

Ein muskulöser, nur mit einer Badehose bekleideter Mann kommt uns über die Wiese entgegen. Eine Sense über der Schulter, abgeschnittene Stiefel an den Füßen. Offenbar unser Gastgeber. Blondes, zurückgekämmtes Haar und blaue Augen. Ziemlich hoch aufgeschossen und mit einem Lächeln, das man nur als strahlend bezeichnen kann.

»Hallo! Du musst Josef sein«, sagt er mit festem Handschlag.

»Richtig geraten, und das hier ist Bella. Muffins hast du ja schon gesehen.«

»Ja, der tollt mit Tipsa auf der Wiese herum. Sieht so aus, als hätten sie richtig Spaß«, entgegnet er und gibt Bella die Hand.

»Tipsa?«

»Ja. Der Name stand auf dem Halsband. Aber kommt nur herein … ach nein, setzen wir uns lieber ans Wasser. Ihr könnt schon vorgehen, über die Wiese bis zur Sauna, ich hole den Kaffee«, sagt Olli. Wir schlendern auf dem leicht abschüssigen Pfad bis zum See. Wenige Meter vom Ufer entfernt befindet sich die kleine Sauna. Ein zwanzig Meter langer Steg führt mitten ins Blaue. An einem frei stehenden Pfahl liegt ein langes, schmales, sich an beiden Enden verjüngendes Ruderboot vertäut. Ein typisch schwedisches Binnenseemodell, das aussieht wie die Miniaturausgabe eines Wikingerschiffs. Es gluckert träge im Wasser, wie nur Holzboote das tun.

»Hab auch ein paar Teebeutel mitgenommen!«, ruft Olli, als

er uns mit einem Tablett entgegenkommt. Er hat einen verwaschenen blauen Trainingsanzug angezogen.

»Da scheint Lindström ja was verraten zu haben«, entgegne ich, und Olli nickt lächelnd.

Bella lacht, die Sonne scheint, und wir setzen uns auf ein paar bequeme Gartenstühle vor die Sauna.

»War das eigentlich deine Idee oder die von Lindström?«, frage ich.

»Welche Idee?«, fragt Olli unschuldig, füllt die Becher und bietet uns Marmorkuchen an.

»Die mit dem Hund.«

»Ach, die … auf die sind wir zusammen gekommen.«

»Wie das?«

»Angefangen hat alles damit, dass eine schwedische Familie hier in der Gegend ein Ferienhaus mietete. Sie hatten einen jungen Hund dabei, den sie bei ihrer Abreise einfach seinem Schicksal überließen. Zunächst haben sich dann die Nachbarn um ihn gekümmert. Vielleicht glaubten sie, er würde doch noch irgendwann abgeholt werden. Sie schrieben mehrere Briefe, bekamen aber nie eine Antwort. Schließlich wurde ihnen klar, dass der Hund absichtlich zurückgelassen worden war. Die hatten offenbar das Interesse an dem Tier verloren.«

»Pfui Teufel, was sind das nur für Leute!« Bella streichelt Tipsa, die versucht, ihr einen Hundekuss zu geben, ehe sie auf die Wiese prescht, um wieder mit Muffins zu spielen. Olli fährt fort:

»Die Nachbarn tauften sie auf den Namen Tipsa, konnten sich aber nicht ewig um sie kümmern, also wurde der Hund ein Fall für die Polizei. Irgendein Bürokrat verfügte schließlich, der Hund solle eingeschläfert werden. Ein Polizist wurde beauftragt, ihn zum Tierarzt zu bringen, doch sah er sich außerstande, den Auftrag auszuführen. Er brachte es einfach nicht übers Herz, einen gesunden, jungen Hund töten zu lassen. Da kam er auf die Idee, ihn mir zu überlassen, und dazu konnte ich einfach nicht Nein sagen. Schaut nur, wie sie spielen! Wie kommt man nur darauf, einen solchen Hund einzuschläfern?«

»Und jetzt kannst du ihn nicht länger behalten?«

»Mein Enkelkind ist allergisch gegen Tierhaare. Am Anfang haben wir nichts bemerkt, aber irgendwann begannen die Schwierigkeiten. Tipsa kann jedenfalls nicht hier bleiben, und in die Stadt mitnehmen kann ich sie auch nicht. Ich habe doch nur eine kleine Wohnung in der Runebergsgata, mitten in Helsinki. Dort ist einfach nicht genug Platz für einen so temperamentvollen Hund.«

»Wohnst du allein?«, fragt Bella.

»Ja, meine Frau Jaana ist vor ein paar Jahren gestorben. Sie hatte ... Krebs.«

Tipsa kommt angetrabt, als wolle sie ihr Herrchen trösten. Schmiegt sich an ihn und schleckt Ollis Ohr ab. Danach schnüffelt sie an mir herum, bevor sie ihren Kopf auf Bellas Knie legt. Muffins setzt sich hechelnd an ihre Seite.

»Tipsa hat mir ... bedeutet mir viel. Ich will, dass sie es gut hat. Sie ist daran gewöhnt, viel Platz zu haben und sich frei bewegen zu können.«

»Vielleicht findet sich ja eine nette Familie, die sie aufnimmt. Ich werde mich mal umhören«, verspreche ich.

»Wie wär's mit meinen Eltern?«, schlägt Bella vor. »Meine Mutter hat oft davon gesprochen, wie schön es wäre, einen Hund zu haben. Sie hat sowieso das Gefühl, dass sie zu wenig draußen in der Natur ist. Ich frag sie mal«, sagt Bella, während sie ihren Bikini aus der Tasche zieht. »Kann man vom Steg aus ins Wasser springen?«

»Ja, da vorn ist das Wasser gut drei Meter tief«, antwortet Olli und zeigt ihr einen kleinen Raum neben der Sauna, in dem sie sich umziehen kann.

Ein paar Minuten später springt Bella ins Wasser, gefolgt von Tipsa und Muffins. Olli und ich beobachten schweigend, wie die Hunde an Land schwimmen, kurz über den Rasen toben und sich erneut ins Wasser stürzen, während Bella weit hinausschwimmt. Viel zu weit. Ich spüre eine gewisse Unruhe, bis sie kehrtmacht und uns wieder entgegenkommt. Ich wende meinen Blick von ihr ab und nehme unhöflich das letzte Stück Kuchen.

»Was für ein himmlischer Frieden«, seufze ich. »Der blaue See, die raschelnden Birken, eine eigene Sauna…«

»Ja, das denkt man. Aber was meinst du, was hier los ist: Alkoholmissbrauch, Diebstahl, Körperverletzung – obwohl mich das eigentlich nichts angeht. Ich arbeite ja nicht hier.«

»Lindström hat mich doch wohl nicht nur wegen Tipsa hierher geschickt«, sage ich, während Bella mit den Hunden im Wasser spielt.

»Tja … es gibt da noch dieses unaufgeklärte Verbrechen, das sich hier im Polizeidistrikt von St. Mickels ereignet hat. Natürlich ist das nichts Ungewöhnliches, aber dieser Fall interessiert mich, weil er diese Gegend betrifft…« Dann erzählt Olli mir von dem Raubmord auf Hiitelä.

Ein pensionierter Arzt und Junggeselle namens Jens Bäck wohnte seit vielen Jahren auf einem kleinen Hof namens Hiitelä, unweit von Sysmä. Er war der langjährige Hausarzt vieler Leute aus der Umgebung, inzwischen schon über achtzig und seit Jahren im Ruhestand. Er züchtete Orchideen und kümmerte sich um seine Haustiere. Mit der Zeit wurde er ein bisschen sonderlich. Das Haus war irgendwann bevölkert von Enten, Katzen und Kaninchen, die überall frei herumliefen. Sauber machte er so gut wie nie. Im Stall stand ein Pferd, das sich die Koppel mit ein paar Kühen, einigen Ziegen und einem Esel teilte, auf dem die Kinder der Gegend reiten durften. Auf seine alten Tage wurde er immer mürrischer und unnahbarer. Ein paar alte Patienten hielten ihm noch die Treue, doch ansonsten wurde er immer mehr zum Eigenbrötler.

Sein Hof stammte aus dem späten 18. Jahrhundert. Neben dem Wohnhaus gab es ein Gebäude, in dem sein Gehilfe Dimitri wohnte, sowie ein weiteres, in dem sich die Praxis befand. Außerdem einen Stall und eine Scheune. Die Leute hielten ihn für vermögend, außerdem machte das Gerücht die Runde, er habe begonnen Kunst zu sammeln.

Im Dezember 1992 klopfte Bäcks Nachbar, der Autohändler Antero Myllylä, beim Arzt an die Tür, weil er von einer schweren Erkältung geplagt wurde. Ihm fiel auf, dass nicht abgeschlossen war. Da jedoch niemand auf sein Klopfen reagierte, beschloss er später wiederzukommen und dachte nicht weiter über die Sache nach. Ebenso wenig wie der Schornsteinfeger, der im Holzschuppen, wo sich der Heizkessel befand, seiner Arbeit nachging. Auch er nahm von Bäcks Abwesenheit keine Notiz. Satu Virtanen, der Enteneier kaufen wollte, holte die Eier wie üblich selbst aus dem Stall und steckte etwas Geld in die Sparbüchse.

Der Briefträger hingegen wunderte sich. Bäck hatte ein Päckchen mit Orchideen-Schösslingen nicht abgeholt. Damit nahm Bäck es normalerweise sehr genau. Also brachte der Briefträger es nach der Arbeit persönlich bei ihm vorbei, weil Bäcks Hof ohnehin auf seinem Weg lag. Er bemerkte, dass die Tür nicht abgeschlossen war, und trat ein, um das Päckchen in den Flur zu stellen. Dort fand er Bäck, verwirrt, aber immer noch am Leben. Er lag blutend im Flur auf dem Teppich.

Eine Weile suchte der Postbeamte vergeblich nach einem Telefon, dann lief er zum Auto und benutzte sein Handy. Er alarmierte die Polizei und einen Krankenwagen, der Bäck ins Kreiskrankenhaus nach St. Mickel brachte. Während des Transports erzählte Bäck, er sei erst mit einem massiven Gegenstand niedergeschlagen worden, dann hätte ihn jemand mit Tritten und Schlägen bearbeitet.

Dem kurzen Verhör zufolge, das die zuständigen Beamten am nächsten Tag führten, war Bäck gegen acht Uhr abends mit seiner Taschenlampe zum Stall gegangen, um nach seinen Tieren zu sehen. Als er zurückkam, habe ihn jemand von der Treppe zum Obergeschoss aus angegriffen. Bäck habe den Eindringling nicht sehen können. Es sei ein dunkler Dezemberabend gewesen, und Bäck habe nichts weiter erkennen können, als dass es sich um einen Mann handelte.

Wenige Wochen später starb Bäck plötzlich und unerwartet, den Ärzten zufolge an einem »subduralen Hämatom«. Vom Täter keine Spur, ebenso wenig von der Tatwaffe – vermutlich ein schwerer Gegenstand, eine Art Schlagholz. An dieser Stelle macht Olli eine kurze Pause, ehe er hinzufügt:

»Der einzige Hinweis auf den Täter ist ein dreißig Zentimeter langer Fußabdruck eines groben Schuhs oder Stiefels, dessen Sohle ein wenig aussagekräftiges Muster hinterließ. Er fand sich in einem Schneefleck auf dem Hof; an einer Stelle, wo eigentlich niemand hinkommt, es sei denn, man will durchs Fenster schauen. Zirka Größe vierundvierzig. Aber der Abdruck könnte von jeder x-beliebigen Person stammen, vom Schornsteinfeger, vom Autohändler – oder vom Mörder. Der Schornsteinfeger hat Größe dreiundvierzig. Der Autohändler trägt Größe fünfundvierzig. Viel klüger ist man also dadurch auch nicht«, sagt Olli und schaut mich an.

»Wovon geht die Polizei aus?«, frage ich.

»Die hat ihre übliche Theorie: dass Bäck einen Einbrecher überrascht hat, der ihn niederschlug und danach die Flucht ergriff. Keine unwahrscheinliche Annahme«, seufzt Olli.

»Und die Ermittlungen haben keine weiteren Erkenntnisse gebracht?«, frage ich.

»Eine heiße Spur gibt es nicht, aber es besteht ein vager Verdacht, der Dieb könnte mit Bäcks russischem Gehilfen Dimitri bekannt sein. Dimitri versorgte die Tiere auf dem Hof und ist seit der Tat spurlos verschwunden. Von ihm weiß man nur, dass er bei Bäck wohnte und arbeitete. Illegal. Er besaß kein Visum für Finnland. Ein paar Stiefel, die er zurückließ, belegen, dass er Schuhgröße vierundvierzig trägt. Das Muster der Sohle stimmt mit dem Fußabdruck überein. Die lokale Polizei hat nach ihm gefahndet, doch ohne Erfolg«, seufzt Olli.

»Auch nicht in Russland?«

»Nein, keine Spur, was an sich nicht verwunderlich ist. All seine Sachen, auch seine Kleider, hat er hier gelassen – und das mitten im Winter. Vielleicht ist er überstürzt mit dem Auto aufgebrochen. Man hat Reifenspuren entdeckt, die vermutlich von einem Lieferwagen stammen. Fragt sich nur, wem der Wagen gehört. Er könnte natürlich auch den Bus genommen haben ... wer weiß. Seltsame Geschichte.«

»Ein Russe, sagst du? Gibt es hier viele russische Touristen?«

»Ja, eine ganze Menge. Da Russland im Gegensatz zu Finnland nicht am Schengen-Abkommen beteiligt ist, benötigen russische Staatsbürger zur Einreise ein Visum. Offiziell werden jedes Jahr vierhunderttausend Visa ausgestellt, und es scheinen ständig mehr zu werden.«

»Ihr seid über eure russischen Besucher also gut informiert?«

»Ja, wir wissen, wer ins Land kommt oder sich auf der Durchreise befindet. Schwieriger ist es herauszufinden, wo sich jemand aufhält. Wer ein bisschen Geld hat, fährt in der Regel nach Helsinki zum Einkaufen. Die Gegend hier ist nicht gerade ein Touristenmagnet«, sagt Olli.

»Liegt gegen Dimitri ein konkreter Verdacht vor?«

»Nein. Aber er ist vermutlich am selben Tag verschwunden, an dem Bäck überfallen wurde. Er wohnte seit längerem auf dem Hof, und niemand kann sagen, wie er dorthin gekommen ist. Er scheint keine sozialen Kontakte gehabt zu haben.«

Der Wind ist abgeflaut, der See liegt unbeweglich da. Zwei Prachttaucher gleiten majestätisch in den Schatten einer mit Fichten bewachsenen Insel. Es ist später Nachmittag. Wir sollten langsam an die Heimfahrt denken.

»Bleibt doch noch zum Abendessen. Nachher könnt ihr die Sauna benutzen, und wenn euch danach ist, übernachtet ihr einfach hier und fahrt erst morgen früh«, schlägt Olli vor.

»Vielen Dank für das Angebot, aber ich glaube, wir machen uns lieber gleich auf den Weg. – Sag mal, weiß man eigentlich, worauf es der Dieb abgesehen hatte? Was ist denn gestohlen worden?«

»Verschiedene kleine Gegenstände, silberne Kerzenleuchter und so was. Wir haben keinen genauen Überblick, du hättest das Chaos sehen sollen … aber ein paar Gemälde fehlen. Leider gibt es kein Inventar und keine Fotos, weder Verwandte noch ein schriftliches Testament. Drei Gemälde gelten in jedem Fall als vermisst. Sie stammen vermutlich von einem gewissen Ajvazovskij oder so ähnlich. Eine frühere Patientin, die inzwischen verstorben ist, konnte sich an Segelschiffe auf dem Meer erinnern. Das gesamte Inventar ist später versteigert worden.«

»Und es gibt keine Erben?«, frage ich.

»Nein.«

»Habt ihr noch mehr über die Gemälde herausfinden können?«

»Nein, eigentlich nicht. Dass sie tatsächlich gestohlen wurden, sah man an der Tapete: Drei 40 x 50 cm große Rechtecke hatten sie da hinterlassen. Ein Elektriker und der Briefträger haben bestätigt, dass es sich um Ölgemälde aus dem 19. Jahrhundert handelt, alles Seestücke. Verstehst du was von Kunst?«, fragt Olli.

»Nun, ein klein wenig …«

Plötzlich steht Bella, gehüllt in einen viel zu großen Bademantel, hinter uns. Wir hatten sie gar nicht kommen gehört.

»Gibt es denn niemand, der sich genauer an die Bilder erinnert? Er könnte sie doch mal einem Patienten oder einem Freund gezeigt haben«, sagt Bella, während sie ihre kupferfarbene Mähne mit einem großen Frotteehandtuch abrubbelt.

»Sehr unwahrscheinlich. Bäck machte wenig Aufhebens um sich. Er war wohl eher ein stiller Sammler, der sich ein Bild kaufte, wenn er gerade mal etwas Geld übrig hatte. Ich kann mir nicht vorstellen, dass die Gemälde besonders teuer oder ausgefallen waren. Vielleicht mit Ausnahme der verschwundenen Bilder. Warum wären sie sonst gestohlen worden? Eine der befragten Personen meinte, sich erinnern zu können, dass Bäck einmal von diesen drei Bildern gesprochen hat. Er hat sie wohl geschenkt bekommen. Irgendwie gehörten die Bilder zusammen, jedenfalls waren auf allen Segelschiffe«, sagt Olli.

»Aber die Ermittlungen hast du nicht geleitet, oder? Du arbeitest doch in Helsinki?«

»Stimmt, mit den Ermittlungen hatte ich nichts zu tun, jedenfalls nicht offiziell. Mit denen war ein Kollege von mir betraut, mit dem ich manchmal angeln war. Veli Tuominen. Leider kam er vor einem guten Jahr bei einem Autounfall ums Leben. Er wohnte hier in der Gegend. Ich glaube, ich werde Lindström mal eine Kopie der Unterlagen schicken. Vielleicht hat er ja noch eine Idee. Der Fall interessiert mich, und wir beide pflegen seit Jahren einen informellen Austausch«, sagt Olli, indem er sich Bella zuwendet.

»Hast du zufällig gesehen, ob ein paar Hechte in der Reuse sind?«

»Hechte in der Reuse? Ich hab gar keine Reuse gesehen.«

»Ihr seid direkt daran vorbeigeschwommen. Eigentlich wollte ich Hecht zum Abendessen machen. Mit jungen Kartoffeln und Salat. Dann könnten wir nachher noch in die Sauna und den Mond anschauen, ein paar Biere trinken … wie man das eben so macht in Finnland.«

»Hört sich sehr verlockend an, aber wir sollten jetzt wirklich bald aufbrechen. Bella muss morgen zur Probe und …«

Weiter komme ich nicht, weil Bella mich unterbricht: »Ich hab doch morgen keine Probe! Außerdem liebe ich Hecht.«

»Na also. Dann ist die Sache klar. Ihr bleibt. Wie wär's, wenn ihr noch einen Ausflug nach Hiitelä zum Hof von Jens Bäck macht? Währenddessen hole ich den Hecht und kümmere mich ums Essen. Der Hof steht übrigens leer«, klärt Olli uns auf.

Ich schaue Bella an, sie zwinkert mir zu.

Der Weg ist voller Schlaglöcher und auch sonst in erbärmlichem Zustand. Auf den letzten dreihundert Metern wird er von mächtigen Ulmen gesäumt, was der Zufahrt dann doch einen herrschaftlichen Charakter verleiht. Die Hunde freuen sich über den Ausflug. Die niedrig stehende Sonne lässt das Laub glitzern und die Schatten über das Pflaster tanzen. Das Wohnhaus ist in kühlem Hellblau gestrichen, mit weißen Eckbalken und Fenstern, ein anderthalbgeschossiges Haus im Empirestil. Zu beiden Seiten befinden sich zwei asymmetrisch angeordnete Gebäude. In dem einen hatte sich Bäcks Praxis befunden, das andere war von seinem russischen Gehilfen Dimitri bewohnt gewesen.

Im Rondell vor dem Hauptgebäude wuchern Blumen und Büsche. Auch der angrenzende Rasen ist verwildert. Hinter dem linken Nebengebäude sieht man eine Scheune, in der möglicherweise das Vieh untergebracht wurde. Der auf einer Anhöhe gelegene Hof wird von fruchtbaren Wiesen umgeben, auf denen hoher Wiesenkerbel blüht. Zur Rechten schlängelt sich ein Bach zum See hinunter, der in der Ferne zu erahnen ist.

Als wir das Wohnhaus erreichen, werfe ich zunächst einen Blick durch die Fenster. Die Räume sind in gutem Zustand. Jemand muss hier renoviert haben. Danach schauen wir durch die Fenster der Nebengebäude. Eines ist ebenfalls von sämtlichen Möbeln befreit und gründlich gereinigt worden. Wir machen schweigend kehrt. Verlassene schöne Häuser machen mich immer traurig. Bella wechselt das Thema.

Tipsa schläft bei uns im Gästehaus. Mitten in der Nacht kommt sie angeschlichen, kratzt an der Tür und drängt sich, sobald ich sie hereingelassen habe, neben Muffins, der zwischen Bella und mir liegt. Ich streichele sie und versichere ihr, dass sie bei uns bleiben darf. Tipsa schnauft zufrieden.

»Wir kümmern uns schon um dich, Tipsa, schlaf gut …«

Sie scheint so wohlig zu schlummern, dass sie gar nicht merkt, wie Bella und ich uns wenig später davonschleichen, um ein nächtliches Bad zu nehmen. Wir lassen uns nackt ins Wasser gleiten, während die Mücken im Mondlicht tanzen.

2

Der robuste Olli Mustonen hat Tränen in den Augen, als wir uns verabschieden. Er umarmt und tätschelt Tipsa, ehe sie willig in den Wagen springt und sich neben Muffins legt, um uns nach Helsinki zu begleiten.

»Lass uns in Kontakt bleiben«, sagt er mit belegter Stimme.

»Aber klar«, entgegne ich, »und denk an die Unterlagen. Ich werde dafür sorgen, dass Lindström sie sich gleich ansieht.«

Olli verspricht, alles zu schicken, was er über den Fall auftreiben kann. »Und sag ihm, dass er sich ruhig mal wieder hier blicken lassen kann«, fügt er hinzu.

Er winkt uns hinterher, während er im Rückspiegel immer kleiner wird. Es ist sicher nicht einfach, sich von seinem Hund zu trennen. Er muss sich einsam vorkommen.

In unserer engen Wohnung in der Töölögata findet sich Tipsa rasch zurecht. Liegt die meiste Zeit auf Bett oder Sofa, wo sie kaum mehr Platz beansprucht als Muffins. Bella widmet sich ihrer Arbeit, und ich habe jetzt zwei Hunde, mit denen ich spazieren gehen kann. Unsere Ausflüge werden immer länger und immer grüner. Der ›Helsingin Sanomat‹ bringt eine positive Ankündigung meiner Ausstellung. Das ›Hufvudstadsbladet‹ hat noch keine Zeile geschrieben. Noch nicht. Wenn die Ausstellung vorbei ist, sollen die Fotos abgehängt und nach Hause transportiert werden. Das organisiert die Galerie, doch wenn ich noch ein bisschen warte, kann ich sie genauso gut in meinem eigenen Auto mitnehmen.

Die Vernissage verläuft zur allgemeinen Zufriedenheit. Leena Saraste, Niina Tuittu, Matti Kaleva, Ben Kaila, Stefan Bremer und ein paar andere finnische Fotografen sind anwesend, und es dauert nicht lange, da verschwinden wir alle ins Restaurant Kolme Kruunua. Es wird ein feuchter Abend, doch nach dem einstündigen Spaziergang nach Hause bin ich einigermaßen wiederhergestellt. Zumindest so weit, um zu begreifen, dass ich in Helsinki eigentlich nichts mehr zu tun habe. Ich kann mich schließlich nicht ewig nur um die Hunde kümmern; außerdem möchte ich gern wissen, wie es in der Firma läuft.

Noch am selben Tag küsse ich Bella zum Abschied, nehme Muffins mit, dessen Impfausweis ohne Fehl und Tadel ist, und schlage Kurs Richtung Åbo ein. In Salo machen wir eine kleine Pause, ehe wir an Bord der gemütlichen »Seawind« gehen – mein Lieblingsboot, vor allem, wenn ich einen Hund dabeihabe. Die arme Tipsa muss in Helsinki bleiben, bis die Grundimmunisierung gegen Tollwut, Leptospirose und andere Krankheiten gewährleistet ist und die Wiederholungsimpfungen durchgeführt sind. Das dauert mindestens fünf bis sechs Monate. Bella wird also sämtliche Verpflichtungen einer Hundebesitzerin kennen lernen, aber so schlimm ist das auch wieder nicht. Ihre Arbeit mit dem Korrepetitor findet für gewöhnlich zwischen elf und fünfzehn und zwischen neunzehn und zweiundzwanzig Uhr statt. Dazwischen bleibt ihr genug Zeit zum Spazierengehen. Leider haben Hunde an der Oper keinen Zutritt. Später, wenn Bella einmal eine berühmte Operndiva sein wird, wird das natürlich alles anders. Doch Gott sei Dank hat sie in dieser Hinsicht keine Ambitionen.

Am frühen Morgen legt das Boot in Stockholm an. Wir steigen ins Auto und fahren in Richtung Boköping. Ich werde die Gelegenheit nutzen, um Jurek aufzusuchen, meinen Freund und Mitarbeiter, der mit seiner Freundin Louise in meinem Haus wohnt. Eigentlich wohnen sie im Obergeschoss, doch wenn ich nicht da bin, benutzen sie selbstverständlich auch das Untergeschoss. Normalerweise kündige ich mich telefonisch an, aber jetzt bin ich eh schon fast da. Er ist völlig überrascht, als ich plötzlich im Flur stehe und Muffins sich auffordernd in die Küche setzt.

»Hallo, ist da jemand? Ach, Josef … ich hatte dich glatt für einen Einbrecher gehalten. Obwohl es ja nicht viele gibt, die so groß sind wie du.« Jurek steigt die dunkle Treppe aus dem Obergeschoss hinab.

»Ich bin zufällig hier vorbeigekommen und hatte die Schlüssel in der Tasche. Eigentlich war ich auf dem Weg zu Lindström. Wollte nur mal kurz Hallo sagen und eine Runde mit dem Hund drehen, bevor ich wieder verschwinde.«

»Ist ja schon eine ganze Weile her«, bemerkt Jurek ein wenig spitz.

»Ich war die ganze Zeit in Helsinki. Bei Bella. Sie arbeitet dort.«

»Bella, ach ja, den Namen hast du schon mal erwähnt …«

Jurek und Louise habe ich also die Hälfte meines Hauses vermietet, weil ich nicht wusste, was ich sonst damit tun sollte. Es ist mit unangenehmen Erinnerungen verbunden und von Nachbarn umgeben, die ich nicht einzuschätzen vermag. So, wie die Dinge liegen, könnten sie gut und gerne auch das ganze Haus mieten. Aber irgendwo muss mein alter Plunder ja schließlich bleiben, der sich im Laufe der Jahre angesammelt hat. Wie lange das noch so gehen soll? Ich weiß es nicht. Vielleicht wollen ja Bella und ich eines Tages … oder werden wir im Ausland leben?

Viele offene Fragen.

»Komm, lass uns mit dem Hund spazieren gehen. Was machst du eigentlich zu Hause um diese Uhrzeit? Solltest du nicht auf dem Weg zur Arbeit sein? Du bist doch nicht etwa krank?«, frage ich.

»Nein, aber wir haben gestern Überstunden gemacht. Lass uns erst mal eine Tasse Tee trinken und ein paar Brote essen«, entgegnet Jurek, ehe er in die Küche verschwindet.

Eine halbe Stunde später, nachdem wir das Frühstück beendet haben, machen wir einen kleinen Waldspaziergang. Ich erzähle von meinem Leben in Helsinki und frage Jurek, ob ihm ein Maler namens Ajvazovskij bekannt sei, aber er verneint. Kurz darauf verabschiede ich mich von ihm, um mich endgültig auf den Weg zu meinem Freund Lindström zu machen.

In Boköping bekomme ich eine weitere Tasse Tee und noch mehr belegte Brote serviert. Ich spüre, dass ich gezwungen bin, das Mittagessen sausen zu lassen. Wieder erzähle ich vom Einbruch auf Hiitelä, vom Eigentümer des Hofes und von den gestohlenen Bildern.

»Noch was?«, fragt Lindström.

»Nicht dass ich wüsste, aber Olli hat versprochen, alle verfügbaren Unterlagen zu schicken. Er hat sicher gute Kontakte. Soweit ich ihn verstanden habe, herrschte am Tatort ein schier unglaubliches Chaos, was die wenigen Leute bestätigen, die Bäcks Haus einmal von innen gesehen haben. Niemand kann mit Sicherheit sagen, was früher vorhanden war und nun, nach dem Überfall, fehlte. Es gab keine nennenswerten Spuren. Inzwischen ist das Haus gründlich auf Vordermann gebracht worden und soll anscheinend verkauft werden.«

»Und was soll ich Ollis Meinung nach tun? Natürlich kann ich mich ein bisschen umhören. Kann versuchen herauszufinden, was es mit diesem … zovskij auf sich hat. Ich werd gleich mal unseren Kunstexperten in Stockholm fragen, obwohl ich nicht glaube, dass viel dabei herauskommen wird.«

»Ajvazovskij.«

»Sag ich ja.«

Ich halte ihn nicht davon ab, als er seine Hand nach dem Telefon ausstreckt. Lindström bleibt ewig in der Leitung hängen. Wird hierhin und dorthin verbunden, weil die üblichen Kontaktpersonen nicht erreichbar sind. Die Telefonvermittlung der Polizei scheint professionell und effektiv, aber wenig hilfreich zu sein.

In der Zwischenzeit nehme ich sein Bücherregal unter die Lupe. Schaue mir seine Pflanzen an. Gieße mir eine weitere Tasse Tee ein. Tätschele Muffins, der sich ungeniert auf Lindströms Sofa breit gemacht hat. Erkläre ihm, das sei sehr schlechtes Benehmen. Mir egal, entgegnet er. Betrachte eine Wolke, die von Ost nach West am Fenster vorübertreibt. Lasse mich neben Muffins auf das Sofa sinken und blättere in der Zeitung. Bis endlich …

»Fehlanzeige! Von irgendwelchen gestohlenen Bildern, die mit diesem Fall in Verbindung stehen könnten, ist nichts bekannt. Dieser russische Maler scheint in Schweden weitgehend unbekannt zu sein. Das meint jedenfalls das Auktionshaus Bukowskis, und die müssten's dort ja eigentlich wissen.«

»Hm …«

»Stimmt. Aber wir sollten die Flinte noch nicht ins Korn werfen. Es gibt doch folgende Möglichkeiten:

Erstens: Falls die Gemälde wirklich gestohlen wurden, heißt das noch lange nicht, dass der Dieb auch versucht, sie zu verkaufen. Und warum sollte er das auch ausgerechnet in Schweden versuchen? Zweitens: Wenn der Dieb vom wahren Wert der Bilder keine Ahnung hat, ist es durchaus möglich, dass er sie an den Erstbesten verscherbelt hat. Hast du dich eigentlich mal bei Kunsthändlern in Finnland umgehört? Drittens besteht natürlich ein gewisses Risiko, dass jemand weiß oder zumindest ahnt, was die Gemälde wert sind. Viertens ist das ein Fachgebiet, von dem ich offen gestanden keine Ahnung habe, und fünftens gibt es mindestens noch neununddreißig weitere Möglichkeiten.«

»Danke, jetzt hast du mir wirklich sehr geholfen.«

»Keine Ursache. Der Schmuggel, Verkauf und Besitz von gestohlener Kunst kennt offenbar zahlreiche Spielarten. Soweit ich verstanden habe, ist das ein wachsender Markt.«

»Vielleicht ist der Dieb ja ein wahrer Schöngeist.«

»Wohl kaum, aber der Handel mit Raubkunst nimmt ebenso zu wie der mit Kunstfälschungen. Erst kürzlich wurde in London ein falscher Carl Larsson verkauft, natürlich an einen Schweden, haha… Kunst ist heute ein Spekulationsobjekt, mit dem sich auch Geld waschen lässt. Du erwirbst ein illegales Kunstwerk, wartest den richtigen Zeitpunkt ab und machst bei passender Gelegenheit einen schönen Reibach. Die Einbrüche bei Privatsammlern häufen sich. Und selbst in den offiziellen Sammlungen befinden sich einige Kuckuckseier, liest man ja ständig in der Zeitung. Signaturen werden gefälscht, und Porzellan wird hergestellt, das angeblich aus der Ming-Dynastie stammt.«

»Willst du damit andeuten, dass es nahezu unmöglich ist, ein gestohlenes Gemälde wiederzufinden?«

»So in etwa. Zumindest, wenn der Raub professionell organisiert wurde. Was den Erwerb von Kunstwerken angeht, gibt es übrigens seit neuestem eine Gesetzesänderung. Wie wirkungsvoll die ist, wird sich zeigen.«

»Und wie sieht die aus?«

»Bevor du ein Kunstwerk kaufst, musst du dir einen überzeugenden Beweis vorlegen lassen, dass es sich nicht um Raubkunst handelt. Tust du das nicht, riskierst du, sowohl das Kunstwerk als auch dein Geld dauerhaft los zu sein, es sei denn, es gelingt dir, den Verkäufer auf Schadenersatz zu verklagen.«

»Was ist, wenn sie irgendwo im Osten gelandet sind, zum Beispiel in Russland? Wer könnte dann überhaupt noch an sie herankommen?«

»Tja, die Wege der Kunstmafia sind unergründlich, und Russland ist ein riesiges Land. Die meisten Sammler scheint es jedoch im Westen zu geben. Du solltest einen Experten fragen. Ein gewöhnlicher Polizist wie ich ist da überfordert«, seufzt Lindström.

»Aber die Bilder könnten doch auch bei irgendjemandem gelandet sein, der sie einfach behalten will, weil sie ihm gefallen. Jemand, der sich gar nicht fragt, was sie eventuell wert sein könnten.«

»Ich sagte ja, möglich ist alles …«

Ich fahre nach Hause. Lade mein weniges Gepäck bei mir ab und schlendere in Begleitung von Muffins zum Haus meiner Mutter hinüber. Ich setze mich in ihre Bibliothek, in der sich Tausende von alten und neuen Kunstbüchern befinden. Gott sei Dank ist sie nicht zu Hause. Ich wäre jetzt auch nicht zu einer Plauderei aufgelegt. Ich will Fakten, und zwar schnell. Als Erstes greife ich zur Nationalenzyklopädie, finde jedoch keinen Eintrag. Merkwürdig. Gehörte er nicht zu den angesehensten Malern seines Fachs? Vielleicht wird sein Name anders geschrieben. Ich suche unter verschiedenen Varianten: Aivasovsky, Aiwazowski, Ajvazowski. Ohne Erfolg. Auch das Wälzen zahlreicher Kunstbücher bringt mich nicht weiter.

Die einzelnen Bände sind leider nach sehr persönlichen Kriterien angeordnet. Meine Mutter findet natürlich immer alles auf Anhieb. Nach einer Weile stoße ich dann doch auf einen kurzen Text über den Künstler Ivan Ajvazovskij:

Ajvazovskij, Ivan Konstantinovitsh. Bedeutender Marinemaler. Dokumentierte in seinem Werk die Geschichte der russischen Flotte. Seine Motive fand er auf der Krim und im Ausland.

Bei den verschwundenen Gemälden soll es sich ja um Seestücke gehandelt haben, obwohl er sich auch mit biblischen Motiven und dem Leben in der Ukraine auseinander gesetzt hat. Einen zweiten Künstler gleichen Namens scheint es nicht zu geben. Nur diesen einen: Ivan Konstantinovitsh Ajvazovskij, den geschätzten und produktiven Marinemaler.

Ein interessantes Objekt für einen Dieb.

Für einen Dieb, der sein Handwerk versteht.

Gut möglich, dass Dimitri, der russische Gehilfe Bäcks, seine Hände im Spiel hat. Zumal er ja ungefähr zum Zeitpunkt des Diebstahls verschwunden ist. Dennoch weiß ich, wie schwierig es sein wird, ihn ausfindig zu machen. Wie viele Menschen leben heutzutage in Russland? Hundertfünfzig Millionen? Falls er sich denn dorthin abgesetzt hat.

Aber einen Versuch ist es wert. Ich rufe meine … äh … meine ehemalige, sehr temporäre russische Freundin an. Sie wohnte damals in einem Vorort von Moskau, und ich habe noch ihre damalige Telefonnummer. Wer weiß …

»Allo?«

»Hallo, hier ist Josef.«

»Da? Kto vam nada?«

»Hier ist Josef Friedmann. Kann ich bitte mit Ritva sprechen?«

» ? «

»R-I-T-V-A?«

In der Leitung wird es still, doch die Verbindung bleibt bestehen. Ich höre Schritte, gefolgt von einem russischen Wortwechsel, dem ich keine Silbe entnehmen kann. Es klingt wie eine kurze Diskussion. Erneute Schritte. Dann ist sie am Apparat, Ritva. Sie spricht Englisch.

»Ja, hier ist Ritva...«

»Ich bin's, Josef. Josef Friedmann aus Schweden.«

»Josef... das ist aber lange her. Bist du in Moskau?«

»Nein, ich rufe von zu Hause aus an.«

»Kommst du hierher?«

»Nein, äh... ich denke nicht. Vermutlich nicht. Ich wollte dich fragen, ob du zufällig jemanden kennst, den ich suche. Es geht um jemanden, der illegal nach Schweden eingereist ist und in der Nähe von Helsinki eine Weile auf einem Hof gearbeitet hat. Leider weiß ich nur seinen Vornamen: Dimitri.«

»Nein, sagt mir nichts. Was ist mit ihm?«

»Er hat bei einem alten Arzt auf dem Land gewohnt und sich um Kühe, Pferde, Hühner, Kaninchen und so weiter gekümmert. Ohne Visum, schwarz also. Ist vermutlich schon eine Weile her«, erkläre ich.

»Ein Russe namens Dimitri, der schwarz auf einem Hof bei Helsinki gearbeitet hat...«

»Ja, ich weiß, die Anhaltspunkte sind lächerlich, aber ich hatte einfach Lust, dich anzurufen...«

»Wie nett von dir, nach, warte mal... drei, vier Jahren?«

»Ich war viel unterwegs.«

»Hm... herzlichen Glückwunsch übrigens.«

»Wozu?«

»Zu deiner neuen Freundin.«

»Danke, äh... woher weißt du denn das?«

»Sagtest du ›Dimitri‹? Gib mir noch ein paar Details, dann sehe ich, was ich tun kann. Hab's gerade etwas eilig.«

Ich erzähle ihr alles, was ich weiß, ehe sie sich hastig verabschiedet. Für Smalltalk hat sie jetzt keine Zeit, will mich aber zurückrufen, wenn ich ihr meine Nummer gebe. Das tue ich, obwohl ich mir sicher bin, dass sie sie noch von früher hat.

Ritva konnte sich an mich erinnern und schien nicht einmal sonderlich verärgert zu sein. Hat sie irgendwelche Informationen über mich? Woher wusste sie von Bella? Ach, wahrscheinlich hat sie nur geraten ...

Durch das Fenster sehe ich, wie ein Auto durch das breite Einfahrtstor rollt und vor dem Haus anhält. Ein Taxi. Der Fahrer hilft meiner Mutter aus dem Wagen, ehe er mehrere Tüten für sie hineinträgt. Sie sieht mich am Fenster stehen und winkt. Ich eile nach draußen, um ihr zu helfen.

»Josef, wie schön! Komm, hilf mir, die Sachen ins Haus zu tragen. Dann zeige ich dir, was ich gefunden habe.«

Ich trage die Plastiktüten in die Küche, während sie den Mantel auszieht und ihre Stiefel unter die Garderobe stellt. Sie kommt mit einem kleinen Paket herein und platziert es mit großer Geste auf dem Küchentisch.

»Jetzt pass auf! Simsalabim!« Mit diesen Worten rollt sie das Packpapier auseinander, worauf ein großer, massiver Silberlöffel zum Vorschein kommt. Ich nehme ihn in die Hand. Wieder mal eine von Mamas Entdeckungen. Ich suche nach einer Gravur, finde jedoch keine.

»Das ist ja gerade der Clou! Es gibt keine Gravur, dabei ist er aus Silber. Sehr interessant. Hier in Europa gibt es ja seit dem sechzehnten Jahrhundert quasi kein Silberbesteck ohne Gravur mehr. Im südöstlichen Russland hingegen ...«

»Hast du also mal wieder in Antiquitätenläden gestöbert«, sage ich und verkneife mir höflich die Frage, was der Löffel gekostet hat.

»Nicht nur dort. Die professionellen Antiquitätenhändler wissen in der Regel, was sie verkaufen, und sind ziemlich teuer.

Andere kennen sich mit ihrer Ware weniger aus. Den zum Beispiel«, sagt sie, indem sie den klobigen Löffel hin und her schwenkt, »habe ich billiger bekommen, weil ich darauf hingewiesen habe, dass er eben keine Gravur hat.« Sie kichert.

»Wie viel Zeit verbringst du eigentlich in solchen Läden?«, frage ich, ohne eine Antwort zu erhalten.

»Sag mal, habt ihr schon was gegessen?«

Muffins leckt sich die Schnauze.

3

An der Fotofront sieht es mau aus. Zu wenig Aufträge. Hin und wieder ein Gelegenheitsjob, aber die Aussichten sind nicht rosig. Da ich einige finanzielle Reserven habe, komme ich noch eine Weile über die Runden. Aber ich habe viel Zeit übrig. Und viel Energie. Warum würde ich mich auch sonst mit diesem lächerlichen Projekt abgeben, das nicht den geringsten Gewinn abwirft? Ein toter alter Mann, den ich nicht kannte. Gestorben in Finnland. Wie viele alte Männer sind nicht schon gestorben, ohne dass mich das im Geringsten interessiert hätte. Ganz zu schweigen von alten Frauen, Jugendlichen und Kindern. Was habe ich damit zu schaffen? Wieso sollte ich mich engagieren?

Ich engagiere mich ja gar nicht! Das habe ich letztes Mal auch gedacht, und was ist daraus geworden?

Es sind Olli und Lindström, die sich in den Kopf gesetzt haben, die Person ausfindig zu machen, die Jens Bäck getötet hat. Das ist ja schließlich ihr Job. Meiner aber nicht. Überhaupt nicht. Ich bin Fotograf. Ich habe ein kleines Unternehmen, um das ich mich kümmern muss. Olli und Lindström sind Polizisten, sie bekommen ihr Engagement sogar bezahlt.

Und nur weil ich einen Hund besitze, bin ich noch lange kein Hundepsychologe, was vermutlich erforderlich wäre, um den einzigen Zeugen, unseren neuen Hund Tipsa, zum Reden zu bringen. Man kann sich ausmalen, wie das vonstatten ginge: Tipsa liegt ausgestreckt auf dem bequemen Ledersofa eines finnischen Hundepsychologen und leckt sich die Schnauze, bevor sie sagt: »*Es war keine Absicht. Ich habe alles genau gesehen. Wenn ich einen Sack Hundefutter kriege, fällt mir vielleicht noch mehr ein...*«

»Na, Sie haben vielleicht Manieren.«

»*Es war ein Kerl, ein Ausländer.*«

»Dimitri? Das kann ich mir nicht vorstellen. Warum sollte er das tun? Vor allem, da er sich illegal in Finnland aufhielt und allen Grund zur Vorsicht hatte.«

»*Er wollte ihn bestehlen, aber er wollte ihn nicht umbringen.*«

»Warum ausgerechnet die Bilder? Es hätte doch ganz andere Dinge gegeben. Soweit ich weiß, sind keine weiteren Gegenstände verschwunden.«

»*Woher wollen Sie das wissen?*«

Natürlich weiß keiner genau, ob der Dieb oder die Diebe noch andere Gegenstände gestohlen haben. Auch über Dimitri ist so gut wie nichts bekannt. Warum war er über die Grenze gekommen? Warum hatte er sich von Bäck als Gehilfe einstellen lassen? Womit hat er sich noch beschäftigt?

Bäck war bewusstlos geschlagen worden. Daraufhin waren drei kleine Bilder verschwunden, Format zirka vierzig mal fünfzig Zentimeter, also klein genug, um sie sich einfach unter den Arm zu klemmen. Was gab es für einen Grund, gerade diese Gemälde zu entwenden? Gewiss, Ajvazovskij ist in Fachkreisen bekannt, aber bei hergelaufenen Ganoven?

Ob Bäck eine Hausratversicherung besaß? Fragen kostet

nichts, denke ich, doch vermutlich sind solche Informationen nicht jedermann zugänglich. Außerdem wird die Polizei das sicher schon geprüft haben.

Abteilung für dämliche Fragen.

Ich sollte zusehen, dass ich aus dem Bett komme.

Ich stelle die Waschmaschine an, benutze mein Deo, tausche Strümpfe und Unterhose, rasiere mir ein paar störende Bartstoppeln ab – der Nachteil, wenn man einen schwarzen Bart hat. Praktischerweise wird er langsam grau.

In eine Aftershavewolke gehüllt, gehe ich die Treppe hinunter in Jureks und mein gemeinsames Fotostudio. Ein verborgenes Schmuckstück, das wir mithilfe einiger Freunde im Laufe der Jahre in dem Gebäude errichtet haben, das früher einmal als Stall, Traktorgarage und Werkstatt diente. Seit ein paar Jahren befinden sich hier Fotostudio und Dunkelkammer sowie eine kleine Wohnung im ersten Stock, direkt über dem Büro, die ich bei Bedarf nutze. Doch als wir mit dem Umbau fertig waren, verlor ich die Lust am Fotografieren im Studio, das wir manchmal für Projekte vermieten, an denen wir beteiligt sind. Aber darum kümmert sich Jurek mehr als ich. Eine Goldgrube ist unsere Firma keineswegs. Ich nehme ein paar Filmrollen aus dem Kühlschrank und gehe dann an die frische Luft. Schlendere über die Rasenfläche, um den Abend bei meiner Mutter zu verbringen.

»Was riecht denn hier so nach Marzipanschweinchen?«, fragt sie zur Begrüßung und schnuppert in die Luft, als ich zur Tür hereinkomme. Das ist der Dank dafür, dass ich mich rasiert habe.

Wir reden über dieses und jenes, während wir das Essen machen. Später am Abend zeigt sie mir, was sie in letzter Zeit zustande gebracht hat: acht neue Bilder. Sie ist sehr fleißig gewesen. Ich habe ihre Versicherungen, es im Alter etwas ruhiger angehen zu lassen, nie sonderlich ernst genommen, also bin ich nicht überrascht. Drei Ausstellungen sind geplant: eine große in Budapest, eine in Oslo und eine kleinere in London, die fast ausschließlich neue Werke zeigen soll. Sie erwägt, nach Budapest zu reisen, ist sich aber noch nicht sicher. Ihr Gesundheitszustand wird darüber entscheiden – und ihr Terminkalender. Ist ja nicht gesagt, dass ich dann auch Zeit habe, meint sie.

»Sag mal, kennst du einen russischen Künstler namens Ajvazovskij?«, frage ich unvermittelt. »Ivan Konstantinovitsh Ajvazovskij.«

»Ja, ein wenig. Hat sich vor allem als Marinemaler einen Namen gemacht. Einige seiner Arbeiten habe ich gesehen. Aber wenn du mehr über ihn erfahren willst, dann ruf doch einfach meine alte Freundin Hella Vuotila an. Ich glaube, sie wohnt immer noch in der Nähe von Helsinki, in Kottby.«

»Ist sie Expertin für russische Kunst?«

»Ja. Sie kennt sich sehr gut aus«, antwortet meine Mutter.

Und wenn sie das sagt, dann wird es wohl stimmen.

Am nächsten Tag rufe ich auf der »Seawind« an und frage, ob es noch einen Platz gibt, doch leider ist das Boot schon voll. Dasselbe gilt für die »Silja«, aber die »Viking« ist noch nicht ausgebucht. Ich ergattere ein Ticket ohne Kabine für die Morgenfähre nach Åbo. Für den Rest des Tages arbeite ich im Studio.

Früh am Morgen fahre ich mit Muffins zum Stockholmer Hafen, wo wir im geräumigen Bauch des Schiffes verschwinden. An Bord herrscht ein einziges Gedränge. Ich ziehe mich mit Muffins in eine ruhige Ecke zurück, um zu lesen. Da sich ganz in der Nähe die große Bar mit der Tanzfläche befindet, dauert es jedoch nicht lange, bis stampfende Bässe aus den Lautsprechern dröhnen. Jedes Mal, wenn ich gezwungen bin, tagsüber das Boot zu nehmen, ist es eine Qual. Ich ärgere mich, aber was soll ich machen? Um 19.50 Uhr werden wir in Åbo einlaufen.

Ich lese, warte und warte. Wie auch immer, bald werde ich bei Mirabella sein, bei meiner Bella.

In Åbo angekommen, spuckt die Fähre langsam Lkws und Busse aus sowie eine schier unüberschaubare Zahl an Pkws, Motorrädern und Fahrrädern.

Nach einem kurzen Abendspaziergang am Hafen nehmen wir die öde Strecke nach Helsinki in Angriff. In Lahnajärvi machen wir Rast. Das hat Tradition.

Als wir Helsinki erreichen, ist es dunkel. Ich frage mich kurz, ob ich den Schlüssel dabeihabe. Der Aufzug knarrt. Nur Tipsa ist zu Hause. Erst starrt sie mich misstrauisch an, bevor sie mich wiedererkennt und uns stürmisch willkommen heißt. Nachdem ich meine Sachen ausgepackt habe, gebe ich den Hunden was zu fressen. Dann unternehmen wir einen kurzen Ausflug in Richtung Opernhaus. Mit ein wenig Glück können wir das Frauchen mit nach Hause nehmen. Wir spazieren durch das immer noch warme und immer noch grüne Helsinki.

Ich stecke meine Nase ins Opernhaus und frage nach Bella.

Fünf, vielleicht zehn Minuten später kommt sie. Ich versuche, die Hunde daran zu hindern, an ihr hochzuspringen, aber es gelingt mir nicht. Tipsa hat einfach keine Manieren. Sie lässt ihrer Spontaneität stets freien Lauf und verleitet den um ein paar Jahre älteren Muffins meist zu denselben Dummheiten. Ich kann mich kaum auf den Beinen halten, wenn diese Bestien zur Liebesattacke übergehen.

»Oh, was für eine feuchte Überraschung! Was macht ihr denn hier? Ich hatte dich noch gar nicht zurückerwartet, Josef.«

»Hab kurzfristig umdisponiert.«

»Wie schön! Das Bett war so leer. Na ja, relativ leer«, fügt sie hinzu, indem sie Tipsa tätschelt.

»Ich werde wohl demnächst für ein paar Tage in Ollis Sommerhaus wohnen, um in der Gegend zu recherchieren, aber erzähl du erst mal. Wie laufen denn die Proben?«

»Ich habe ein richtig gutes Gefühl. Hier in Helsinki wird jedenfalls noch Wert auf gründliche Probenarbeit gelegt. Jeder kann sich in Ruhe mit dem Korrepetitor vorbereiten, das gefällt mir. Und so viele Diven wie an anderen Häusern scheint es ja auch nicht zu geben.«

»Dabei habe ich immer gedacht, dass es an Opernhäusern von Intrigen und Machtspielen nur so wimmelt.«

»Natürlich gibt es auch Intrigen und einen gewissen Starrummel, aber hier in Helsinki hält sich das Gott sei Dank in Grenzen. Jedenfalls hab ich davon noch nicht viel mitbekommen.«

»Ach, wie schön, dass du so ein Glück hattest!«

»Das kann man wohl sagen. Wir haben doch eine schöne Wohnung, und alles in allem gefallen mir die überschaubaren Verhältnisse. Hast du eigentlich meinen Korrepetitor, den Pianisten Otto Erström, mal kennen gelernt?«

»Nein, noch nicht. Du kannst ihn mir ja ein anderes Mal vorstellen. Leider fahre ich schon morgen weiter zu Ollis Sommerhaus.«

»Aber die Nacht verbringst du doch in meinem Bett, oder?«

Später am Abend fragt mich Bella beim Tee, was ich bei Olli eigentlich vorhabe und ob es möglicherweise etwas mit dem verstorbenen Arzt zu tun habe. Ich bin zu einem Geständnis gezwungen.

»Typisch!«, seufzt Bella.

»Was ist typisch?«

»Dass dich dieser unaufgeklärte Mord nicht loslässt. Du kannst es einfach nicht lassen, deine Nase in Dinge zu stecken, die dich nichts angehen. Ich kann ja verstehen, dass es dich langweilt, tagein, tagaus mit den Hunden spazieren zu gehen, während ich arbeite. Aber meinst du nicht, dass du dich auf gefährliches Terrain begibst? Versprich mir, dass du kein Risiko eingehen wirst. Versprich es mir!«

»Okay, okay, ich verspreche es. Ich werde weder meine Nase noch andere Körperteile irgendeiner Gefahr aussetzen. Außerdem steht ja gar nicht fest, dass es sich um einen Mord handelt. Vielleicht … war es ja nur Körperverletzung.«

Die Nacht war weich und warm, was nur zum Teil an uns selbst lag: Gewisse Kreaturen wollten partout das Bett mit uns teilen. Der Morgen kam allzu rasch, doch er war freundlich und sanft, meldete sich mit dem leisen Surren des beginnenden Verkehrs und dem Schreien der Elstern, die jetzt im Baum auf dem Hof sitzen. Da ich ohnehin schon wach bin, kann ich mich auch zeitig auf den Weg machen, denke ich unromantisch und schwinge meine Beine aus dem Bett, ohne Bella zu wecken. Ich drehe eine kurze Runde mit den Hunden und schleiche mich dann in die Wohnung zurück, um Tee zu machen. Bella schläft immer noch. Wie ein Murmeltier, könnte man sagen, aber das passt nicht zu ihr. Tja, wie dann? Wie eine Meerjungfrau? Eine Putte? Wie schlafen die? Als das Teewasser zu sieden beginnt, schlägt sie die Augen auf.

Wie eine erblühende Heckenrose, denke ich mäßig originell, ehe sie sich streckt und von den Hunden mit rücksichtslosen Zärtlichkeiten überhäuft wird.

»Ein bisschen Tee gefällig?«, frage ich und decke den kleinen Nachttisch.

»Wie spät ist es?«

»Viertel nach sieben.«

»So früh …«

Sie steht auf, makellos, anmutig, lieblich und nackt. Stülpt eine Haube über die Teekanne, wackelt mit dem Po und verschwindet ins Badezimmer. Als sie wieder herauskommt, ist sie angezogen. Auch gut, denke ich und werfe einen verstohlenen Blick auf die Uhr.

»Willst du wirklich in dieser Herrgottsfrühe aufbrechen?«

Ich nicke. Sie murmelt etwas Unverständliches. Danach frühstücken wir schweigend. Durch das Fenster, das ich geöffnet habe, hören wir die Vögel im Hinterhof zwitschern. Bella holt das ›Hufvudstadsbladet‹ aus dem Flur. Die erste Seite ist voller Anzeigen. Während sie blättert, schmiere ich ihr ein weiteres Brot, ohne dass sie davon Notiz nimmt. Aber sie isst folgsam auf.

»Ich bin ja bald wieder zurück«, sage ich tröstend.

»Irgendeine Ritva hat gestern Morgen angerufen und nach dir gefragt. Sie sprach Englisch, sagte, sie sei in Moskau, und bat mich auszurichten, dass sie nichts über diesen Dimitri wüsste, sich aber weiter um die Sache kümmern würde. Sie wollte sich später wieder melden. Wer ist denn diese Ritva?«

»Oh, hat sie angerufen? Sie war früher eine Art Geheimagentin ... ist sie vielleicht immer noch. Ich habe sie vor ein paar Jahren kennen gelernt, aber seitdem nichts mehr von ihr gehört. Ich hatte sie angerufen, um zu fragen, ob sie irgendetwas über diesen Dimitri in Erfahrung bringen könnte«, entgegne ich, ohne auf ihren eifersüchtigen Unterton einzugehen, den ich herauszuhören glaube. Mir gefällt dieser Ton nicht. Es besteht gar kein Anlass dafür.

»Wirst du sie treffen?«

»Nein, ich denke, das wird nicht nötig sein. Ich habe sie nur angerufen, weil eine klitzekleine Chance besteht, dass sie mir helfen könnte.«

Um von Helsinki nach Sysmä zu kommen, gibt es verschiedene Möglichkeiten. Der direkte Weg führt über Lahti und ist definitiv der langweiligste. Von Lahti aus hat man die freie Wahl.

Ich fahre über Borgå, um in Forsby auf kleinere Landstraßen in Richtung Norden auszuweichen; das macht die Strecke abwechslungsreicher. Da ich nicht mit leeren Händen ankommen will, kaufe ich in Kouvola ein paar Flaschen Rotwein, ehe ich mich in nordöstliche Richtung weiter vorarbeite und schließlich Ollis Sommerhaus erreiche.

»Was für ein weit gereister Gast!«, begrüßt er mich. »Wo möchtest du wohnen? Bei mir im Haus oder im Gartenhäuschen? Hast du eigentlich Tipsa mitgebracht?«, fragt er, während er seinen Wagen wäscht.

»Nein, leider nicht. Die Hunde sind bei Bella in Helsinki geblieben. Dafür habe ich ein paar Flaschen Rotwein dabei. Ich dachte, das könnte nicht schaden...«

»Ausgezeichnet! Dann können wir uns ja eine schöne Zeit machen: zusammen essen, in die Sauna gehen, schwimmen, über Gott und die Welt reden – falls du nichts dagegen hast.«

4

Das Haus war leer. Eine Lampe leuchtete über der Tür. Ein riesiges Haus, dachte Mikko und schaute sich schweigend um. Ein richtiger Hof. Alle Fenster waren dunkel.

»Und hier soll ein Arzt wohnen«, brummte Mikko. »Ist wohl gerade zu einem Patienten gefahren.«

Ihr Auto, einen geräumigen Mitsubishi Spacewagon, hatten sie im Schutz eines Fliederbuschs in einiger Entfernung abgestellt. Robban und Andrej blieben im Wagen sitzen. Betrachteten den Schneefall, der in diesem Moment einsetzte. Es sollte Mikkos letzte Station sein. Danach wollten sie in Lahti das Auto tauschen, nach Helsinki weiterfahren und am nächsten Abend die Fähre nach Stockholm nehmen.

Sollte jemand zu Hause sein, wollte Mikko sich für die Störung entschuldigen und eine unverfängliche Frage stellen, zum Beispiel, ob er einmal das Telefon benutzen dürfe. Doch falls niemand öffnete ...

Er klopfte. Wartete eine Weile. Niemand zu Hause. Er klopfte erneut, diesmal kräftiger. Keine Reaktion.

Das altmodische Schloss zu öffnen war kein großes Problem, doch dauerte es ein wenig, weil es abgeschlossen war. Als er auf den Flur trat, schaltete er die Taschenlampe ein – und stutzte. »Wenn Mutter das sehen könnte«, flüsterte er. So ein Chaos hatte er schon lange nicht mehr gesehen. Nicht einmal im Kino. Die Frage war, ob hier überhaupt jemand wohnte. Doch, natürlich, das Haus war beheizt.

Auf dem Boden türmten sich Zeitschriftenstapel, man konnte kaum treten. Fluchend tastete er sich vorwärts. Hier hätte ein Räumkommando tagelang zu tun. Er ging in alle Räume und schaute sich um. Suchte nach Wertgegenständen. Fand zwei alte Kerzenleuchter und eine Silberschale. Hinter einem Berg von Gerümpel entdeckte er einen Sekretär. Er schob den Krempel so weit beiseite, dass er zumindest die oberste Schublade öffnen konnte. Er steckte die Hand hinein und zog altes Silberbesteck heraus. Immerhin etwas. Das musste reichen. Im Auto war nicht mehr viel Platz. Er ging in Richtung Haustür.

Verdammt, da kommt jemand! Die Treppe hinauf und keinen Laut. Flach atmen. Rausschleichen kann ich mich später, denkt er. Mikko findet ein Stück eines Eisenrohres auf den Stufen. Ich schlage ihn nieder, bevor er das Licht anknipst. Gesagt, getan. Was für ein zäher Typ. Er muss ihm noch ein paar Fußtritte versetzen, ehe der Alte endlich verstummt. Ein letzter Tritt.

Es gelingt ihm noch, drei kleine Gemälde zu erbeuten, ehe er über den Alten steigt, der bewusstlos auf dem Boden liegt. Was für schöne Goldrahmen, schießt es ihm durch den Kopf.

Robban tastete nach seiner Zigarettenschachtel. Mikko war schon eine ganze Weile im Haus. Schien ja alles glatt zu gehen. Sie wechselten die Plätze im Auto. Andrej war mit dem Fahren dran. Sie mussten vorsichtig sein und sich an die Verkehrsregeln halten. Niemand war ihnen auf den Fersen. Alles war nach Plan verlaufen, soweit sie einen Plan gehabt hatten. Niemand hatte sie gesehen, und alle Häuser waren leer gewesen.

Andrej ließ den Motor an, als Mikko die Wagentür öffnete und die Tasche hineinwarf, in der es vielversprechend klirrte. Kleinkram, vor allem Silber, das sich rasch und problemlos verscherbeln ließ. Dann schob Mikko ein paar Bilder ins Auto.

»Ist ja nicht die Welt. Willst du noch mal rein, oder sollen wir losfahren?«, fragte Andrej.

»Das reicht. Der alte Knacker hat mich überrascht, als ich gerade gehen wollte. Hab ihm eine verpasst. Er kann jederzeit zu sich kommen, also sollten wir sehen, dass wir von hier verschwinden«, antwortete Mikko kurzatmig.

»Wenn sich's lohnt, braten wir ihm eben noch eins über...«

»Nein, lohnt sich nicht. Fahr schon! Das war der größte Saustall, den ich in meinem ganzen Leben gesehen habe. Wäre fast nicht durchgekommen, unglaublich! Ich habe mir noch diese drei Bilder geschnappt, viel mehr war da nicht zu holen. Die Rahmen sahen gut aus, und vielleicht kriegen wir ja ein paar hundert für die Gemälde...«

»Was? Hast du etwa Kunst geklaut? Na ja, irgendwann ist immer das erste Mal. Und du bist sicher, dass der Alte dich nicht erkannt hat?«

»Ja! Jetzt gib Gas, verdammt noch mal!«

»Okay, okay, Stockholm, here we come...«

Das Auto setzte sich leise in Bewegung, während der Schneefall dichter wurde. Immer größere Flocken fielen vom Himmel und bedeckten den Boden rasch mit einer dünnen weißen Schicht.

Andrej fuhr aufmerksam in Richtung Lahti, während Rob-ban die erbeuteten Gegenstände in Seidenpapier einschlug und in Reisetaschen verstaute. Doch den geklauten Gemälden ge-genüber blieb er skeptisch. Kunst war verdammt schwer ab-zusetzen. Immerhin sah man den Bildern ihr Alter an, und die Rahmen wirkten sehr stilvoll. Während er sie in eine Decke einschlug, brummte er:

»Wenn die Bilder nichts wert sind, verhökern wir halt die Rahmen.«

»Vielleicht sind die Bilder im Ausland ja was wert«, vertei-digte sich Mikko. Ihm gefielen die Bilder, aber was verstand er schon davon?

Das Auto rollte in aller Ruhe Helsinki entgegen. Vielleicht sollten sie versuchen, die Bilder so schnell wie möglich loszu-werden.

5

Am Morgen erwache ich unnötig früh, als Olli sich in der Küche zu schaffen macht. Er summt gut gelaunt eine Melodie, die ich nicht kenne. Ich stehe etwas neben mir. Man sollte einen schö-nen Abend in Finnland nicht damit verbringen, in der Sauna über das Leben zu philosophieren. Jedenfalls nicht bis zwei Uhr nachts.

Wir wollen auf der Veranda frühstücken. Obwohl ich keinen Appetit habe, decke ich mit schwerem Kopf den Tisch. Ich bin ja selber schuld. Am Horizont auf der gegenüberliegenden See-seite türmen sich Wolkenberge auf, aber die interessieren mich jetzt nicht. Ich habe genug mit meinen Kopfschmerzen zu tun.

Als ich mit dem Decken fertig bin, gehe ich zum Wasser hinunter. Ich dachte, die frische Luft würde mir gut tun, aber das war ein Irrtum. Aus der Ferne dringt dumpfes Grollen über den See. Mal sehen, ob die dunklen Wolken näher kommen.

Ein Stück vom Haus entfernt hat ein Auto angehalten. Vermutlich bekommen wir Besuch. Der Mann wirkt nicht besonders groß und trägt eine weiße Mütze. Schwer zu sagen, wie alt er sein mag, doch er wirkt ziemlich jung, keinesfalls über dreißig. Er scheint mich nicht gesehen zu haben und geht sofort in die Küche. Zwei Minuten später kommen er und Olli auf die Veranda.

»Im Wald wurde eine männliche Leiche gefunden. Wenn wir uns beeilen, kommen wir noch vor den Sachverständigen aus St. Mickel an«, erklärt Olli. »Kommst du mit, Josef?«

Ich schaue die beiden fragend an.

»Das ist übrigens Taisto, Taisto Virtanen, ein Polizist aus Sysmä. Dort teilt er sich ein Büro mit seinen beiden Kollegen Reijo und Rauno.«

Während wir uns die Hand geben, denke ich, dass er wirklich nicht älter als dreißig sein kann. Ich schnappe mir noch rasch meine Kamera, bevor wir uns auf den Weg machen. Taisto nimmt uns in seinem Wagen mit und gibt mächtig Gas.

»Wer hat das entdeckt?«, frage ich. Wörter wie »Toter« oder »Leiche« wollen mir an einem so schönen Sommermorgen nicht über die Lippen.

»Ein schwedischer Tourist. Vielleicht hatte er ein menschliches Bedürfnis. In diesem Wald geht man eigentlich nicht spazieren«, entgegnet Taisto, während er auf einen größeren Weg abbiegt und das Tempo erhöht. »Mehr weiß ich auch nicht.«

»Wie heißt der denn?«, frage ich.

»Rolf Nodén, ein Rentner aus Uppsala.«

Wenn ich mich nicht irre, sind wir in Richtung Norden unterwegs. Nach ungefähr zwölf Kilometern halten wir an, steigen aus und folgen Taisto, der links in den Wald einbiegt. Nachdem wir uns eine Weile durch von Mücken bevölkertes und fast undurchdringliches Gestrüpp gekämpft haben, erreichen wir das Ufer eines Weihers. Dort steht ein Mann und wartet auf uns. Taisto begrüßt ihn, dann führt der Mann uns zum Fundort.

Von dem Körper ist nicht mehr viel zu erkennen. Neben einem Ameisenhügel unter einer Fichte liegen mehrere Zweige. Darunter ist ein Schädel zu erahnen, der aus einem ausgebleichten Nylonhemd herausschaut. Von der Hose sind nur noch Reißverschluss, Gürtel und Knöpfe übrig geblieben. Dort, wo sich vermutlich die Hosentaschen befanden, liegen ein paar Münzen, finnische Mark, sowie eine große, altmodische goldene Taschenuhr mit Deckel und Kette. Auf der Rückseite ist in finnischer Sprache eingraviert: *Für Dimitri von Jens mit ewigem Dank.*

Einige Knochen liegen in der Gegend verstreut, wahrscheinlich von Tieren verschleppt. Bei näherem Hinsehen findet man unter den Zweigen noch Stoffreste, die einst die Leiche bedeckten. Wir ziehen uns zurück, um keine Spuren zu verwischen.

Natürlich können wir nicht völlig sicher sein, aber fünfundneunzig Prozent sind ja auch schon was. Es ist Dimitri, der gefunden wurde, doch wie er hierher kam, ist eine offene Frage. Hatte man ihn misshandelt und einfach aus einem fahrenden Auto geworfen? War er daraufhin in den Wald gekrochen?

»Wo ist der Mann, der ihn gefunden hat?«, fragt Olli.

»Auf dem Heimweg nach Uppsala. Wir haben seine Aussage schon zu Protokoll genommen.«

Während wir auf die Polizisten warten, die mit dem Auto aus dem entfernten St. Mickel kommen, durchstreife ich ein wenig die Gegend. Kämpfe mich durch den Wald, bis ich die nächste Straße erreiche. Überlege, wer wohl die Ermittlungen in diesem nicht ganz frischen Fall übernehmen wird.

Weder Pfade noch Wege, kein Haus weit und breit. Ein vergessenes, unberührtes, nahezu undurchdringliches Waldstück, das offenbar keinem Forstwirtschaftsunternehmen gehört. Sicherlich wird auch dieser alte Fall, in dem es weder Spuren noch Zeugen gibt, rasch zu den Akten gelegt werden.

Nahe der Straße, ein paar Kilometer weiter nördlich, glaube ich, stoße ich auf ein Haus. Ein unansehnliches Haus mit ebenso hässlichen Nebengebäuden und einer Garage. An Wohnlichkeit oder architektonische Finessen war hier kein Gedanke verschwendet worden. Auf dem Briefkasten an der Straße steht *Suominen*. Der Schornstein raucht. Ich klopfe an. Eine Frau mittleren Alters schaut aus dem Fenster. Offenbar sehe ich halbwegs vertrauenswürdig aus, denn sie öffnet tatsächlich. Ich berichte in aller Kürze, was geschehen ist, und frage sie, ob sie etwas Verdächtiges gehört oder gesehen habe.

Sie bittet mich wortlos herein. Sie greift nach einem Notizblock, und noch während wir den Flur hinuntergehen, notiert sie darauf etwas auf Finnisch:

Vor fünf oder sechs Jahren hat ein fremder Mann sein Fahrrad in der Nähe des Hauses stehen lassen. Vielleicht ist er es, der gefunden wurde. Er ist nie zurückgekommen, um sein Fahrrad zu holen. Mindestens ein halbes Jahr lang war es unter dem Schnee begraben. Dann habe ich es in den Schuppen gestellt, damit es nicht völlig verrostet.

Wir setzen uns in ein überraschend gemütliches Wohnzimmer. Jedenfalls steht das Innere des Hauses in deutlichem Kontrast zu seinem Äußeren. Ich will gerade etwas sagen, da geht mir durch den Kopf, dass sie möglicherweise auch taub ist und mir jedes Wort von den Lippen abliest. Ich wende mich ihr zu, damit sie meinen Mund sehen kann, zucke die Schultern und sage, dass die Identität des Mannes noch ungeklärt sei. Dann frage ich sie, ob sie irgendetwas beobachtet hat, das sie in der Vermutung bestärkt, dass wir tatsächlich den Mann mit dem Fahrrad gefunden haben. Während ich die Frage formuliere, bemerke ich, dass sie meine Lippen nicht anzusehen braucht. Sie hat mich verstanden, nickt und notiert:

Ich bin mir nicht sicher, aber kurz nachdem der Mann sein Fahrrad hier abgestellt hatte, fuhr ein Auto vorbei. Dort, wo das Fahrrad stand, verlangsamte es seine Fahrt. Vermutlich hielt er hinter der nächsten Kurve an, denn eine Stunde später hörte ich beim Holzholen, wie ein Motor angelassen wurde. Andere Autos sind während dieser Zeit nicht vorbeigefahren.

Sie gibt mir den Block, nimmt ihn jedoch sogleich wieder zurück und schreibt weiter:

Ich habe nichts gehört, und bisher hat keiner nach ihm gefragt, aber manchmal höre ich Schüsse im Wald. Ich glaube, da jagt jemand Kleinwild auf unserem Grund.

Gut. Dann brauche ich danach nicht mehr zu fragen. Jetzt sollen sich erst mal die Polizisten aus St. Mickel der Sache annehmen. Dann sehen wir weiter. Ich frage sie, ob sie sich an die Marke des Autos erinnert, das hinter der Kurve anhielt.

Ja, es war ein Dodge Van. Ein älteres Modell. Hellgrau, aber da kann ich mich irren. Er war sehr schmutzig und könnte auch beige oder weiß gewesen sein. Ich weiß nicht, wie viele Personen in dem Auto waren.

Ich frage sie, ob ich ihre schriftlichen Antworten mitnehmen darf, und sie bejaht. Dann sage ich ihr, dass sie vermutlich bald Besuch von ein paar Polizisten bekommen wird, die sie befragen werden. Sie nickt und sieht dabei ziemlich fröhlich aus. Wahrscheinlich bekommt sie nicht oft Besuch, denke ich mitleidig.

Kommen Sie an einem Samstag wieder, wenn Sie wollen. Dann ist Antero, mein Mann, auch hier. Er arbeitet derzeit in der Nähe von Kajanu, kommt aber am Wochenende nach Hause. Ihm gehört der alte Wald. Seit ich ihn kenne, also in den letzten dreißig Jahren, hat er dort keinen Finger gerührt, aber nun ist es wohl an der Zeit.

»Ich werde es versuchen«, entgegne ich. »Und die Polizei wird sich in jedem Fall mit Ihrem Mann in Verbindung setzen.« Mit diesen Worten stehe ich auf und ziehe mich in den Flur zurück.

Mögen Sie vielleicht eine Tasse Kaffee?, schreibt sie, doch leider habe ich keine Zeit mehr. Sonst riskiere ich noch meine Mitfahrgelegenheit. Außerdem werden die Beamten aus St. Mickel bald kommen.

Ich verabschiede mich und trete den Rückweg an, immer die Straße entlang. Denke an Bella, die allein in Helsinki ist. Ich gehe an der Stelle vorbei, an der vermutlich der Dodge gestanden hat. Als ich wenig später Taisto begegne, erzähle ich ihm von meinem Gespräch mit der Frau. Darum würden sich seine Kollegen aus St. Mickel kümmern, sagt er.

Nach weiteren zwanzig Minuten sind sie da, seine Kollegen. Taisto, der offenbar einige von ihnen persönlich kennt, geht voraus. Ich folge in gemessenem Abstand. Nach einer Weile lassen wir sie am Fundort allein.

»Tja, jetzt kann uns wohl niemand mehr helfen, das Verbrechen an Bäck aufzuklären«, seufzt Olli auf dem Rücksitz. Taisto fährt schweigend.

»Das ist alles vor meiner Zeit passiert. Ich bin vor zirka zwei Jahren hierher gekommen. Hast du Bäck eigentlich gekannt?«, fragt Taisto, während er Olli im Rückspiegel anschaut.

»Alle hier in der Gegend wussten, wer er ist, doch kaum jemand kannte ihn näher. Soweit ich weiß, hatte er auch keine Verwandten. Kann mich jedenfalls nicht erinnern, dass das bei den Ermittlungen eine Rolle spielte«, antwortet Olli.

»Aber gekannt hast du ihn doch, oder?«, wiederholt Taisto seine Frage.

»Ich war ein paar Mal bei ihm in der Praxis. Einmal, als meine Jüngste von einer Schlange gebissen worden war; sonst waren es Masern oder andere Kinderkrankheiten, die immer während der Sommerferien ausbrachen. Zu Kindern war er immer sehr nett«, sagt Olli.

»Und zu dir?«, fragt Taisto.

»Nun, er war nicht direkt unfreundlich, aber ziemlich mürrisch«, entgegnet Olli.

»Dacht ich mir's doch.«

»Hatte er irgendwelche Feinde, ich meine Leute, die ihn so hassten, dass sie in der Lage gewesen wären, bei ihm einzubrechen und ihn zu misshandeln?«, frage ich ins Blaue hinein.

»Glaub ich nicht. Die meisten Leute hielten sich von ihm fern«, brummt Olli, fährt die Scheibe hinunter und entlässt eine fette Bremse nach draußen, ehe er weiterspricht: »Der einzige Verdächtige ist Dimitri – obwohl sie so nah beieinander wohnten, aber was weiß ich, was für ein Verhältnis sie zueinander hatten. Die Leute hatten Angst vor Jens Bäck. Er muss seine erwachsenen Patienten ziemlich schroff behandelt haben und war allgemein bekannt für sein ungehobeltes Auftreten. Dennoch war er ein geschätzter Arzt, der sicher den meisten Leuten in dieser Gegend irgendwann mal geholfen hat.«

»Stimmt, er war ein bekannter, nahezu legendärer Griesgram«, bestätigt Taisto. »Das hab sogar ich gehört, obwohl ich noch nicht lange hier wohne.«

»Griesgram ist vielleicht der falsche Ausdruck«, entgegnet Olli, »aber unbequem und stur soll er gewesen sein. Legte wohl auch wenig Wert auf Kontakte mit anderen Menschen und pflegte keine Freundschaften, soweit mir bekannt ist.«

»Weder männliche noch weibliche?«

»Nein. Nur die Kinder mochte er außerordentlich gern und war wie ein Engel zu ihnen. Die Ermittlungen haben jedoch keinen einzigen erwachsenen Bekannten in dieser Gegend zutage gefördert. Allerdings war er ziemlich viel auf Reisen und pflegte seine sozialen Kontakte möglicherweise woanders. Vielleicht gab es befreundete Ärzte?«

»Was ist mit dem Internet? Hatte er einen Computer?«

»Das haben wir natürlich überprüft. Er hatte zwar einen Internetzugang, hat ihn jedoch nie zum Surfen benutzt. Dabei ist es an sich schon ungewöhnlich, dass Leute in seinem Alter einen Computer haben. Er war wohl in jeder Hinsicht ein Original, was ja auch der absolute Mangel an Einrichtungsgegenständen in seinem Haus zeigt. Das allein hätte viele Leute doch schon abgeschreckt. Er war wirklich sehr speziell.«

»Und wie sah seine Praxis aus?« Der schrullige Arzt interessiert mich immer mehr.

»Ziemlich normal, soweit ich mich erinnere. Der Ermittlungsbericht geht darauf nicht ein. Doch sein Wohnhaus muss schier unglaublich ausgesehen haben«, fügt Olli kopfschüttelnd hinzu und erzählt ein paar Einzelheiten. Das meiste hört sich zwar nach Klatsch und Tratsch an, aber immerhin …

Bäck hatte nahezu sein gesamtes Berufsleben auf seinem Hof Hiitelä verbracht. Von einer Frau, Verlobten oder Freundin hatte man nie etwas gehört oder gesehen. Das Ambiente seines Hauses gab Anlass zu manchen Gerüchten, die jedoch niemand aus eigener Anschauung bestätigen konnte. Auch rätselte man, woher Bäck ursprünglich gekommen war. Die Ermittlungen der Polizei ergaben schließlich, dass er aus Helsinki kam. Er galt allgemein als tüchtiger und erfahrener Arzt, daran bestand nicht der geringste Zweifel. Wer ihn als Patient aufsuchte, dem wurde geholfen. Dennoch gingen viele Leute aus der Gegend zu anderen Ärzten, auch wenn sie dafür eine längere Fahrt in Kauf nehmen mussten. Je älter er wurde, desto mehr Angst flößte er den Menschen ein. Seine Zunge wurde immer spitzer, sein Humor schärfer, die Umgangsformen wurden rauer. Nur die Kinder bekamen davon nichts zu spüren. Sie behandelte er weiterhin mit derselben Fürsorglichkeit und Behutsamkeit wie eh und je. Die Kinder liebten ihn.

»Er hätte Kinderarzt werden sollen, aber wie dem auch sei, das Merkwürdigste, vor allem auf seine alten Tage, war doch sein Lebensstil. Meterhohe Zeitungs- und Bücherstapel, dazwischen nur noch schmale Gänge. Ab und zu erkannte man Teile der einstigen Einrichtung, die obere Kante einer Standuhr, einen schmutzigen Vorhang oder die Ecke eines Bilderrahmens. Und durch all dieses Chaos watschelten die Enten, wenn man den Spuren glauben darf«, berichtet Olli.

»Das ganze Haus war in einem erbärmlichen Zustand«, bestätigt Taisto. »Die Käufer haben wohl unterschätzt, was da auf sie zukommt, und es bald wieder abgestoßen. Jetzt steht es schon seit Jahren leer. Sie hätten es an mich verkaufen sollen«, seufzt er. »Ich hätte es gerne instand gesetzt.«

»Woher weißt du, wie es bei ihm innen aussah?«, frage ich Taisto.

»Weil meine Eltern Bäck mal besucht haben, ungefähr zwei Jahre vor seinem Tod. Mein Vater ist Immobilienmakler. Bäck hatte damals mit dem Gedanken gespielt, den Hof zu verkaufen und nach Lahti zu ziehen. In eine Wohnung nahe dem Altersheim. Er sagte, er wolle auf alles vorbereitet sein. Er war ja auch schon fast achtzig«, erklärt Taisto hinter dem Steuer.

»Es war also nicht dein Vater, der sich um die Auflösung des Haushalts gekümmert hat?«, frage ich sicherheitshalber.

»Nein, Gott sei Dank nicht«, entgegnet er, worauf Olli den Bericht fortsetzt:

»Der gesamte Hausrat wurde versteigert, der Rest landete auf der Müllhalde. Zunächst war der Hof von einer Familie gekauft worden, die ihn restaurieren wollte. Aber sie waren noch nicht weit gekommen, als sie es aufgaben und ihn wieder verkauften. Die nächsten Eigentümer werkelten ebenfalls ein bisschen herum, bis auch sie das Handtuch warfen.«

»Heute gehört er der Kommune. Wenn ich richtig informiert bin, soll auf dem Grundstück ein Kunst- und Kulturzentrum entstehen. Die Lage ist ja wirklich sehr schön«, ergänzt Taisto.

»Gibt es jemanden aus der Gegend, der etwas vom Hausrat ersteigert hat?«, frage ich.

»Aber ja!«, antwortet Taisto stolz. »Für zehn Kronen habe ich einen hübschen schwarzen Spazierstock gekauft. Und jetzt halt dich fest! Zu Hause hat meine Frau entdeckt, dass es sich gar nicht um einen gewöhnlichen Spazierstock handelt: Der hat eine eingebaute Klinge. Eine richtige Mordwaffe ist das«, sagt er lachend.

»Eine Klinge?«

»Ja, man kann das Ende abschrauben und eine siebzehn Zentimeter lange Klinge herausziehen. Die ist nicht nur blank und scharf, sondern auch sehr hübsch, hergestellt in Toledo, mit einer Unmenge von Verzierungen. Ich zeig sie dir, wenn wir bei mir sind«, sagt Taisto.

»Wird höchste Zeit, dass wir was in den Magen kriegen«, grummelt Olli. »Wegen deines Totenkopfs haben wir noch nicht mal frühstücken können …«

»Keine Sorge, ich kümmere mich schon.« Taisto ruft seine Frau an und erklärt ihr, wir seien alle fürchterlich ausgehungert. Kurz vor Sysmä biegt er auf einen kleinen Weg ab und parkt vor einem Neubau. Das Haus steht nahezu einsam im Wald. In einiger Entfernung sieht man zwei Nachbarhäuser durch die Bäume schimmern. Es ist eine hübsche kleine hellgraue Villa mit weißen Eckbalken. Davor befinden sich ein gepflegter Rasen, eine Fahnenstange sowie eine Doppelgarage, in der ein älterer Ford Escort steht.

»Virpi ist Krankenschwester und arbeitet meist nachmittags und abends. Kann also sein, dass sie's ziemlich eilig hat … kommt rein, Jungs!«

Wir treten uns sorgfältig die Füße ab und stellen unsere

Schuhe auf den Flur. Taistos Frau streckt den Kopf aus der Küche. Sie muss ein paar Jahre jünger sein als er.

»Essen ist gleich fertig!«, sagt sie und begrüßt uns, bevor wir von Taisto ins Wohnzimmer geführt werden.

In einem Bücherregal, in dem überwiegend gähnende Leere herrscht, ruht auf einem kleinen schwarzen Holzgestell der elegante Spazierstock. Taisto nimmt ihn herunter, dreht an einem Ende, und schon hat er einen kleinen Degen in der Hand.

»Nicht schlecht, oder? War bestimmt mal zur Selbstverteidigung gedacht«, mutmaßt er.

»Oder um zu töten«, sagt Olli.

»Das Alter lässt sich nur schätzen. 18. Jahrhundert, würde ich sagen«, meint Taisto stolz.

Ich selbst tendiere eher zum ausgehenden 19. oder beginnenden 20. Jahrhundert. Aber wer weiß. Im Grunde habe ich keine Ahnung. Eine Verteidigungswaffe hatte Bäck jedenfalls besessen, doch vermutlich lag der kleine Degen unter Zeitungsstapeln und Gerümpel verborgen oder befand sich in einer unerreichbaren Kommodenschublade, als er ihn gebraucht hätte.

Nachdem wir Taistos Auktionserwerb ausgiebig bewundert haben, ist auch schon das Essen fertig. Virpi bittet um Entschuldigung für ihre Eile, aber sie muss gleich zur Arbeit. Daher isst sie auf die Schnelle. Wir anderen plaudern in Seelenruhe, doch auch Taisto sitzt ein Termin im Nacken. Er muss die Kinder von der Schule abholen und zu ihrer Oma bringen. Er tut das mehr aus Spaß, erklärt er. Die Großmutter wohnt ganz in der Nähe der Schule. Wir begleiten ihn und lernen die Kinder, zwei gesprächige Mädchen, kennen, ehe uns Taisto zu Ollis Sommerhaus zurückfährt. Zum Müßiggang hat er keine Zeit, jetzt, da eine Leiche in seinem Distrikt aufgetaucht ist.

»Als Dimitri starb – falls es sich bei dem Toten wirklich um Dimitri handelt –, gehörte diese Gegend zum Polizeidistrikt von St. Mickel«, erklärt Olli. »Deshalb sind die Polizisten von dort gekommen. Heutzutage sind eigentlich die Kollegen aus Heinola zuständig.«

»Warum Heinola?«, frage ich in Unkenntnis des finnischen Polizeiwesens.

»Weil alles neu organisiert worden ist. Wenn's dich interessiert, erkläre ich dir gern die Paragrafen und Reichstagsbeschlüsse.«

»Nicht nötig, ich frage mich nur, wer für den Fall eigentlich zuständig ist. Wenn ich mich nicht irre, liegt Heinola doch ein gutes Stück weiter südlich. Die Polizisten kamen aber aus St. Mickel, das noch weiter weg ist, in Richtung Osten.«

»1996 sind die Bezirksgrenzen neu gezogen worden, nachdem man dreißig Jahre darüber diskutiert hat und mit tausend Kompromissen lebte. Vor der Reform gab es in Finnland über zweihundert Polizeidistrikte, davon sind sechsundneunzig übrig geblieben. In Schweden sind es, glaube ich, einundzwanzig«, sagt Olli und fügt beiläufig hinzu, dass die Aufklärungsquote in Finnland erheblich höher sei als im westlichen Nachbarland. Mein Erstaunen veranlasst ihn zu einem ausschweifenden Bericht.

»In Finnland werden gut 59% aller Verbrechen aufgeklärt, in Schweden ungefähr 26«, erklärt Olli und präzisiert: »Ich spreche von Verbrechen gegen das Strafgesetzbuch. Nimmt man alle Vergehen als Maßstab, ist die Aufklärungsquote noch besser und dürfte bei gut 70% liegen. Frag mich nicht, wie das errechnet wird«, lacht er, »damit habe ich nichts zu tun.«

»Ist ja ein ganz schöner Unterschied. In Finnland Verbrecher zu sein ist offenbar kein Vergnügen.«

»Ach, wer weiß, vielleicht geht auch alles auf einen Rechenfehler zurück. Wie die Zahlen zustande kommen, weiß ich wirklich nicht, aber die Relation wird schon ungefähr stimmen. Nein, Ganoven haben's wirklich nicht leicht bei uns.«

»Hoffen wir, dass sich das rumspricht. Aber wer ist nun für diesen Fall zuständig?«

»Offiziell wohl St. Mickel, aber ein Großteil der praktischen Arbeit wird sicher von den Kollegen vor Ort erledigt.«

6

Manchmal muss man sich schon wundern, was man alles mitmacht. Zumindest für mich war es das erste Mal, dass ich ein Skelett im Wald gesehen habe.

Doch selbst ein Profi wie Olli wirkt ein wenig bedrückt. Er steht schweigend am Herd und bereitet unser Abendessen zu: Hechtfrikadellen nach Art des Hauses.

Der Nachmittag war strahlend schön gewesen. Wir hatten nichts Bestimmtes getan. Gebadet. Gefaulenzt. In der Zeitung geblättert. Ein bisschen über Dimitri geredet und über sein Ende im Wald spekuliert.

Wir wissen nicht mehr von ihm, als dass er bei Bäck gewohnt und gearbeitet hat. Sich um den Hof, die Tiere und den Wald gekümmert hat. Bäcks rechte Hand. Bis er verschwand. Niemand kennt die näheren Umstände, doch liegt ein Zusammenhang mit Bäcks Tod auf der Hand. Glauben wir zumindest. Mit dem Fahrrad, mitten im Winter? Zumindest das Warum scheint geklärt zu sein. Bleibt die Frage nach dem Wohin.

Wohin wollte er mit dem Fahrrad? Hatte er jemanden treffen wollen?

»Ist schon ein komisches Gefühl für einen Polizisten«, sagt Olli, um seine Wortkargheit zu erklären. »Da wird jemand ganz in deiner Nähe umgebracht, und mit den Ermittlungen hast du nichts zu tun.«

»Warten wir ab, was deine Kollegen aus St. Mickel herausfinden. Und wer verbietet uns denn, eigene Überlegungen anzustellen? Soviel ich weiß, ist es nicht verboten, einen Mörder zu finden, auch wenn man nicht mit der Suche beauftragt wurde.«

»Stimmt schon ...«

»Sag mal, hältst du es eigentlich für möglich, dass die Uhr gestohlen wurde? Dass der Tote ein anderer war? Weiß irgendjemand, wo Dimitri herkam? Vielleicht gibt es Verwandte, die benachrichtigt werden sollten.«

»Nicht dass ich wüsste. Bisher ist rein gar nichts über ihn bekannt. Niemand weiß, wie lange er sich ohne Visum ihn Schweden aufgehalten hat. Diese Gegend ist ja nicht sonderlich dicht besiedelt. Da sollte es einem nicht so schwer fallen unterzutauchen«, entgegnet Olli und stellt die Hechtfrikadellen auf den Tisch.

»Vielleicht hatte er eine Freundin oder ist mal zum Zahnarzt gegangen. Irgendjemand wird ihn doch wohl gekannt haben.«

»Wir wissen es nicht. Und ich glaube auch nicht, dass der Gerichtsmediziner aus dem Skelett noch viele Erkenntnisse ziehen kann. Soweit ich das erkennen konnte, hat er eine Kugel in die Brust bekommen. Vermutlich eine Hinrichtung. Eine Kugel direkt ins Herz. Zwei Rippen sowie das Brustbein waren gebrochen. Wenn er erschossen wurde, wie ich glaube, dann starb er vermutlich an Ort und Stelle«, sagt Olli.

»Vielleicht konnte er sich dort hinschleppen, wo wir ihn gefunden haben.«

»Mit einer Kugel im Herzen?«

»Was ist mit Selbstmord?«

»Glaub ich nicht. Warum hätte er dann so weit mit dem Fahrrad fahren, sich durch das Gestrüpp kämpfen und unter einer Fichte verstecken sollen? Nein, nein, Selbstmord sieht anders aus.«

»Aber all seine Sachen? Wenn er bei Bäck auf dem Hof

wohnte, dann muss er doch auch persönliche Dinge besessen haben.«

»Was glaubst du eigentlich, was die Polizei getan hat, nachdem Dimitri verschwunden war? Natürlich sind seine Sachen durchsucht worden, Stück für Stück. Das hat ungefähr drei Minuten gedauert. Wenige Kleidungsstücke, ein paar Bücher, Zeichnungen, Seife, Handtücher – nichts, was auch nur im Geringsten Aufschluss über seine Identität geben könnte. Allerdings war er ein ziemlich begabter Zeichner.«

»Was hat er gezeichnet?«

»Tiere, die Natur, den Hof, Stillleben, Porträts von Jens Bäck.«

»Wie merkwürdig«, murmele ich, während ich den Tisch decke.

»Und doch hat er keinerlei Spuren hinterlassen. Wir haben natürlich schon damals bei unseren russischen Kollegen angefragt, aber das hat auch nichts gebracht. Als hätte er nie existiert, und doch scheint ihn jemand gut genug gekannt zu haben, um ihm eine Pistole auf die Brust zu setzen und eine Kugel ins Herz zu jagen. Da kriecht man nirgends mehr hin. So, und jetzt will ich nicht mehr darüber reden. Lass uns einfach essen und an etwas anderes denken. Vielleicht kommt ja was Schönes im Fernsehen heute Abend …«

Das Thema zu beenden fällt mir zwar nicht leicht, aber die Hechtfrikadellen sind wirklich nicht zu verachten, sie schmecken sogar ausgezeichnet. Und was das Fernsehprogramm angeht, haben wir ebenfalls Glück: ›Alarm im Weltall‹, ein Film von Fred M. Wilcox aus dem Jahr 1956. Vor vielen, vielen Jahren habe ich ihn schon mal gesehen. Ein amerikanischer Astronaut findet im Jahr 2200 auf einem fernen, technisch fortschrittlichen Planeten einen dort gestrandeten wahnsinnigen Wissenschaftler, dessen Gedanken zerstörerische Wirkung haben. Er verliebt sich in dessen Tochter und kann sich mit ihr auf die Erde retten. Ich glaube, das war der erste Film mit rein elektronischer Musik. Über die Qualität des Films lässt sich streiten, aber er macht uns Spaß und bringt uns auf andere Gedanken.

Nach dem Weltraumabenteuer trinken wir Tee, und ich sage Olli, dass ich morgen früh nach Hause fahre. Im Moment bleibt uns doch nichts zu tun. Bella und die Hunde brauchen mich, außerdem kann ich ja jederzeit wiederkommen.

Ich spüre, dass der Fall Bäck und Dimitris Tod mich so schnell nicht loslassen werden. Ich muss recherchieren. Jedenfalls ein bisschen.

Am nächsten Morgen verabschiede ich mich, steige ins Auto und trete die Heimreise an. Fahre auf dem kürzesten und schnellsten Weg nach Helsinki, wo ich in den Hägnashallen noch ein paar Blätterteigpasteten kaufe, ehe ich zu Hause aufkreuze. Die kleine Wohnung wirkt verdammt leer. Ich lege meine Einkäufe in den Kühlschrank und mache mir rasch etwas zu essen. Haferflocken mit Sauermilch, die ein kaltes Gefühl im Bauch hervorruft.

Dann denke ich nach.

Zwei Menschen sind tot. Zwei Menschen, die auf demselben Hof lebten und wohl ungefähr zur selben Zeit starben. Das konnte kein Zufall sein. Und warum war Dimitri überhaupt verschwunden? Vermutlich hatte er alles mit angesehen. Hatte sie beobachtet und glaubte oder wusste … wusste, dass eigentlich *er* das Opfer sein sollte. Dass *er* ermordet werden sollte und Bäck dem Mörder nur in die Quere kam und deshalb mit dem Leben bezahlen musste. Was sollte es denn für einen Grund geben, einen mürrischen alten Landarzt zu töten? Auch war es ja im Grunde kein Mord, sondern zunächst Körperverletzung gewesen. Vielleicht hatte man aus Bäck herausprügeln wollen, wo Dimitri sich aufhielt. Vielleicht hatte er die Antwort verweigert. Dann stahl der Täter die Bilder, um einen Einbruch vorzutäuschen. Lebte Dimitri bei Bäck das Leben eines Eremiten mit Pferden, Hühnern und Enten, weil er hatte untertauchen müssen? Weil er vor der russischen Mafia geflüchtet war? Es fällt mir schwer, daran zu glauben. Wer würde sich schon jahrelang auf dem einsamen Hof eines exzentrischen Arztes verstecken?

Wir wär's mit Dimitri als desertiertem Geheimagenten oder entlaufenem Novizen eines orthodoxen Klosters in Karelien? Haha, träum weiter, Josef!

Als ich gerade erwäge, zum Hörer zu greifen und Olli anzurufen, stürmen die Hunde samt Bella und einem Italienisch sprechenden Herrn in die Wohnung. Verdattert stelle ich mich vor, während Muffins und Tipsa begeistert über mich herfallen. Wenige Minuten später geben sie mir dann Gelegenheit, mich unserem Gast zuzuwenden.

»Enrico Malipiero, Violine...«

Er ist rundlich und kurz gewachsen. Reicht Bella gerade bis zu den Achseln. So um die sechzig, würde ich schätzen. Er schüttelt mir strahlend und temperamentvoll die Hand.

»Bella on puhunut teistä«, sagt er mit kräftigem italienischem Akzent. Sein Finnisch ist noch schlechter als meines.

Er fährt mit einer Mischung aus Italienisch und Englisch fort und erklärt, er habe Bella schon vor langer Zeit in Italien kennen gelernt.

»Sie hat mir den Tipp gegeben, mein Glück im Norden zu versuchen, und hier bin ich! Drei interessante Jahre habe ich bereits hinter mir. Und sogar Finnisch habe ich gelernt. Als ich Bella plötzlich singen hörte, habe ich meinen Augen, äh, meinen Ohren nicht getraut... sie hat eine wundervolle Stimme.«

Enrico hat eine kleine Wohnung in der Nähe und war von Bella zu einer Tasse Tee eingeladen worden. Nächste Woche will er endlich mit seiner Freundin zusammenziehen, die der eigentliche Grund dafür ist, dass es ihn nach Finnland verschlagen hat. Und bald sollen die Hochzeitsglocken läuten.

Er redet davon, wie schön es doch sei, alten Bekannten zu begegnen, noch dazu, wenn sie Italienisch sprächen. Bella verdankt ihre Italienischkenntnisse ihren Engagements an italienischen Opernhäusern. Ich selbst bin nur weniger Worte mächtig; vorwiegend solcher, die man beim Einkaufen braucht und die ich während unserer Zeit in Palestrina aufgeschnappt habe.

Wir haben kaum zu reden begonnen, geschweige denn Tee gekocht, als er darauf besteht, uns in seine Wohnung einzuladen. Wir lassen die Hunde zu Hause und gehen den kurzen Weg zu Fuß. Er serviert uns italienische Köstlichkeiten: Ciabatta, kleine Würstchen, Schinken, Oliven, Bel Paese und Ruccola. Mehrere Stunden später kehren wir mit dicken Bäuchen und mehr als vergnügt wieder in unsere eigenen vier Wände zurück.

»Die perfekte Methode, seine Figur zu ruinieren«, seufzt Bella, und ich gebe ihr Recht.

»Und ausgerechnet heute Abend wollte ich dich zum Essen einladen. Ich hatte eigentlich ans Lehtovaara gedacht, aber ich glaube, das können wir uns schenken«, stelle ich nüchtern fest.

»Übermorgen werde ich einen Riesenhunger haben, das verspreche ich dir!«

»Warum übermorgen?«

»Weil morgen Premiere ist. Das hast du doch nicht vergessen?«

»Nein, natürlich nicht … und nach der Premiere?«

»Du weißt doch: Premierenfeier. Aber es wird schon nicht so spät werden, vielleicht halb eins, eins – oder so ungefähr«, fügt sie sicherheitshalber hinzu.

Ich hatte tatsächlich die Premiere vergessen. Es ist reiner Zufall, dass ich in Helsinki bin. Ich schäme mich leise und frage mich, ob ich mir eine Karte hätte besorgen sollen.

»Übrigens bin ich dir dankbar, dass du mich nicht um eine

Premierenkarte gebeten hast. Ich bin schon nervös genug. Wenn ich wüsste, dass auch du noch im Publikum sitzt ...«, sagt Bella, und ich bin gerettet.

»Ich weiß, aber ich werde mich um dich kümmern, wenn du nach Hause kommst. Vielleicht hole ich dich auch mit den Hunden von der Premierenfeier ab, dann brauchst du jedenfalls nicht mitten in der Nacht allein durch Helsinki zu wanken.«

»Ach du ...«

Die Nacht war sanft. Der Abend lau. Ich liege auf meiner Seite des Bettes und lese im Schein einer kleinen Lampe. Bella schläft. Die Hunde dösen vor sich hin und warten darauf, dass ich aufstehe oder das Licht lösche und einschlafe, damit sie das Fußende des Bettes in Besitz nehmen können.

Morgen war also Premiere. Verdammt noch mal, wie konnte ich das nur vergessen?

In Gedanken sehe ich Smokings und elegante Abendkleider. Oder sind es die Kostüme, die ich mir vorstelle? Das alles hat so wenig mit meiner eigenen Welt zu tun. Bis jetzt habe ich Bellas Arbeit immer als ganz normale Beschäftigung wahrgenommen. Habe sie zur Probe gehen und Unterricht geben sehen. Habe aus der Ferne verfolgt, wie sie an verschiedenen Häusern gastierte und kleinere Rollen übernahm, oft weit von zu Hause entfernt. Den Wirbel um eine Premiere habe ich noch gar nicht kennen gelernt, doch wie meine Mutter stets sagt: Man muss sich auf die Gegebenheiten einzustellen wissen. Und da ich schon von meiner Mutter spreche: Die würde sich auf jeder Premierenparty wie ein Fisch im Wasser fühlen.

Mit diesem Gedanken muss ich eingeschlafen sein, denn als ich das nächste Mal die Augen öffne, liegen zwei erwartungsvolle Hunde neben mir, und Bella steht unter der Dusche. Versucht, ihre erhitzten Nerven abzukühlen.

Nachdem wir gefrühstückt und die Hunde ausgeführt haben, will Bella sich für die Feier am Abend etwas Hübsches zum Anziehen kaufen. Das fällt ihr ja früh ein ... Ich soll sie beraten.

»Leider weiß ich nicht richtig, wo ich hingehen soll. Du kennst dich doch so gut in der Stadt aus, Josef. Geschmackvoll soll es sein, aber nicht zu teuer. Du weißt schon, eher was Modernes, aber vor allem individuell ...«

»Woher soll ich wissen, wo es elegante Kleider gibt?«

»Du kennst jedenfalls mehr Geschäfte als ich. Komm schon, denk nach!«

»Wir könnten es ja bei Marimekko an der Nördlichen Esplanade probieren ...«

»Ach nein, nicht Marimekko. Ich will doch etwas Schickes, keine Baumwolle ... etwas, das was hermacht, ohne gleich ein Vermögen zu kosten.«

»Aber so was gibt es auch bei Marimekko«, protestiere ich zaghaft, doch sie hört mir nicht zu.

Wir stapfen auf die Straßenbahnhaltestelle am Mannerheimvägen zu. Wir wollen ins Zentrum, wo sich in der Regel alle teuren und vermutlich auch feinen Geschäfte befinden. Nachdem wir ausgestiegen sind, wissen wir zunächst nicht, welche Richtung wir einschlagen sollen. Da sich das Stockmanns, ein großes Kaufhaus, ganz in der Nähe befindet, versuchen wir zunächst dort unser Glück. Wir treten ein und kommen uns völlig verloren vor. Bella entert in ihrer Verzweiflung sofort eine Boutique, die sehr exklusiv sein muss, wenn man die gelangweilte Unnahbarkeit des Personals zum Maßstab nimmt. Ich schnappe mir dreist die nächstbeste Verkäuferin und kümmere mich nicht darum, dass sie so tut, als sei sie beschäftigt. Als ich ihr unsere Notlage erkläre – eine ausländische Operndiva, heute Abend Premiere –, verändert sich ihre Haltung, und nach nur einer Stunde fleißiger Anprobe findet Bella, wonach sie gesucht hat: das klassische kleine Schwarze mit wenigen geschmackvollen Applikationen. Seriös und intelligent. Nicht zu protzig. Außerdem findet Bella sich in Schwarz besonders schlank. Es muss noch ein wenig gekürzt werden, sonst ist alles perfekt.

»Sitzt wie angegossen«, stellt Bella fest. »Ich darf nur nicht zu viel essen heute Abend.«

»Na, wie ich dich kenne, hältst du dich ja ohnehin mehr an den Champagner.« Ich grinse frech.

Um achtzehn Uhr kann das Kleid abgeholt werden. Ich darf es höchstpersönlich zur Oper fahren, mich zum Künstlereingang hineinschleichen und es dort für sie abgeben.

Näher kann ich der Party nicht kommen.

7

Bella bricht pünktlich auf. Ich kann nichts tun, um ihr Lampenfieber zu dämpfen. Ich nehme an, das gehört dazu. Sie geht zu Fuß zur Oper – das beruhigt die Nerven, sagt sie – und will nicht, dass ich sie begleite. Alles Weitere findet ausschließlich zwischen ihr und dem Publikum statt. Und zwischen ihr und dem Komponisten – Mozart.

Ich drehe eine kurze Runde mit den Hunden. Dann gehe ich ins Kino. Ist schon ziemlich lange her, dass ich im Kino war. Bin gar nicht mehr daran gewöhnt. Der Film, den ich mir ausgesucht habe, ist teilweise so einfältig, dass ich es aufgebe, der Handlung zu folgen, und mich stattdessen mit Dimitri und Jens Bäck beschäftige.

Ich hätte zu gern gewusst, was die Ermittlungen der Polizei bislang ergeben haben, aber ich nehme doch an, dass ich nicht einfach zum Polizeipräsidium in St. Mickel hineinspazieren und um Akteneinsicht bitten kann. Natürlich ist der Fall schon ein paar Jahre alt, doch nach dem Fund von Dimitris Leiche hat er neue Nahrung erhalten. Und ich sitze hier rum, verdammt! Es wäre schön, jemanden zum Diskutieren zu haben. Olli zum Beispiel, aber so spät am Abend will ich ihn nicht mehr anrufen.

Ich gehe nach Hause. An den Film habe ich schon jetzt keine Erinnerung mehr. Nehme mir ein Bier aus dem Kühlschrank. Lege zwei neue Flaschen hinein, die ich aus Bellas kleinem Vorrat unter dem Bett geholt habe. Die Hunde leisten mir auf dem Sofa Gesellschaft. Ich zappe mich durch die Programme, bis ich auf einen finnischen Sender stoße, auf dem gerade die Nachrichten beginnen. Es ist 23 Uhr. In Ermangelung wichtigerer Meldungen wird kurz über den Fund einer Leiche in einem Wald berichtet. Für fünfzehn Sekunden hat das unbekannte Skelett, das in einem Waldstück außerhalb von Helsinki gefunden wurde, die Aufmerksamkeit der ganzen Nation beansprucht. Na, wenn sonst nichts passiert ist, denke ich. Vielleicht fühlt sich der Sender sogar bemüßigt, den Fall weiterzuverfolgen. Könnte ja auch sein, dass sich jemand an eine auffällige Beobachtung erinnert und Kontakt mit der Polizei aufnimmt.

Ich kann nicht anders. Ich muss Olli anrufen. Der sitzt doch bestimmt noch mit einem Bier vorm Fernseher, so wie ich. Und ganz richtig – er ist sofort am Apparat.

»Hallo, hier ist Josef. Hast du die Nachrichten gesehen?«

»Ja. Ich frage mich, von wem die den Tipp bekommen haben. Ich habe jedenfalls kein Jota gesagt.«

»Kein was?«, frage ich.

»Na, kein Sterbenswörtchen. Jota kommt aus dem Griechischen. Typisch finnlandschwedischer Slangausdruck.«

»Du hättest Lehrer werden sollen.«

»Gott bewahre!«

»Kann ja nicht schaden, dass es in den Nachrichten erwähnt wurde. Wer weiß, vielleicht meldet sich jemand, der etwas gesehen hat. Hast du noch weiter an den Fall gedacht?« »Ja. Eigentlich kann ich ganz gut abschalten, aber irgendwie geht mir die Sache nicht aus dem Kopf«, seufzt Olli.

»Hast du eigentlich eine Ahnung, wie viele Menschen über die Grenze kommen, die Ostgrenze meine ich?«

»Jede Menge. Die Zahlen variieren zwar von Jahr zu Jahr, aber es werden immer mehr. Und wenn sie erst mal im Land sind, ist es schwer, ihren Weg weiterzuverfolgen. Innerhalb der EU können sie sich ja frei bewegen ... mit allen Vor- und Nachteilen, die das mit sich bringt.«

»Wie meinst du das?«

»Also: Im Laufe eines Jahres kommen ungefähr 230 000 Personen über die Grenze, ein paar Tausend davon illegal. Die Krux ist vor allem, dass viele das Land nicht wieder rechtzeitig verlassen. Sie überschreiten die Frist ihrer Aufenthaltserlaubnis. Für jeden Tag, den sie länger bleiben, wird dann ein Bußgeld verhängt«, erklärt Olli.

»Aber wie kam man zu Dimitris Zeit nach Finnland?«

»Du meinst, als die Sowjetunion noch bestand? Da musste man zu den Glücklichen gehören, denen ein Visum gewährt wurde. Ohne Visum war das so gut wie unmöglich. Einigen ist es trotzdem geglückt, zu uns ins Land zu kommen. Wir rechnen mit insgesamt höchstens hundert Personen, die danach in andere Länder weiterreisten oder, was weniger wahrscheinlich ist, in Finnland untertauchten. Sie taten das sicher mit gefälschten Pässen und Dokumenten. Aber das müssen nicht zwangsläufig alles Russen gewesen sein. Wir wissen ja gar nichts von Dimitri, vielleicht hieß er in Wahrheit ganz anders ...«

»Armer Teufel«, seufze ich.

»Warum?«

»Finnisch ist kein Kinderspiel.«

»Sogar du hast es doch gelernt.«

»Kann man Selbstmord wirklich ausschließen?«

»Ausschließen nicht, aber ich glaube nicht daran«, antwortet Olli und gähnt diskret.

»Selbstmord wäre doch die einfachste Lösung. Wäre übrigens gut zu wissen, ob er vor oder nach Jens Bäck starb. Stell dir vor, er ist vor ihm gestorben.«

»Das würde natürlich ein neues Licht auf die Sache werfen. Wer weiß ...«

»Was?«

»Was die beiden für ein Verhältnis zueinander hatten.«

Unser Gespräch verebbt, und wir verabschieden uns. Ich glotze noch eine Zeit lang auf die Mattscheibe, schreibe eine Karte an meine Mutter und wasche das Geschirr ab. Als es auf halb eins zugeht, mache ich mich mit den Hunden in Richtung Oper auf. Bella soll nicht allein nach Hause gehen müssen. Das finden die Hunde auch. Erstaunt über den nächtlichen Ausflug, quetschen sie sich in den Aufzug, wo ich sie an die Leine nehme. Dann ziehen sie mich auf die Straße. Der eine nach rechts, die andere nach links. Ich selbst will quer über die Fahrbahn. So machen wir es. Spazieren ein kurzes Stück durch das nächtliche Helsinki. Der Verkehr hält sich in Grenzen. Auf der Straße sieht man nur wenige Leute, die meisten scharen sich um die Kneipen.

Der Fußmarsch zur Oper dauert ungefähr zwanzig Minuten. Wir kommen rechtzeitig. Die Ersten scheinen die Feier gerade zu verlassen, und nach einer Weile tritt auch Bella auf die Straße. Offenbar hatte sie wirklich zu Fuß nach Hause gehen wollen. Sie scheint ziemlich einen in der Krone zu haben. Die Hunde nehmen sie freudig in Empfang. Ich frage sie aus, doch Bella will über etwas anderes reden und hakt sich bei mir ein. Vor allem, um nicht die Balance zu verlieren, vermute ich.

»Rate mal, wen ich heute Abend kennen gelernt habe!«, fordert sie mich nach einem Champagnerkuss auf.

»Woher soll ich das wissen?«

»Stimmt, woher sollst du das wissen, hihi ...«

»Na, sag schon.«

»Einen alten Herrn, der diesen Typ kannte, von dem du erzählt hast.«

»Wen meinst du?«

»Ach, ich erinnere mich nicht an den Namen. Lass uns noch eine Tasse Tee trinken und einen Happen essen, wenn wir nach Hause kommen, ja?«

»Okay, machen wir, aber wen hast du jetzt kennen gelernt?«

»Wie hieß der noch gleich? Ein netter Kerl ... hatte irgendwas mit der Oper zu tun ... vielleicht auch der Vater von jemandem«, sagt sie, indem sie mich zu einem Schaufenster zieht.

»Ein Vater ...?«

»Ja, der war bestimmt schon achtzig ... oder neunzig ... oder hundert«, kichert Bella, die durch den kühlen Abendwind auch nicht nüchterner wird.

Nach einigen weiteren Versuchen, aus ihr herauszukriegen, wen sie denn nun kennen gelernt hat, gebe ich auf. Entweder kann sie sich wirklich nicht mehr erinnern, oder sie will nicht darüber reden. Während ich Teewasser aufsetze, lässt sie sich auf das Sofa fallen.

»Muss mich ein bisschen ausruhen ... wie spät ist es?«

»Zehn nach zwei. Jetzt kannst du dich ausruhen bis Montagabend, dann ist die nächste Vorstellung«, antworte ich.

Doch Bella hört mich nicht mehr. Als der Tee fertig ist, versuche ich, sie vorsichtig zu wecken. Ein halbes Brötchen und einen Schluck nimmt sie noch zu sich, dann ist sie endgültig hinüber. Ich befreie sie mit einiger Mühe von dem kleinen Schwarzen, das wir gekauft haben, und decke sie zu. Am frühen Morgen höre ich Geräusche von der Toilette. Danach schläft sie bis halb zwölf.

Als Bella erwacht, ist es Herbst. Der erste Herbsttag. Die Luft hat sich deutlich abgekühlt, und es weht ein schneidender

Wind. An einem solchen Tag steht man natürlich nur ungern auf, und erst recht nicht, wenn man am Abend zuvor auf einer Premierenfeier war. Sehr verständlich. Noch verständlicher wird es, als es draußen still und melancholisch zu regnen anfängt. Ich setze mich auf die Bettkante und frage Bella nun noch mal nach dem gestrigen Abend. Natürlich bin ich auch begierig, etwas über den Mann zu erfahren, »der diesen Typ kannte«, von dem ich erzählt hätte.

Sie sieht mich mit matten Augen an. Blass um die Nase. Bittet mich seufzend um ein Glas Wasser und einen Zwieback. Nachdem sie den langsam geknabbert hat, reibt sie sich die Augen, schüttelt vorsichtig den Kopf und fragt nach der Tageszeitung. Ich hole das ›Hufvudstadsbladet‹, und sie sucht nach einer Premierenkritik, aber dafür ist es noch zu früh. Die wird erst in der Sonntagsausgabe zu finden sein. Bella schaut aus dem Fenster. Atmet schwer.

»Du ...«, sagt sie und fährt sich durch die Haare.

Sie bricht ab und verschwindet im Badezimmer. Es geht ihr nicht gut. Als sie eine halbe Stunde später wieder herauskommt, hat sie geduscht, aber kein ausreichend großes Handtuch gefunden. Tropfend setzt sie sich auf die Bettkante.

»Du ... hast vielleicht gemerkt, dass ich Probleme mit dem Alkohol habe. Es tut mir Leid. Ich hätte das erzählen sollen ... Ich dachte ... ach, ich weiß nicht, was ich dachte. Verdammt!«

Sie lässt sich in die Kissen sinken. Für eine Weile wird es still. Ein oder zwei Stunden dauert dieser Zustand an. Im Grunde sind es höchstens drei, vier Minuten. Als sie aufblickt, hat sie Tränen in den Augen. Ich streiche ihr über das Haar und decke sie wieder zu. Kurz darauf ist sie erneut eingeschlafen.

Probleme mit dem Alkohol ... Was meint sie damit? Ich habe nie etwas bemerkt. Wir trinken manchmal ein paar Gläser Wein oder Bier zusammen und genehmigen uns auch schon mal einen Whisky, ohne dass ich je ein komisches Gefühl gehabt hätte.

Während Bella schläft, rufe ich Olli an, der sich anschickt, nach Helsinki zurückzufahren, wo die Arbeit auf ihn wartet. Er packt gerade seine Sachen zusammen und bereitet das Haus auf den Winter vor, der seiner Meinung nach jederzeit hereinbrechen kann.

»Kommt ganz auf die Windrichtung an. Kommt er von Osten, kann es plötzlich fürchterlich kalt werden. Wir hatten schon Frost und Schnee im September, das ist nichts Ungewöhnliches.«

Ich erwähne Bellas Begegnung mit einem alten Mann, der möglicherweise Jens Bäck gekannt hat, und versuche, mich so genau wie möglich an ihre Worte zu erinnern: *Ein netter Kerl, hatte irgendwas mit der Oper zu tun, vielleicht auch der Vater von jemandem, bestimmt schon achtzig ... oder neunzig.*

»Vielleicht ein Kollege von Bäck«, mutmaßt Olli, »oder ein Studienfreund.«

»Keine Ahnung, aber sobald Bella aufwacht, werde ich sie danach fragen. Sie ist noch etwas angeschlagen ... nach dem gestrigen Abend.«

Olli lacht und fordert mich auf, am Ball zu bleiben. Bis jetzt ist es noch niemandem gelungen, einen Freund oder Verwandten von Bäck aufzuspüren. Allenfalls sehr lose Bekannte, die längst keinen Kontakt mehr zu ihm hatten und nicht einmal wussten, dass er gestorben war.

»Wenn du etwas rauskriegst, kannst du mich in Helsinki erreichen. Ich ziehe wieder in meine Wohnung, der Sommer ist endgültig vorbei«, sagt Olli und gibt mir seine Privat- und seine Büronummer.

Mehr aus Spaß klebe ich einen Zettel mit der Aufschrift »Vorsicht, Gift!« auf die Whiskyflasche. Dann gehe ich mit den Hunden spazieren. Ich bin es, der ein bisschen frische Luft braucht. Die Hunde würden gern bei ihrem Frauchen im Bett bleiben.

Wir schlendern in Richtung Zentrum, bevor wir hinunter zum Park gehen, der sich an den Eisenbahnschienen entlangzieht. Dort gibt es viele interessante Gerüche. Der Fußweg verläuft eine Weile parallel zu den Schienen, bis ich über eine Brücke auf das Stadttheater zugehe und mich plötzlich am Hägnastorg befinde. Das hatte ich gar nicht beabsichtigt. Aber so kann es gehen, wenn man mit seinen Gedanken woanders ist. Wir drehen um und gehen ungefähr denselben Weg wieder zurück.

Als wir nach Hause kommen, ist Bella aufgestanden. Sie hat geduscht und macht sich an der Waschmaschine zu schaffen.

»Hast du was gegessen?«, frage ich und überlege, was ich uns rasch zubereiten könnte. Auch ich bin hungrig, nachdem ich zwei Stunden mit den Hunden draußen war.

Bella kann sich vorstellen, ein klein wenig zu sich zu nehmen. Für den Anfang. Ich mache uns zwei Teller mit Haferflocken und Sauermilch, während Bella ihr neues schwarzes Kleid sorgfältig auf einen Kleiderbügel hängt. Sie ist immer noch etwas blass um die Nase, als sie sich hinsetzt.

»Du brauchst nicht mit mir zu schimpfen«, sagt sie, während sie vorsichtig die Sauermilch probiert.

»Das hatte ich auch gar nicht vor«, entgegne ich in der Hoffnung, dass endlich ein vernünftiges Gespräch in Gang kommt. Nach einem Streit steht mir ohnehin nicht der Sinn.

Aber das Essen verläuft stiller als gewöhnlich. Bella isst langsam. Es wird eine Weile dauern, bis sie wieder die Alte ist. Bewegung und frische Luft würden ihr gut tun. Vielleicht gegen Abend. Während sie schweigend dasitzt und in ihren Haferflocken stochert, nehme ich einen erneuten Anlauf und erkundige mich nach dem älteren Herrn, den sie erwähnt hat.

»Du hast gesagt, er könnte vielleicht der Vater von jemandem sein, der an der Oper arbeitet, erinnerst du dich? Weißt du noch, dass du mir von ihm erzählt hast?«, frage ich vorsichtig.

»Ja, ich … kann mich erinnern, dass ich eine ganze Weile mit ihm geredet habe. Ein älterer Gentleman. Er war sehr freundlich, kultiviert, weit gereist ... mehr weiß ich nicht mehr. Was habe ich dir denn noch erzählt?«

»Du sagtest, er würde denjenigen kennen, von dem ich neulich erzählt habe. Ich nehme an, dass du damit Dimitri gemeint hast, den Mann, dessen Skelett wir in einem Waldstück nördlich von Sysmä gefunden haben.«

»Eine schreckliche Geschichte.«

»Ja, und ich wüsste verdammt gern, was hinter dieser ganzen Geschichte steckt. Frag mich nicht, warum.«

»An seinen Namen kann ich mich nicht erinnern, aber warte mal ... ich habe doch seine Visitenkarte. Wo ist die denn bloß?«

»Hoffentlich nicht in der Waschmaschine.«

»Nein, nein, ich habe sie in meine Tasche getan, und die müsste im Flur stehen. Ich schau mal nach.«

Bella verschwindet für eine ganze Weile und kommt schließlich mit einer aufgeweichten, aber noch lesbaren Visitenkarte zurück.

»Enso G. Gavrilov« steht dort in zierlicher Schrift.

Die Karte hat sich ganz gut gehalten, obwohl sie bereits einige Umdrehungen in der Waschmaschine hinter sich hat, wie ich vermute. Auch Adresse und Telefonnummer sind noch entzifferbar. Enso G. Gavrilov ist Kürschner und hat sein Geschäft dem Telefonbuch zufolge in der Fredriksgata. Die Wohnadresse ist identisch.

»Fühlst du dich bereit zu einem kleinen Spaziergang?«, frage ich. Bella wirft einen prüfenden Blick aus dem Fenster. Der Regen hat nachgelassen, Wolkenfetzen treiben gen Westen. Sie nickt schweigend und holt ihre Überschuhe von der Garderobe.

»Ich hasse es, nasse Füße zu bekommen«, erklärt sie.

77

Wir nehmen die Straßenbahn und steigen in der Nähe des Schwedischen Theaters aus. Von dort aus spazieren wir zur Stora Rosenborgsgata. Dank des wieder einsetzenden Regens sind nur wenige Leute auf der Straße. Ein paar Autos rollen vorbei und lassen das Wasser aufspritzen, die Schaufenster leuchten verlassen. Ganz in der Nähe hatte mein alter Bekannter Matti J. Suominen sein Fotostudio. Ich frage mich, was aus ihm geworden ist.

An der Kreuzung zur Fredriksgata gehen wir an Gavrilovs Pelzgeschäft vorbei, über dem sich vermutlich seine Wohnung befindet. Ich sehe ein paar dunkle Fenster mit schweren Vorhängen. Als wir unseren nassen Spaziergang auf der Bangata fortsetzen, werden wir plötzlich von einem klein gewachsenen alten Herrn mit Hut angesprochen.

»Oh, Bella, Sie gehen im Regen spazieren, gemeinsam mit Ihrem Mann?«

Er reicht mir die Hand, lüftet den Hut und stellt sich vor: »Enso Gavrilov, Kürschner und Opernliebhaber.« Ehe ich etwas entgegnen kann, hat er schon zu einem längeren Monolog angesetzt und uns – mit Hinweis auf den furchtbaren Regen – zu einer Tasse Tee in seine Wohnung eingeladen.

Bella nimmt die Einladung unumwunden an. Plappernd führt uns Gavrilov zu einer kleinen Tür und lässt uns hinein. Er entschuldigt sich, dass wir nicht den Haupteingang benutzen, während der gut achtzigjährige Herr zügig die Stufen hinaufeilt. Im zweiten Stock betreten wir seine Wohnung. Durch den Hintereingang.

Lassen uns durch einen kleinen Flur führen, passieren Küche und Anrichtezimmer, ehe wir den großzügigen Vorraum erreichen, wo wir unsere Mäntel aufhängen und Bella ihre Überschuhe abstreift. Wir befinden uns in einer allem Anschein nach riesigen Wohnung, die den Geist des 19. Jahrhunderts atmet.

»Bitte, setzen Sie sich. Ich mache uns nur rasch einen Tee. Sie sollen sich nicht erkälten, einen kleinen Augenblick ...«

Schon der kleine Ausschnitt der Wohnung, den ich von meinem Platz aus sehe, hätte mehreren heutzutage so beengt wohnenden Familien Platz geboten. Zahlreiche Türen, schwere Teppiche und Vorhänge, Uhren und Vasen, doch vor allem jede Menge Kunstgegenstände. Kunst aus dem 19. Jahrhundert. Die Wände sind von Bildern bedeckt, die in zwei, manchmal in drei Reihen übereinander hängen. Staunend sehen wir uns um.

Nach einer Weile kommt Gavrilov mit einem Tablett herein, auf dem Porzellan, kleine Küchlein und Kekse stehen. Geht wieder hinaus und kehrt kurz darauf mit der Teekanne wieder zurück. Verschwindet erneut. Ich lasse meinen Blick von Bild zu Bild wandern. Keine schlechte Sammlung. Weder unter künstlerischen noch ökonomischen Gesichtspunkten. Soweit ich das beurteilen kann. Ich will gerade aufstehen, um einen näheren Blick auf ein spezielles Werk zu werfen, als Gavrilov, aus einer anderen Richtung kommend, plötzlich neben mir steht und diskret fragt, ob ich mich für Kunst interessiere. Bevor ich den Mund öffnen kann, hat Bella für mich geantwortet. Sie erzählt von meiner Mutter, die Malerin sei. Gavrilov bittet um Entschuldigung und kehrt im nächsten Moment mit einem Nachschlagewerk zurück. Im Nu hat er ihren Namen gefunden und nickt.

»Hm, ein wenig zu modern für meinen Geschmack, wenn Sie mir die Bemerkung erlauben. Ich habe mich auf das 19. Jahrhundert spezialisiert, vor allem auf dessen erste Hälfte. Sie sehen ja selbst ...« Er macht eine ausgreifende Handbewegung und wiederholt seine Frage, ob ich kunstinteressiert sei. Das kann ich bejahen, obwohl das Kaufen und Sammeln nie mein Fall war.

»Sie besitzen nicht zufällig ein Bild des russischen Malers Ajvazovskij?«, frage ich.

»Doch, das tue ich. Woher kennen Sie ihn? Ich habe ein kleines Seestück«, fährt Gavrilov fort, stellt seine Tasse ab und steht auf.

»Kommen Sie, ich zeige es Ihnen.«

Wir folgen ihm durch seine Wohnung, während er uns mit schnellen, energischen Schritten in einen kleinen Raum führt, in dem sich ausschließlich Bilder mit maritimen Motiven befinden.

Zahlreiche Frachter, Segel- und Dampfschiffe, die über das Meer fahren, und dazwischen ein kleines Gemälde, das einen zerrissenen Himmel über einem aufgewühlten Meer zeigt. Ein Fischerboot mit geblähten Segeln ist auf dem Weg in ruhigere Gewässer. Hinter den sturmgepeitschten Wolken versinkt die Sonne.

»Ein echter Ajvazovskij, romantisch, idealistisch, dramatisch! Das 19. Jahrhundert war von jeher meine große Leidenschaft«, wiederholt er. »Vielleicht bin ich ein wenig verrückt, aber ich kann es einfach nicht lassen. Ist ja auch nicht zu verbergen!«, fügt er lachend hinzu und breitet die Arme aus.

Während wir zurück in den Salon gehen, frage ich ihn über den russischen Maler aus. Gavrilov erzählt, Ajvazovskij sei einer der bedeutendsten Marinemaler des 19. Jahrhunderts gewesen und habe Tausende von Bildern hinterlassen. Sohn einer armen Kaufmannsfamilie. Studium an der Kunstakademie von St. Petersburg, wo er bereits mit seinen Landschaftsgemälden Beachtung fand. Später sei er dazu übergegangen, hauptsächlich maritime Motive zu malen. »Glücklicherweise!«, betont Gavrilov.

»Er wurde mit einer Goldmedaille ausgezeichnet und mit einer zweijährigen Reise auf die Krim und nach Italien belohnt, wo er Gelegenheit hatte, die alten Meister zu studieren.«

Gavrilov hätte seine Vorlesung über Ajvazovskij sicher noch eine Zeit lang fortgesetzt, wenn Bella sich nicht nach den übrigen Bildern seiner Sammlung erkundigt hätte. Unser Gastgeber lässt keinen Zweifel daran, dass er in der Lage wäre, sich eine Ewigkeit über sein Lieblingsthema zu verbreiten.

»Ich habe erst vor kurzem mit Ajvazovskij Bekanntschaft gemacht«, beginne ich vorsichtig. »Ein älterer Mann, der leider nicht mehr am Leben ist, besaß drei Gemälde von ihm.«

»In Finnland?«

»Ja, auf dem Land, ein gutes Stück nördlich von Lahti.«

»Soso.« Gavrilov denkt eine Weile schweigend nach. Schließlich stellt er lautlos seine Tasse ab.

»Wollen Sie damit sagen, dass Jens Bäck gestorben ist?«

»Ja. Sie kannten ihn? Man hat ihm die Bilder von Ajvazovskij gestohlen und ihn bei dem Einbruch so schwer verletzt, dass er kurz darauf gestorben ist. Haben Sie nicht davon gehört?«, frage ich und versuche, mein Erstaunen zu verbergen.

Ich habe tatsächlich jemanden gefunden, der Jens Bäck kannte!

»Nein, das wusste ich nicht. Im ›Hufvudstadsbladet‹ war nichts darüber zu lesen.«

Im Raum wird es still. Hinter den Fenstern ist das leise Rauschen des Verkehrs zu hören. Ein Lastwagen rollt vorbei. Gavrilov scheint in der Erinnerung versunken zu sein.

»Jens war ein ganz besonderer Mensch«, sagt er leise und räuspert sich.

Ehe wir etwas entgegnen können, fährt er fort:

»Ich bin ihm vielleicht fünf- oder sechsmal begegnet. Das ist schon viele Jahre her ... Er hat mich auch in Helsinki besucht. Durch einen Zufall hatten wir uns kennen gelernt. Eigentlich waren wir sehr verschieden, aber wir ... ja, wir mochten uns. Wenn er hier war, pflegte er bei mir zu übernachten. Soweit ich weiß, hatte er keine Verwandten, und Hotels mochte er nicht. Er war ein interessanter Gesprächspartner, und natürlich haben wir viel über Kunst geredet. Er war wirklich ein besonderer Mensch«, sagt Gavrilov nachdenklich.

Dann steht er auf und zündet eine Kerze an.

»Ja, ich habe schon gehört, dass er eine interessante Persönlichkeit war. Sie haben ihn nicht etwa auch mal auf seinem Hof besucht?«, frage ich hoffnungsvoll.

»Nein, leider nicht. Er hat mich nie eingeladen. Ich weiß nicht einmal genau, wo er gewohnt hat. Irgendwo in der Nähe von Heinola, glaube ich. Ziemlich weit zu fahren ... ich glaube, er war ein ziemlicher Eigenbrötler.«

»Über sein Privatleben wissen Sie also nicht viel?«

»Nein, ich erinnere mich nur, dass er die Oper liebte, einiges von älterer Kunst verstand und ziemlich viel auf Reisen war.«

»Wissen Sie, wohin er gereist ist?«

»Tja, ich besitze noch eine Postkarte, die er mir einmal aus Deutschland geschickt hat, und eine andere aus Italien. Kleinen Moment«, sagt Gavrilov und verschwindet in der Wohnung. Erneut wird es still.

»Ich kriege langsam Hunger«, flüstert Bella nach einer Weile. »Trotz all der Plätzchen und Kuchen.« In diesem Moment kommt Gavrilov zurück. Er hält zwei Postkarten in der Hand und schüttelt den Kopf.

»Er hat mir nie erzählt, wohin er reiste oder wo er wohnte. Auf diesen Karten steht auch nichts. Die eine scheint aus Berlin zu sein, die andere ist aus Florenz«, sagt Gavrilov und gibt mir die Karten. Ganz normale Postkarten mit verschwommenen, unleserlichen Stempeln. Auf der einen ist ein Park zu sehen, der überall sein könnte. Die Handschrift hingegen ist sehr gut zu lesen: *Viele Grüße aus Berlin! Werde bald nach Helsinki zurückkommen. Will noch ein paar Tage bleiben, wenn sich das machen lässt. Habe einige interessante Bücher entdeckt, die gut in deine Regale passen. Herzliche Grüße. Dein Jens.*

Die andere Karte enthält nur Grüße und ein paar Bemerkungen zu einer Ausstellung. Das ist alles.

»Was ist mit den Büchern, die er erwähnt?«, fragt Bella.

»Er kaufte stets Kunstbücher in Antiquariaten. Ich glaube, mich erinnern zu können, dass er welche aus Italien mitbrachte, in denen es um Maler ging, die von Ajvazovskij inspiriert wurden oder sich zumindest in seinen Fußspuren bewegten. Sehr interessant, wollen Sie mal sehen?«

Mit diesen Worten ist er bereits aufgesprungen und aus dem Zimmer geeilt, um im nächsten Moment mit zwei Büchern unter dem Arm zurückzukehren. Das eine handelt von einem gewissen Lev Lagorio, das andere von Rufin Sudkovskij. Beide sind mir völlig unbekannt.

So vergeht die Zeit, und Gavrilov ist ein unterhaltsamer Gastgeber. Dennoch brechen wir schließlich mit der Begründung auf, unsere Hunde füttern zu müssen. Als wir uns anschicken, die Wohnung zu verlassen, diesmal durch den Haupteingang, will Gavrilov plötzlich die näheren Umstände des Todes von Jens Bäck wissen. Ich gebe ihm eine kurze Zusammenfassung. Gavrilov schweigt einen Moment, ehe er verspricht, noch einmal gründlich nachzudenken, ob Bäck nicht doch irgendwelche Namen erwähnt hat, die uns weiterhelfen könnten.

»Aber versprechen Sie sich besser nichts davon«, fügt er hinzu. »Jens schien nur wenige Freunde zu haben. Ich glaube, er war ziemlich einsam.«

8

Der Himmel hat erneut seine Schleusen geöffnet. Und diesmal macht er Ernst. Es schüttet nur so aus den schwarzen Wolken, binnen Sekunden sind wir völlig durchnässt. Ich bin versucht, ein Taxi zu rufen, doch Bella hindert mich daran. Wir hatten doch zu Fuß gehen wollen... Ja, schon, aber bei diesem Sau-

wetter? Als eine Straßenbahn kommt, steigen wir kurz entschlossen ein. Gemeinsam mit anderen klatschnassen Indivi-
duen rattern wir durch die Stadt. Das Wasser läuft aus meinen
Schuhen, während ich spüre, wie ein kleines Rinnsal den Weg
in meinen Kragen findet.

»Was soll's, nasser können wir nicht werden«, sagt Bella.

Zu Hause ziehen wir trockene Sachen an. Hängen die nassen
Kleider auf und füllen die Waschmaschine. In Bademäntel gehüllt und mit strubbeligen Haaren kochen wir Spagetti mit
Hackfleischsoße und vielen schwarzen Oliven. Schnell, einfach
und lecker. Bella sieht endlich wieder zufrieden und müde aus.
Nach dem Essen schaltet sie den Fernseher ein und lässt sich in
unseren einzigen Sessel sinken, während ich die Küche mache.
Nach einer Weile verschwindet sie im Badezimmer. Ich sehe die
Spätnachrichten. Weiß, dass die Chance gering ist, bin aber
trotzdem enttäuscht, als auf unsere Entdeckung im Wald nicht
weiter eingegangen wird. Der Skelettfund ist anscheinend nicht
spektakulär genug, um ein zweites Mal Erwähnung zu finden.
Auch die Abendzeitungen zeigen kein Interesse, da es hier weder um Sex noch um Prominente geht. Wahrscheinlich haben
auch die polizeilichen Ermittlungen nichts ergeben. Ach ja,
nihil sub sole novum...

Auch für mich ist es an der Zeit, ins Bett zu gehen, doch ehe
ich unter die Decke krieche, geht mir durch den Kopf, dass ich
nicht einmal weiß, wie Jens Bäck eigentlich ausgesehen hat.
Ganz zu schweigen von Dimitri. Ich muss morgen versuchen,
Fotos aufzutreiben. Zur Not Passfotos. Bäck stelle ich mir als
kurz gewachsene Person vor, ein wenig korpulent, mit grauem,
lockigem Haar und freundlichem Gesicht. Wie ich darauf
komme, ist mir ein Rätsel. Denn Bäck war doch vor allem für
seine scharfe Zunge bekannt.

Früh am nächsten Morgen – es ist wirklich das Erste, was ich tue – rufe ich die zentrale Passbehörde an, um mich nach etwaigen Passbildern zu erkundigen. Aber in Finnland ist das leider nicht möglich. Passbilder sind hierzulande keine öffentliche Angelegenheit so wie derzeit noch in Schweden. Aber auch dort soll eine Gesetzesänderung in Kraft treten, die bezüglich der Passfotos eine größere Diskretion vorschreibt. Ich wähle Ollis Nummer, um ihn zu fragen, ob er schon mal ein Foto von Bäck oder Dimitri gesehen hat, doch offenbar ist er nicht mehr zu Hause. Dann versuche ich mein Glück bei der Lokalzeitung ›Ita Häme‹ in Heinola. Zeitungen haben ja oft umfangreiche und wertvolle Bildarchive. Und siehe da – der Bildredakteur beißt sofort an. Natürlich haben sie Fotos von Jens Bäck! Er verspricht, mir ein paar Abzüge der letzten Aufnahmen zu schicken, doch in Sachen Dimitri kommen wir nicht weiter. Ein Vorname allein reicht für die Archivsuche natürlich nicht aus. Nur der Nachname, das könnte schon gehen, aber ein Vorname … nein, wirklich nicht.

Wer zum Teufel war dieser Dimitri?

Und wer war eigentlich Jens Bäck? Wo hatte er studiert? Wäre es möglich, einen alten Kommilitonen ausfindig zu machen? Wer könnte einem dabei helfen? Ich muss herumtelefonieren und mich nach den Bedingungen eines Medizinstudiums in den vierziger Jahren erkundigen, also während des Krieges. Heute kann man auch in Kuopio, Uleåborg und Tammerfors studieren, doch in den Vierzigern? Ich vermute, dass damals nur Helsinki und Åbo infrage kamen. Vielleicht gar keine andere Stadt aufgrund des Krieges.

Wenn ich Pech habe, war Bäck in Nazideutschland an der Uni. Habe ich Glück, hat er in Schweden studiert. Der Name Jens Bäck hört sich ja nicht gerade sehr finnisch an. In diesem Fall ist das Karolinska Institutet am wahrscheinlichsten.

Es ist naiv zu glauben, man könne sich am Sonntag nach Studentenverzeichnissen aus den vierziger Jahren erkundigen. Stattdessen wecke ich Bella. Vorsichtig. Mitfühlend. Sie scheint bester Laune zu sein und ist sofort auf den Beinen, ohne Ächzen und Wehklagen. Wir duschen. Wir lieben uns. Wir machen Frühstück. Ich gehe auf den Flur und hole die Zeitung, das ›Hufvudstadsbladet‹. Sie liegt verdächtig weit vom Briefschlitz entfernt. Ich habe Bella im Verdacht, die nichts von einer Kritik erwähnt hat, obwohl sie doch weiß, dass sie heute erscheinen müsste.

Ich blättere mich durch bis zum Feuilleton und finde die Kritik. Lese. Gar nicht übel, ziemlich gut sogar. Ich überfliege die Zeilen, bis die Rezensentin auf die Rolle des Cherubino zu sprechen kommt: *Eine Entdeckung, an der die finnische Nationaloper noch viel Freude haben wird ... eine bezaubernde Interpretation ... musikalisch bis in die Fingerspitzen ... die Stimme voll und warm ... ein schauspielerisches Talent, das Leidenschaft und Humor verrät ... eine mitreißende Darbietung.* Voller Freude lese ich, was die Kritikerin des ›Hufvudstadsbladet‹, Lena von Bonsdorff, zu sagen hat. *Ein neuer Stern am Opernhimmel*, schreibt sie am Ende und bringt ihre Vorfreude auf weitere Rolleninterpretationen von Bella zum Ausdruck. Wow! Besser geht's ja wohl nicht.

»Na, gut geschlafen?«

»Joah.«

»Hast du zufällig schon die Kritik in der Zeitung gelesen?«, frage ich scheinheilig.

»Nö, na ja ... ich war ziemlich früh auf den Beinen. Du schliefst noch. Da hab ich ein Auge drauf geworfen. Dann war mir so schwindelig, dass ich mich gleich wieder hinlegen musste.«

»Und? Zufrieden?«

»Wunschlos glücklich! Vielleicht bekomme ich ja ein festes

Engagement. Bleibe hier. Werde Finnin. Wie fändest du das?«, fragt Bella.

»Tja, warum nicht ... aber Schweden wäre doch auch nicht übel.« Diese Bemerkung kann ich mir einfach nicht verkneifen.

»Mal sehen, was die Zukunft bringt. Und wenn ich an die Met nach New York engagiert werde, kommst du dann auch mit?«

»Ich schlage vor, darüber zerbrechen wir uns den Kopf, wenn es so weit ist.« Bella lacht.

»Aber Helsinki ist auch nicht zu verachten. Ich bin gespannt, was die anderen finnischen Zeitungen schreiben.«

»Und was willst du tun, bis wir das herausgefunden haben? Vielleicht eine Beruhigungstablette nehmen?«

»Ach, nichts Besonderes. Vielleicht ein paar Stimmübungen machen, ein wenig spazieren gehen. Warum? Hast du Pläne?«

»Wir könnten meine Cousins hier in der Stadt besuchen. Die kennst du ja noch gar nicht. Sie wohnen in Kottby, das liegt im Norden von Helsinki.«

»Hilf mir noch mal auf die Sprünge.«

»Also: Einer heißt Heikki und handelt mit Teppichen. Seine Frau Outi ist Sozialarbeiterin und seit kurzem Mitinhaberin einer Gärtnerei. Sie haben zwei Kinder, Pekka und Antero, die müssten inzwischen beide über zwanzig sein. Der andere ist Kristian, Heikkis älterer Bruder. Er ist Unternehmer, Betriebswirt und mit Sari verheiratet. Ihr gehört die Gärtnerei. Outi ist stille Teilhaberin. Kristian und Sari haben eine Tochter, Eeva-Maria, die auch so um die zwanzig sein müsste. Ich habe sie schon eine ganze Weile nicht mehr gesehen.«

»Und Heikki und Kristian sind die Söhne von ...?«

»Meinem Onkel, dem Bruder meiner Mutter, der leider nicht mehr am Leben ist. Er wohnte ebenfalls in Helsinki. Heikki und Kristian sind beide ein bisschen jünger als ich.«

»Seht ihr euch denn hin und wieder?«

»Bei Heikki und Outi habe ich schon öfter vorbeigeschaut, wenn ich zufällig in der Nähe war.«

»Okay, dann frag doch mal, ob sie Zeit haben. Aber lad sie bitte nicht in die Oper ein, versprichst du mir das?«

»Versprochen«, sage ich und schnappe mir das Telefon. Es ist zwar schon mehrere Jahre her, seit ich sie das letzte Mal gesehen habe, aber sie gehören zu der Sorte Mensch, bei denen man auch unangemeldet auf der Matte stehen kann.

Und tatsächlich werden wir sofort eingeladen. Sie seien gerade ein bisschen einsam, räumen sie ein.

In der Straßenbahn auf dem Weg nach Kottby plappert Bella in einer Tour. Über Gott und die Welt. Vielleicht ist sie nervös. Völlig unnötig. Besuche bei Heikki und Outi sind immer ganz entspannt. Die beiden verbreiten stets gute Laune, sobald sie die Tür öffnen.

Bella wird herzlich empfangen und von Heikki sofort in lebhafte Diskussionen über Teppiche und orientalische Kunst verstrickt. Ich wusste gar nicht, dass Bella daran interessiert ist. Outi und ich backen Scones in der Küche. Ich erzähle ein bisschen von unserem Leben in Helsinki, von Bellas Gastspiel an der Oper und von meiner Ausstellung.

»Die Ausstellung habe ich schon gesehen, die hat mir gut gefallen«, sagt Outi. »Aber in die Oper kriegen mich keine zehn Pferde. Das darfst du Bella natürlich nicht sagen. Ich will sie ja nicht vor den Kopf stoßen.«

»Versprochen, aber ich glaube, sie hätte kein Problem damit. Sie ist es sowieso gewohnt, dass die meisten noch nie in der Oper waren und es auch nie versuchen werden. Außerdem wäre sie nur nervös, wenn sie wüsste, dass ihr da seid.«

Als wir kurz darauf am runden Tisch im Wohnzimmer sitzen, bekomme ich den Tee in den falschen Hals, als Outi mit größter Selbstverständlichkeit verspricht, sich bald eine Vorstellung anzuschauen.

»Einmal im Leben muss man doch in die Oper kommen«, erklärt Outi, während sie mir einen verstohlenen Blick zuwirft.

Zum Abschluss des Abends folgen wir einer alten Tradition und machen mit ihrem kleinen Hund Ukko-Pekka II einen Spaziergang an der Pohjolagata. Ukko-Pekka I ist vor ein paar Jahren gestorben. Eine praktische, wenngleich ein wenig zweifelhafte Einrichtung, den Namen beizubehalten, denn »Ukko-Pekka« war der Spitzname des ehemaligen finnischen Staatspräsidenten Pehr Evind Svinhufvud.

Der junge und drahtige Ukko-Pekka folgt uns zur Straßenbahnhaltestelle. Wir lassen die Straßenbahn auf der Backasgata stadtauswärts an uns vorbeifahren. Fünf Minuten wird sie brauchen, um die Endstation zu erreichen; also dürfte sie in gut zehn Minuten wieder hier sein, überschlagen wir und riskieren es, bis zur nächsten Haltestelle zu Fuß zu gehen.

»Verstehst du was von russischer Kunst?«, fragt Bella, an Heikki gewandt. Sie erzählt ihm alles, was sie über den Fall Bäck weiß. Verdammter Mist, denke ich im Stillen, kann sie aber nicht mehr daran hindern – und wer weiß, wozu es gut ist. Heikki hat so viele sonderbare Kontakte.

»Nein, nicht besonders. Ich habe ein paar Bekannte, die sich da auskennen, aber ich verstehe eigentlich nur was von Teppichen«, antwortet Heikki, der sein ganzes Leben lang mit Teppichen gehandelt hat.

»Sagt dir der Name Jens Bäck etwas? Dr. Jens Bäck?«, fragt Bella aufs Geratewohl.

»Nein, nie gehört.«

»Und Dimitri?«

»Dimitris kenne ich zwei. Beides Teppichhändler. Tut mir Leid – es sei denn, du suchst gerade Teppichhändler«, fügt Heikki lachend hinzu.

Dann sehen wir plötzlich die Straßenbahn kommen und müssen die Beine in die Hand nehmen. Wir winken Outi und Heikki durch das Fenster zu, während wir im leeren Wagen zwischen den Bäumen der Backasgata hindurch- und dem Zentrum entgegenrollen.

Am nächsten Morgen, einem Montag, nehme ich mir das Telefon, rufe in der Universität Stockholm an und versuche herauszubekommen, ob Jens Bäck zufällig dort studiert hat. Das ist leichter gesagt als getan, denn niemand scheint mir auch nur die geringste Auskunft geben zu können. Ich werde hierhin und dorthin verbunden, bis ich das Glück habe, an eine entgegenkommende Person zu geraten, die dem Stochern im Nebel ein Ende bereitet und verspricht, mich zurückzurufen, sobald sie mir etwas Definitives sagen könne.

Eine Stunde später erfahre ich, dass die Studienunterlagen von Jens Bäck sich in einer Außenstelle des Reichsarchivs befinden, in einem Ort namens Aninge in der Nähe von Stockholm. Ich frage, ob es dort auch eine Liste mit den Namen seiner Kommilitonen gäbe. Die Unterlagen sämtlicher Absolventen des Jahres 1943 können dort eingesehen werden, erfahre ich.

Schon am nächsten Morgen, um Viertel vor neun, nehme ich die Fähre in Åbo.

9

Sie waren altmodisch, hübsch anzuschauen, sehr detailgetreu. Was für ein Glück, dass er zufällig diesen Finnen kennen gelernt hatte, der gerade zu Besuch in Stockholm war. Der Preis war okay. Tausend Kronen pro Bild schienen ihm kein Risiko zu sein. Schließlich waren die Gemälde ziemlich alt, das sah man ihnen an, aber gut erhalten, sogar mit Goldrahmen. Dreitausend Kronen konnte man da schon mal auf den Tisch legen. Super Geschäft. Der dämliche Finne hatte sie bestimmt geerbt und jetzt verscherbelt, weil er knapp bei Kasse war. Er hatte ja selbst gesagt, dass ihn Kunst überhaupt nicht interessierte.

Die Bilder landeten über dem Sofa. Dort machten sie sich gut, fanden Annika und er. Wenn sie vor dem Fernseher saßen, hingen sie direkt über ihren Köpfen. Sie machten wirklich etwas her und wirkten irgendwie erwachsener als die Plakate, die er nun zusammengerollt und mit einem Gummiband zusammen gehalten hatte.

Im Moment war alles perfekt: der Job, die Mietwohnung, der Volvo, die Freundin ... und jetzt besaß er auch noch drei echte Gemälde mit Goldrahmen. Gar nicht übel für einen Vierundzwanzigjährigen, dachte er, auch wenn die Karre schon einige Jahre auf dem Buckel hatte.

Aber die Sonne wollte nicht ewig lachen. Der Laden, für den er arbeitete, Lindgrens Fahrrad und Garten, wechselte kurz darauf seinen Eigentümer. Der in die Jahre gekommene Firmengründer verkaufte sein Lebenswerk an einen aufgeblasenen Typen namens Tommy Green.

Da er erst seit kurzem dazugehörte, wurde er schon nach einem Monat unter dem neuen Chef entlassen. Tommy Green baute Personal ab. Das feste Monatseinkommen war futsch. Dabei hatte er nun Miete, Auto, Freundin und drei Ölgemälde am Hals. Eine Zeit lang hielt er sich mit dem Arbeitslosengeld über Wasser, aber das war kein Zuckerschlecken.

»Verkauf doch die Bilder«, sagte Annika. »Aber verkauf sie nicht hier, sondern in Stockholm. Da gibt es einen Markt für so was.«

Widerwillig fuhr er nach Stockholm und betrat die erstbeste Kunsthandlung. Behauptete, die Gemälde seien sehr wertvoll. Nach eingehender Prüfung wurden ihm zwanzigtausend Kronen pro Bild angeboten. Mehr als zufrieden, fast freudetrunken, ging er ins nächste Wirtshaus. Soff sich einen an und schlief anschließend in einem Hotel seinen Rausch aus. Am Nachmittag des nächsten Tages fuhr er frohen Herzens wieder nach Hause.

»Zwanzigtausend pro Bild! Sechzigtausend! Komm, Annika, jetzt fahren wir nach Rhodos!«

10

Nach meinem Besuch in Aninge bin ich glücklicher Besitzer eines fast vollständigen Verzeichnisses von Bäcks ehemaligen Kommilitonen: die Namen und Adressen der meisten Stockholmer Absolventen aus dem Jahr 1943. Hoffentlich war überhaupt noch jemand von ihnen am Leben, schließlich waren sie alle zwischen 1910 und 1915 geboren und daher heute mindestens neunzig. Fragt sich auch, wie es um das Erinnerungsvermögen so alter Menschen bestellt war.

Ich fahre zu mir nach Hause. Nach Boköping. Als ich durch das breite Einfahrtstor rolle, sehe ich meine Mutter auf der verglasten Veranda stehen und arbeiten. Statt sich in ihrem Alter auch mal zu schonen, schwingt sie die Pinsel wilder denn je. Wer sollte sie auch davon abhalten?

Muffins und ich spazieren zum ehemaligen Stall hinüber. Im Studio ist es still an diesem Freitagnachmittag. Nur das leise Rauschen der Ventilatoren ist zu hören. Muffins läuft schnüffelnd umher. Wir gehen nach oben in meine Wohnung. Ich frage mich, was aus ihr werden soll. Bella und ich müssen die Wohnungsfrage klären. Doch ich will nicht, dass meine Mutter irgendwann in ein Altersheim muss. Wer weiß, auf was für Gedanken sie da käme. Ich werfe die Reisetasche auf das Bett und nehme eine rasche Dusche, trockne mir die Haare, tausche meine Kleider und eile zu ihr.

Schon von weitem sehe ich sie auf der Veranda hantieren, Pinsel auswaschen und – ich traue meinen Augen kaum! – aufräumen. Das Gras ist sehr lang und von Blumen übersät, die sich nicht mehr auf die Beete beschränken wollen. Äpfel und Birnen liegen auf dem Rasen verstreut. Das ist meine Schuld. Ich sollte mich eigentlich um den Garten kümmern.

Als wir uns der Veranda nähern, steigt mir ein schwacher Geruch nach Ölfarbe und Firnis in die Nase. Muffins stößt die Tür auf, worauf meine sichtlich erfreute Mutter so tut, als sei sie völlig überrascht.

»Ja ... Muffins und Josef! Was für eine schöne Überraschung! Wann seid ihr gekommen? Was habt ihr vor? Möchtest du einen Tee oder was zu essen? Komm mit in die Küche, Muffins, dann kriegst du ein bisschen Wasser.«

»Wir sind gerade angekommen. Nein, nein, nichts zu essen ... wollte nur Hallo sagen.«

Und schon beginnt sie, alles seit unserem letzten Treffen aus mir herauszufragen. Sie erkundigt sich nach Bella, die sie respektvoll bei ihrem vollen Namen nennt: Mirabella. Ich nehme an, dass Mütter das so an sich haben. Ich erzähle ihr von Bellas Erfolg als Cherubino, erwähne auch kurz meine Ausstellung, verliere jedoch kein Wort über Bäck und Dimitri. Meine fürsorgliche Mutter nickt, fragt und backt Scones. Nach einer Weile setze ich Teewasser auf.

Aufs Geratewohl frage ich sie, ob sie einen kunstinteressierten Mann namens Jens Bäck kenne. Da sie über ein internationales und weit verzweigtes Kontaktnetz verfügt, ist das vielleicht nicht ganz aussichtslos, doch diesmal habe ich kein Glück. Mama ist hin und weg von Bellas Premierentriumph und würde sich am liebsten in das nächstbeste Flugzeug setzen, um sich die Vorstellung anzusehen, doch leider, seufzt sie, leider habe sie so schrecklich viel um die Ohren.

»Es wird sich schon noch eine Gelegenheit finden«, fügt sie hinzu. »Das hängt natürlich auch davon ab, wie lange der ›Figaro‹ auf dem Spielplan bleibt.«

Dazu kann ich nichts sagen. Immer war es nur um die Premiere gegangen.

Wir unterhalten uns noch eine Weile, ehe ich mich schläfrig in meine Wohnung zurückziehe.

Mit dem alten Studienverzeichnis in der Hand setze ich mich gleich am nächsten Morgen ans Telefon und rufe das Finanzamt an. Ich besitze die Namen und Personennummern eines ganzes Absolventenjahrgangs. Meine Anfrage ergibt, dass von den dreiundsechzig ehemaligen Studenten offenbar neun noch am Leben sind. Mehr oder minder. Den Adressen nach zu urteilen, wohnen zwei offenbar in einem Altersheim. Mit »Blumenhof« oder »Sonnenlichtung« kann doch kaum etwas anderes gemeint sein. Von sieben Personen ist die Privatadresse angegeben. Ich hoffe, die sieben erfreuen sich bester Gesundheit.

Nachdem ich mich gefragt habe, warum Altersheime eigentlich so lächerliche Namen haben müssen, rufe ich bei der Auskunft an. Ich gehe davon aus, dass die betreffenden Personen immer noch ihren Titel führen, was sich als richtig erweist. Nach wenigen Minuten habe ich erfahren, dass zwei von ihnen in Stockholm ansässig sind.

Die Frau, bei der ich es zuerst probiere, kann sich tatsächlich an Jens Bäck erinnern. Ein netter Kerl, meint sie, der wenige Jahre nach dem Studium zurück nach Finnland gezogen sei. Das ist alles. Ein Spaßvogel sei er gewesen, fügt sie noch hinzu. Kontakt hatte sie nach dem Ende des Studiums nicht mehr zu ihm.

Unter der anderen Stockholmer Nummer erreiche ich niemanden.

Die folgenden vier Kandidaten auf meiner Liste wohnen gleichmäßig über das Land verteilt. Die ersten beiden antworten nicht, doch als ich es in Söderhamn probiere, werde ich gebeten, in zehn Minuten noch mal anzurufen.

»Dr. Österlind ist beim Einkaufen, wird aber in Kürze wieder da sein«, teilt mir eine jugendliche Stimme mit. Ich tippe auf ein Enkelkind.

Während der Wartezeit lasse ich es in Hultsfred bei Dr. Granströmmer ungefähr fünfzehnmal nutzlos klingeln, bevor ich mit ebenso wenig Erfolg die Nummer von Dr. Segherquisth wähle. Danach ist wieder Dr. Österlind in Söderhamn an der Reihe. Es meldet sich eine ältere Frauenstimme.

»Karin Österlind.«

»Guten Tag, mein Name ist Josef Friedmann«, beginne ich und versuche, deutlich zu sprechen.

»Der Fotograf Josef Friedmann?«

»Ja, aber woher…?«

»Sie sind nicht zufällig auf dem Weg hierher? Ich werde bald in der Galerie Mazarin ausstellen. In ein paar Wochen ist die Vernissage, unmittelbar nach der Ausstellung von Mats Holm, äh, Anders Petersén, wollte ich sagen. Die Ausstellung von Mats ist ja schon vorbei. Ich lasse gerade die Rahmen bei Bäckmans anfertigen. Es sind allerdings nur zweiundzwanzig Bilder, 30 x 40 cm, natürlich schwarzweiß. Aus Farbe hab ich mir nie was gemacht.«

»Aha…«

»Ist mir irgendwie zu glatt, zu touristisch«, sagt Karin Österlind und lacht, als wäre sie höchstens fünfzig. Ich nutze die Gelegenheit, um rasch mein Anliegen vorzubringen.

»Ich besitze übrigens Ihr letztes Buch, habe es als Preis vom Fotoclub bekommen, also ich bin begeistert, wann gibt es denn das nächste? Ihre Arbeiten gefallen mir wirklich sehr...«, plappert sie, ehe sie bemerkt, dass ich ebenfalls rede.

»Was ... was sagen Sie da? Jens Bäck? In Finnland? Kennen Sie ihn etwa? Er muss doch inzwischen über neunzig sein. Sind Sie vielleicht mit ihm verwandt?«

»Nein, wir kennen uns nicht und sind auch nicht verwandt. Aber ich hätte gern mehr über ihn erfahren. Er ist ermordet worden.«

»Ermordet? Das kann doch nicht wahr sein! Der arme Jens! Wann denn? Was ist geschehen? O mein Gott!«

»Ja, schrecklich. Und der Mörder ist leider noch immer auf freiem Fuß. Bäck wurde bereits vor gut fünf Jahren ermordet. Jemand hat bei ihm eingebrochen und wurde vermutlich von ihm überrascht. Bäck war damals fünfundachtzig. Er starb wenig später im Krankenhaus an seinen Verletzungen«, fasse ich in aller Kürze zusammen.

Sie schweigt eine Weile. »Entschuldigen Sie. Aber... aber – wissen Sie, ich war damals sehr verliebt in ihn...ja, das war ich wohl. Und... und jetzt rufen Sie natürlich an, um unseren Sohn zu informieren?«

Unseren Sohn? Jens Bäck hatte einen Sohn? Verwundert höre ich, wie sie in ihrer Wohnung in Söderhamn umhergeht, eine Schublade aufzieht und gleich wieder am Telefon ist.

»Hallo?«

»Ja, ich bin noch dran.«

»Haben Sie Stift und Papier? Er wohnt ... warten Sie, ja, Håkon wohnt im Zentrum von Stockholm, auf Kungsholmen, dritte Etage«, erklärt sie und gibt mir seine Telefonnummer.

»Sie haben einen gemeinsamen Sohn mit Jens Bäck?«, frage ich und höre selbst, wie einfältig meine Frage klingt.

»Haben Sie das nicht gewusst? Ja, Jens und ich haben einen Sohn. Ich dachte, deswegen hätten Sie angerufen. Aber mehr hat uns schließlich nicht verbunden. Geht es um Versicherungsfragen und seinen Nachlass? Ach, wie dumm von mir. Ich weiß doch, dass Sie Fotograf sind. Und es ist ja auch schon fünf Jahre her.« Karin Österlind lacht verlegen.

»Ich untersuche die näheren Umstände seines Todes. Aber natürlich werde ich der lokalen Polizeibehörde mitteilen, dass es einen Erben gibt, damit die Nachlassfrage geklärt werden kann.«

»Ja, aber sprechen Sie zuerst mit meinem Sohn. Wenn es jemanden gibt, der den armen Jens beerben kann, dann ist er es«, sagt sie.

»Selbstverständlich. Ich hatte nur keine Ahnung, dass er einen Sohn hat.«

»Ich hätte vielleicht gar nicht davon erzählen sollen. Es war gewissermaßen ein Unfall ...«

»Das kommt vor.«

»Heutzutage vielleicht, aber in den Vierzigern war das eine heikle Geschichte. Eines Nachts im Studentenclub, als wir beide nicht mehr ganz nüchtern waren, habe ich ihn verführt«, sagt sie mit leisem Kichern. »Ich wusste, dass er keine Freundin hat. Er war so allein und so ein süßer Kerl, und da hab ich's einfach drauf ankommen lassen. Ach ja, was für ein Fehler, ich konnte ja nicht wissen ... aber Håkon, unser Sohn, hat mir immer Freude gemacht. Ein lieber, guter Kerl. Er ist Arzt, sagte ich das bereits?«

»Das muss damals ein ziemlicher Skandal gewesen sein.«

»Die Sache wurde einfach totgeschwiegen. Wie auch immer, nach kurzer Zeit musste ich feststellen, dass Jens mit Frauen nicht viel anfangen konnte. Also haben wir beschlossen, Stillschweigen zu bewahren und gute Freunde zu bleiben. Er war ein liebenswerter Mensch. Es war eine wilde Zeit, und um Verhütungsmittel war es schlecht bestellt. Als die Folgen dann nicht mehr zu verbergen waren, musste ich das Studium unterbrechen und nach Hause zu meinen Eltern ziehen. Sie haben sich so geschämt. Die Studienpause dauerte sehr lange. Erst fünf Jahre später konnte ich mein Examen ablegen, aber das war es wert. Håkon war ein wunderbares Kind. Ich habe ihn auf die Namen Lars-Ove und Håkon taufen lassen, nach meinem Großvater, doch er selbst hat sich immer nur Håkon genannt. Dr. Håkon Österlind. Später hat er dann ebenfalls Medizin studiert und wurde Chirurg, obwohl er ursprünglich Zoologe werden wollte.«

»Hatten Sie noch Kontakt zu Jens, nachdem er nach Finnland gezogen war?«

»Ja, wir haben uns hin und wieder Briefe geschrieben. Einmal habe ich ihn besucht, als er noch in Helsinki arbeitete. Er tat mir Leid. Später ist er dann aufs Land gezogen. Er hätte nie wegziehen sollen. Er wurde immer einsamer und verbitterter, der Arme. Irgendwann hat er dann nicht mehr auf meine Briefe geantwortet.«

»Einen Herrn Österlind hat es also nie gegeben?«

»Nein, und das ist wohl auch der Grund dafür, warum ich mit neunzig immer noch so munter bin.«

»Haben Sie eine Ahnung, wer hinter seinem Tod stecken könnte? Hat er jemals in seinen Briefen etwas angedeutet? Sie haben die Briefe doch bestimmt noch«, sage ich hoffnungsvoll und sehe in Gedanken einen ganzen Stapel mit der lebhaften Korrespondenz mehrerer Jahre vor mir.

»In den Briefen ging es vor allem um unseren Sohn. Jens schrieb fast nie über sich selbst, aber ich habe mir auf der Karte angesehen, wo er hingezogen ist. Ich vermute, er ist auf seine alten Tage so etwas wie ein Landarzt gewesen. Was für ein Jammer für so einen begabten und kultivierten Menschen. Ich verstehe gar nicht, wie er darauf gekommen ist, sich in der Provinz niederzulassen. Dabei war er immer so musikinteressiert... und jetzt ist er tot. Ich hoffe, die Leute wissen da draußen, was sie an ihm verloren haben.«

»Haben Sie die Briefe noch, die er Ihnen geschrieben hat?«, wiederhole ich meine Frage.

»Ich bin mir nicht sicher, aber ich glaube es nicht. Im Laufe von neunzig Jahren sammelt sich so vieles an, und ich habe immer wieder versucht, so gut es geht auszumisten. Aber alte Fotos habe ich sicherlich noch. Die werfe ich nicht weg. Wenn Sie ein Bild von ihm brauchen, ein Jugendfoto, dann kann ich Ihnen gerne eins schicken.«

»Danke, das ist nicht nötig. Aber vielleicht komme ich Sie mal in Söderhamn besuchen, wenn Ihnen das recht ist.«

»Sie sind jederzeit willkommen, aber seien Sie so nett und rufen vorher an«, sagt sie.

Dies war mein erster »unmittelbarer Kontakt« zu Jens Bäck. Denk gründlich nach, fordere ich mich auf, als ich mich mit Muffins auf das Bett lege. Was mir glänzend gelingt ...

Als ich aufwache, kann ich mich an meine tief schürfenden Reflexionen leider nicht mehr erinnern. Die Frage ist, ob es sich lohnt, den langen Weg bis nach Söderhamn auf sich zu nehmen, um mit einer neunzigjährigen Dame zu sprechen. Aber vielleicht ist sie ja doch im Besitz des einen oder anderen Briefes. Fotos scheint sie ja zu besitzen, und wer weiß, was ihr noch alles einfällt. Wir werden sehen.

Den größten Teil des Tages widme ich dem Garten meiner Mutter. Strecke also nicht genüsslich meine müden Beine in ihrer lauschigen Laube, labe mich nicht an den Herzkirschen, lege mich nicht in die Sonne, ziehe mich nicht mit einem guten Buch und einem Glas mit kühlem Holunderbeersaft zurück – nein, ich schneide, harke und grabe, damit der Garten für die kältere Zeit des Jahres gerüstet ist. Zum Dank lädt mich meine Mutter zum Mittag- und Abendessen ein. Am Nachmittag suche ich vergeblich einen Håkon Österlind im Stockholmer

Telefonbuch. Rufe die Auskunft an, erhalte eine Nummer in Östersund, die sich als falsch erweist, und bekomme zwei weitere Personen dieses Namens genannt, die offenbar nur ein Autotelefon besitzen. Sicherheitshalber frage ich auch nach Lars-Ove Österlind und habe sofort Glück. Ich wähle die Nummer. Eine Frau ist am Apparat. Höflich erkundige ich mich nach Dr. Håkon Österlind, worauf sich Schritte in einer offenbar großen Wohnung entfernen. Es muss zwei Telefone geben, denn plötzlich ist er am Apparat, ohne dass ich ihn kommen gehört habe.

»Ja, hier spricht Doktor Håkon Österlind.« Die Stimme klingt steif und formell.

Ich stelle mich vor und erzähle knapp von seinem Vater. Er brummt vor sich hin und tut so, als ginge ihn das alles nichts an. Die Nachricht von seinem Tod scheint ihn kalt zu lassen.

»Ja, ich habe von diesem Mann gehört. Ein alter Studienkamerad meiner Mutter, wenn ich mich nicht irre. Ebenfalls Mediziner. Aber ich bin ihm nie persönlich begegnet«, erwidert er.

»Ihre Mutter sagt, sie hätte noch ein paar Fotos …«

»Ach was. Meine Mutter ist über neunzig und hat keinerlei Kontakt zu Bäck gehalten. Wenn sie irgendwelche Bilder von diesem Bäck hätte, dann wüsste ich das. Und jetzt entschuldigen Sie mich bitte. Ich habe zu tun.«

Seltsam. Sehr gesprächig war er jedenfalls nicht. Und warum plötzlich so aggressiv? Andererseits, wie hätte ich selbst reagiert? Und natürlich kann er durchaus Recht haben mit seiner Behauptung, dass eine über neunzigjährige Dame schon mal etwas durcheinander bringt. Wenn ich näher darüber nachdenke, wird es wohl das Beste sein, mich sogleich ins Auto zu setzen und nach Söderhamn zu fahren. Dann sehen wir weiter. Hatte eigentlich die finnische Polizei in Bäcks Haus Briefe beschlagnahmt? Irgendwo in diesem Chaos wird er sie doch aufbewahrt haben.

Ich rufe Taisto Virtanen an. Er erzählt mir, die Briefe, die man bei Bäck gefunden habe, seien nach gründlicher Prüfung an die Absender zurückgeschickt worden, weil sie für die Ermittlungen ohne Belang waren.

Na also. Wenn ich Glück habe, sind in Söderhamn noch zahlreiche Briefe vorhanden.

Über das Erinnerungsvermögen älterer Damen entbrennt zwischen meiner Mutter und mir eine hitzige Diskussion, als wir am Abend in der Küche sitzen und Tee trinken. Offenbar ist das ein heikles Thema. Ihr Gedächtnis sei ausgezeichnet, giftet sie mich an, als hätte ich sie beleidigt.

»Zum Beispiel erinnere ich mich noch sehr genau daran, was für ein renitentes Kind du warst – im Gegensatz zu deiner friedfertigen und wohl geratenen Schwester. Sie hat mich nie zur Weißglut gebracht.«

Diese Bemerkung ist an sich schon Beweis genug, dass es mit dem Erinnerungsvermögen meiner lieben Mutter nicht zum Besten steht, doch zahle ich nicht mit gleicher Münze zurück, sondern erkläre ihr, warum ich das Thema überhaupt angeschnitten habe.

»Nun, ich habe ja eine ganze Reihe von Bekannten in fortgeschrittenem Alter«, erklärt sie schließlich versöhnlich. »Ohne bestimmte Namen zu nennen, lässt sich durchaus feststellen, dass die Ereignisse der letzten Tage oder Wochen oft nicht mehr so präsent sind.«

»Du meinst, wo man gewesen ist, wen man getroffen hat ...«

»Ja. Das Langzeitgedächtnis funktioniert dagegen meist einwandfrei, wenn man ihm ein wenig auf die Sprünge hilft. Das ist meine Erfahrung.«

»Und die Dinge des Alltags? Wo sind die Schlüssel? Wen wollte ich treffen und wann? Wo habe ich meine Handarbeit hingelegt? Welche Telefonnummer hat Frau Pilborg?«

»Das ist doch individuell verschieden. Und sicherlich auch typabhängig. Aber wenn man Probleme damit hat, kann man sich ja Erinnerungszettel schreiben.«

»Und was ist mit den Dingen, derer man sich im Laufe seines Lebens schuldig gemacht hat?«, frage ich.

»Ich denke, an die kann man sich immer erinnern – falls du an schwer wiegende Verfehlungen denkst. Die kleinen Dummheiten lassen sich meist besser verdrängen.«

Ich unterlasse die Frage, welche Dummheiten sie selbst verdrängt hat, und frage stattdessen, ob sie glaube, man könne die eigenen Kinder annähernd objektiv beurteilen. Sie hofft es, ist sich aber alles andere als sicher.

»Die Erinnerung von Eltern ist äußerst selektiv. Man streicht die Vorkommnisse aus dem Gedächtnis, an die man sich nicht erinnern will, und bewahrt diejenigen, die den Kindern ein gutes Zeugnis ausstellen, denke ich. Bei dir ist das natürlich nicht nötig«, fügt sie zwinkernd hinzu.

Mit dieser Bemerkung lassen wir es bewenden.

11

Mein Kühlschrank ist natürlich völlig leer, also ziehe ich mich an, packe meine Sachen und stibitze mir ein Frühstück aus Mamas Speisekammer. Als ich aufbrechen will, ist sie gerade aufgestanden und läuft mit ihrem langen Flanellnachthemd durch die Gegend. Ich bin früh auf den Beinen, weil ich mich entschlossen habe, der pensionierten Ärztin Dr. Karin Österlind einen Besuch abzustatten. Den Zeitpunkt möchte ich nicht hinausschieben, weil ich Sehnsucht nach Bella habe und bald wieder in Helsinki sein will.

Meine Mutter kümmert sich gerne um Muffins und verspricht ihm reichlich zu fressen sowie unbeschränkte Bewegungsfreiheit auf ihrem großen Grundstück. Auf den über zwanzigtausend Quadratmetern ihres Anwesens kann er nach Herzenslust herumtollen. Damit dürfte er für ein paar Tage zufrieden sein. Ich nehme ihn in den Arm und fahre dann in Richtung E4, was zwar langweiliger ist, aber schneller geht als die Route, die über Heby, Tärnsjö und Valbo führt. Jedenfalls kommt mir die Strecke kürzer vor, weil ich schneller fahren kann. Normalerweise hätte ich mich für den anderen Weg entschieden, hätte meine Kamera mitgenommen und wäre zu spät gekommen.

Nachdem ich die Ausfahrt nach Tierp hinter mir gelassen habe, beruhigt sich der Verkehr. In einer Parkbucht halte ich an, um Frau Dr. Österlind vorzuwarnen. Ich will sie ja nicht einfach überfallen. Doch sie meldet sich nicht.

Als ich an Gävle vorbeisause, habe ich noch eine knappe Stunde zu fahren. Ich mache eine kurze Pause, strecke meine Glieder, greife ein weiteres Mal zum Handy und erfahre von einer freundlichen Stimme, Frau Dr. Österlind sei soeben aus dem Haus gegangen. In aller Ruhe fahre ich weiter. Die Landschaft wird einsamer, der Verkehr immer spärlicher, die Bebauung nimmt ab, doch die Anzahl der kleinen Straßen steigt, je näher ich Söderhamn komme. Schließlich erreiche ich die Stadt, entscheide mich bei jedem Kreisverkehr aufs Geratewohl, rolle einen Hügel hinunter, passiere einen kleinen Park, der sich am Fuße einer stattlichen Kirche befindet, die ich im Augenwinkel auf einer Anhöhe erkenne, und fahre eine Allee entlang. Suche und finde einen Parkplatz in einer der vielen Seitenstraßen, schlendere zum Zentrum hinunter und stoße auf den Fluss. Auf der gegenüberliegenden Seite sehe ich ein altes Bahnhofsgebäude. Dahinter schmiegen sich verwinkelte Holzhäuser an den Hang. Ein heimeliger Anblick. Auf der Kuppe des Hügels steht ein Aussichtsturm und blickt über die Stadt.

Was für eine herrliche Rutschbahn könnte man von dort aus bauen, denke ich.

Die Fußgängerzone ist belebt. Ich bummele ohne festes Ziel umher. Erreiche einen Marktplatz mit Kopfsteinpflaster, der von einem hübschen alten Backsteingebäude beherrscht wird. Vermutlich das Rathaus. Doch scheint es hier kaum noch Geschäfte zu geben. Also mache ich kehrt, gönne mir aber zunächst eine Tasse Tee und eine Plundertasche in einer Konditorei, die das Flair der fünfziger Jahre verströmt. Schließlich frage ich die Verkäuferin, ob sie ein Telefonbuch habe oder zufällig wisse, wo die pensionierte Ärztin Karin Österlind wohne. Aber ja, sie sei Stammkundin und komme ungefähr jeden zweiten Tag, mindestens, nur leider nicht heute. »Sie isst immer Marzipantörtchen zum Kaffee, und dann schaut sie sich unsere Ausstellungen an. Jedes Mal. Sie hat ein großes Interesse an Fotografie«, erklärt ein junges, nettes Mädchen hinter der verlockenden Kuchentheke.

»Tatsächlich?«

»Ja, da hinten, wo die Tür offen steht, da stellt die Galerie Mazarin regelmäßig Fotoarbeiten aus. Das ganze Jahr hindurch. Sehen Sie sich ruhig um. Die Fotoausstellungen sind immer gut besucht.«

»Wessen Bilder zeigen Sie zurzeit?«

»Der Fotograf heißt Petersen, er ist nicht von hier, ich kenne ihn nicht persönlich. Aber die Fotos gefallen mir sehr gut.«

Gute Fotos müssen natürlich angeschaut werden, und es gibt nur einen Petersen. Anders Petersen. Ich gehe sofort in den Ausstellungsraum. Gar nicht schlecht. Einen Teil der Bilder habe ich schon gedruckt gesehen – aber die Originale wirken natürlich immer ganz anders.

Ich gehe um den großen Tisch in der Mitte des Raumes herum. Dort sitzt ein Mann bei einer Tasse Kaffee. Vor ihm liegen zwei Plundertaschen auf einem Teller. Es scheint eine zu viel zu sein. Die guten Sitten sehen ein Stück Kuchen pro Person vor, doch dann kommt sein Kumpel, ein Typ mit Brille. Sie flüstern sich etwas zu.

»Sind Sie nicht Josef Friedmann, der Fotograf? Ich habe Sie erst kürzlich in der Zeitung gesehen, natürlich sind Sie Josef Friedmann«, sagt der mit der Brille ungeniert. Ich muss Farbe bekennen.

»Hab ich's doch gewusst! Schöne Ausstellung, nicht wahr«, fährt er unverdrossen fort.

»Eigentlich habe ich einen Termin, aber da ich nun schon mal hier bin, sehe ich mir natürlich gerne die Ausstellung an.«

»Ja, klar… wollen Sie hier fotografieren, in Söderhamn?«

»Nein, nein, keine Fotos, nur ein Interview. Kennen Sie zufällig Karin Österlind?«, frage ich.

»Ja, zwar nicht persönlich, aber ich weiß, wer sie ist und wo sie wohnt. Ihr Haus ist ganz einfach zu finden, sie wohnt mitten in der Stadt. Schauen Sie…«

Er zeichnet eine kleine Karte auf seine Serviette. Sie wohnt wirklich sehr zentral, nahe der Fußgängerzone. Ich will mich auf den Weg machen, aber die Jungs hindern mich daran. Sie wollen unbedingt über Fotografie diskutieren, das heißt über deren technische Aspekte – typisch. Erst nach einer Viertelstunde komme ich los, nachdem sie mir noch einen Zettel mit einem Namen in die Hand gedrückt haben. Dort solle ich anrufen, wenn ich selbst ausstellen wolle: Per-Håkan Laurin. Der Name kommt mir bekannt vor, doch ich kann ihn gerade nicht einordnen.

Nach einem zehnminütigen Spaziergang habe ich das Haus von Dr. Karin Österlind erreicht, Mutter von Dr. Håkon Österlind und begeisterte Hobbyfotografin sowie ehemalige Kommilitonin des verstorbenen Jens Bäck.

Auf mein Klingeln öffnet ein junges, rundliches Mädchen die Tür. Sie könnte einem ambulanten Pflegedienst angehören oder eine Verwandte sein. Als ich nach Karin Österlind frage, sagt sie, Frau Österlind habe sich zur Ruhe begeben, müsse jedoch in einer halben Stunde wieder auf den Beinen sein.

Ich drehe also noch eine Runde in den umliegenden Straßen, betrachte die Schaufenster, werfe in der Stadtbibliothek einen Blick in die Lokalzeitung, esse ein Eis. Nach einer guten halben Stunde trete ich den Rückweg an.

Vor der Haustür stehen ein Kranken- und ein Polizeiwagen. Sofort denke ich an die alte Dame, die ich besuchen möchte. Zwei Männer kommen mit einer leeren Bahre aus dem Haus. Die Türen des Krankenwagens schließen sich, bevor sich dieser langsam von der Bürgersteigkante entfernt und davonrollt. Es folgt das Polizeiauto. Ich befürchte das Schlimmste, als ich die Stufen hinaufgehe und an der Tür klingele. Als das junge Mädchen, bedeutend bleicher als zuvor, die Tür öffnet, weiß ich sofort, was geschehen ist. Karin Österlind ist nicht aus ihrem Mittagsschlaf erwacht, sondern für immer eingeschlafen.

Ich gehe zum nahe gelegenen Park. Setze mich auf eine Bank. Bin traurig, obwohl ich Frau Dr. Österlind nie persönlich begegnet bin.

Eine Zeit lang denke ich an ihren Sohn. Soll ich ihn anrufen? Nein, lieber nicht. Er wirkte nicht sonderlich sympathisch, außerdem kennen wir uns gar nicht. Ich verbanne ihn aus meinen Gedanken und konzentriere mich ganz auf die Tauben im Park. Als ich gehe, bemerke ich, dass ein Polizeirevier unmittelbar an den Park angrenzt.

Für irgendwas muss doch meine Reise nach Söderhamn gut gewesen sein – vielleicht kenne ich jemanden, der hier wohnt? Wohl kaum, aber dann denke ich an den Zettel, den ich bekommen habe. Darauf stehen ein Name von jemandem, der offenbar für die Fotogalerie arbeitet, sowie eine Handynummer.

Laurin ist sofort am Apparat.

Ich stelle mich vor und erkundige mich, ob er Interesse an einer Ausstellung meiner Fotos hätte.

»Ich habe schon gehört, dass Sie in der Stadt sind«, entgegnet er. »Es wäre uns natürlich eine Ehre, Ihre Arbeiten zu zeigen. Das Ausstellungsprogramm für das nächste halbe Jahr steht zwar schon fest, aber danach . . .«

»Gut. Dann werde ich gelegentlich eine Auswahl treffen und schicke Ihnen die Bilder gerahmt zu. Sie können sie ausstellen, wann Sie wollen. Der Zeitpunkt spielt keine Rolle für mich. Ich war heute zufällig in der Galerie, und da dachte ich, ich rufe Sie einfach mal an.«

»Dann geben Sie mir doch gleich Ihre Nummer, und ich melde mich wieder bei Ihnen.«

Ich gebe ihm meine Adresse und Telefonnummer, sicherheitshalber auch meine Handynummer. Schließlich weiß ich nicht, wo ich mich in den nächsten Tagen aufhalten werde.

»Auf dem Handy können Sie mich eigentlich immer erreichen«, sage ich.

»Was hat Sie denn nach Söderhamn verschlagen? Arbeiten Sie hier?«

»Nein, eine verrückte Geschichte. Ich wollte eine alte Dame treffen, doch dazu ist es leider nicht mehr gekommen, weil sie heute gestorben ist. Ich kannte sie nicht persönlich. Eine neunzigjährige Frau, die sich sehr für Fotografie interessierte.«

»Wir haben nur eine Neunzigjährige in unserem Fotoclub, und das ist Karin Österlind. Sie ist sogar schon einundneunzig.

Als wir sie vor ein paar Wochen an ihrem Geburtstag besucht haben, war sie putzmunter«, sagt Laurin verwundert.

»Sie ist vor ungefähr einer Stunde gestorben. Hat ihren Mittagsschlaf gehalten und ist nicht wieder aufgewacht.«

»Gestern bin ich ihr noch im Blumenladen begegnet. Wie traurig. Eine sehr nette Frau. Ich wollte ihr noch beim Vergrößern einiger Bilder helfen, die sie bei uns ausstellen wollte. Sie hat mir eine Menge alter Negative überlassen. Ich sollte sie mir ansehen und sie gegebenenfalls vergrößern. Sie selbst war nicht mehr in der Lage, längere Zeit in der Dunkelkammer zu stehen, aber sie wollte ihre Fotos so gern in der Galerie Mazarin ausgestellt sehen.«

»Sie beherrschte ihr Handwerk?«

»Ja, den Negativen nach zu urteilen, war sie eine begabte Fotografin. Es könnte ... ich meine, es hätte sicher eine Ausstellung werden können, derer sie sich nicht hätte schämen müssen.«

»Die Ausstellung könnte doch trotz ihres Todes stattfinden, posthum gewissermaßen. Ich würde mir die Fotos sehr gerne ansehen und besitze auch die Nummer ihres Sohnes, der vermutlich der einzige Erbe ist. Würde es Ihnen heute noch passen? Wegen der Fotos bin ich ja überhaupt nach Söderhamn gekommen«, füge ich in leichter Modifikation des wahren Sachverhalts hinzu.

»Ja, das geht. Ich habe die Fotos hier.«

»Wo sind Sie?«

»Auf dem Mariagård. Das ist schräg gegenüber der Kirche. Kommen Sie einfach vorbei.«

»In zehn Minuten bin ich da.«

Ich gehe zum Auto und fahre einmal um die imposante Kirche herum, die von Nicodemus Tessin entworfen wurde, wenn ich mich nicht irre. Vor der Kirche finde ich einen Parkplatz und gehe zum Mariagård. Ein Mann nimmt mich dort in Empfang und stellt sich als Per-Håkan Laurin vor. Er hat zwei dicke Mappen unter dem Arm.

»Ich dachte, wir könnten in die Kirche gehen. Dort gibt es einen Nebenraum, in dem wir uns in aller Ruhe die Fotos anschauen können. In meinem Arbeitszimmer ist es ziemlich eng«, sagt er, als wir den Kirchenraum betreten.

»Hier zur Linken können wir sitzen, in der so genannten Ulrikakammer. Sie ist für Brautpaare und andere Personen gedacht, die sich mal zurückziehen wollen.« Er legt die Mappen auf einen alten Tisch mit einer Marmorplatte.

Ich setze mich vorsichtig auf einen Stuhl, der vermutlich aus dem 18. Jahrhundert stammt. Durch die bleigefassten Fenster dringt gedämpftes Licht. Ein andachtsvoller Raum. Gut geeignet, um die Fotos der verstorbenen Karin Österlind anzuschauen, denke ich und nehme die erste Mappe zur Hand. Im Grunde schrecke ich ein bisschen davor zurück, Tausende kleiner Negative im Format 24 x 36 mm durchzugehen, doch als ich die erste Seite aufschlage, sehe ich voller Freude, dass die Negative das Format 6 x 9 cm haben. Ebenso in der zweiten Mappe.

»Ja, es sind große Negative. Deshalb sollte ich auch die Abzüge machen. Es gibt nicht viele Labore, die mit Negativen zurechtkommen, die größer als 6 x 6 cm sind. Ich bin draußen, wenn Sie mich brauchen«, sagt Laurin und verlässt den Raum.

Ich wende mich den Mappen zu und bemerke, dass sie mit Jahreszahlen gekennzeichnet sind. Auf der ersten steht *1942–44*, was später mit einem Füller durchgestrichen wurde. Auf der anderen steht *Nachspeisen/Suppen,* auch dies ist durchgestrichen.

Die Fotos sind bunt zusammengewürfelt, technisch aber durchaus ansprechend. Außerdem war sie sehr ordentlich. Zu jedem Negativstreifen gibt es einen Bogen mit Kontaktabzügen samt Notizen, wo und wann die Bilder aufgenommen wurden. Ungewöhnlich. An Belichtung und Schärfe der Bilder gibt es nichts auszusetzen, nur scheinen die Motive für einen Außenstehenden nicht sonderlich interessant zu sein. Typische Familienbilder, denke ich, als ich begreife, dass der kleine Junge auf den Fotos ihr Sohn Lars-Ove Håkon Österlind sein muss. Daher ist es wahrscheinlich, dass es sich bei dem erwachsenen Mann, der auf vielen Fotos zu sehen ist, um Jens Bäck handelt. Wollen wir's hoffen. Den Notizen auf den Negativhüllen zufolge stammen die Fotos aus den späten vierziger Jahren, was durchaus passen würde. Beim Blättern stoße ich auf Negative, die namentlich gekennzeichnet sind – und tatsächlich! Es ist Jens Bäck, der auf den Fotos zu sehen ist!

Außer den Familienfotos enthalten die Mappen hauptsächlich Natur- und Landschaftsaufnahmen. Auch sie sind mit Ortsangaben versehen. Hübsche Postkartenmotive, denke ich beim Hinausgehen und frage Laurin, ob er ein paar Abzüge von Jens Bäck mit Familie für mich machen könnte.

»Aber natürlich, wenn Sie noch ein bisschen warten können, dann erledige ich das sofort«, antwortet er und fragt, ob die Fotos meiner Meinung nach eine Ausstellung rechtfertigen.

»Tja, das hängt natürlich von der Auswahl ab. Gibt es noch mehr Negative?«

»Ja, ich habe noch ein paar Mappen zu Hause, aber sie muss noch sehr viel mehr besitzen. Alle im Fotoclub wissen, dass sie ihr Leben lang fotografiert hat. Die Aufnahmen müssen weit in die Vergangenheit zurückreichen.«

»Dann sollten Sie unbedingt die Erlaubnis einholen, sich alle Bilder ansehen zu dürfen, bevor Sie eine Ausstellung planen. Technisch gibt es an den Bildern nichts auszusetzen, da könnte wirklich eine interessante Sache draus werden. Man sollte sich mal mit dem Museum in Gävle in Verbindung setzen.«

Auf dem Heimweg entscheide ich mich für eine andere Route, fahre in Gävle von der großen Straße ab und nehme stattdessen den Weg über Gysinge und Heby, bis ich meine kleine Bude hinter Mamas Haus erreiche. Kaum bin ich ausgestiegen, da stürmt mir auch schon Muffins entgegen und wirft sich mir an den Hals. Meine Mutter fragt sich, ob es nicht zu spät für einen Abendtee ist, aber das ist es nicht. Ich bin gar nicht müde.

Kurz darauf sitzen wir am Küchentisch, trinken Tee, essen belegte Brote und reden. Danach rufe ich Bella an, doch sie ist nicht zu Hause. Ich schaue auf die Uhr und vermute, dass sich die heutige Vorstellung gerade dem Finale nähert, und werde plötzlich von einer wahnsinnigen Sehnsucht gepackt. Sie ist so stark, dass ich mich sofort in meine Wohnung zurückziehe.

Wir legen uns hin, Muffins und ich. Schlafen ein und träumen natürlich nicht von Bella. Das passiert nur in Groschenromanen. Leider.

12

Im Wissen um die Neigung gewisser Hausbewohner, erst spät aus den Federn zu kommen, machen Muffins und ich zunächst einen kleinen Spaziergang über die Wiesen, ehe wir frühstücken. Um neun beziehungsweise zehn Uhr finnischer Zeit rufe ich Bella an. Sie klingt munter. Gestern Abend habe sie tatsächlich Vorstellung gehabt, und wieder sei alles gut gegangen. Sie sei bisher mit allen Vorstellungen zufrieden und fühle sich auch in der Stadt langsam heimisch, zumindest im Zentrum. Außerdem habe sie nette Leute kennen gelernt, sogar außerhalb der Oper. Auf derselben Etage wohne nämlich eine sympathische

Schwedisch sprechende Familie. Einmal habe sie bereits auf die Kinder aufgepasst.

»Olli hat übrigens angerufen. Aber mit dem hast du sicher schon gesprochen. Ich habe ihm deine Handynummer gegeben«, sagt Bella.

»Noch nicht, aber er wird sich schon melden. Zurzeit bin ich in meiner Wohnung, nachher wahrscheinlich drüben bei meiner Mutter. Hat er nicht gesagt, was er wollte? Vielleicht wollte er mir etwas über die Untersuchung des Skeletts erzählen, das im Wald gefunden wurde.«

»Nein, er hat nichts gesagt. Vielleicht bevorzugt er ja ein Gespräch unter Männern.«

Wir versuchen, uns davon zu überzeugen, dass es uns gut geht, trotz der räumlichen Trennung. Ich berichte von meinem kleinen Abenteuer in Söderhamn und von Bäcks ehemaliger Geliebter, falls man das so nennen kann.

»Du solltest dich unbedingt mit dem Sohn in Verbindung setzen«, sagt Bella engagiert, »und zwar sofort. Wenn Bäck sein heimlicher Vater war, kommt er durchaus als Mörder infrage. Du weißt schon, Komplexe, Schuldgefühle…« Ich glaube, Bella hat zu viele schlechte Krimis gelesen.

»Ich habe schon mit ihm telefoniert, aber er wirkte sehr zugeknöpft«, entgegne ich, doch Bella bleibt bei ihrer Meinung. Im Prinzip hat sie natürlich Recht, obwohl sich meine Lust, ihn persönlich kennen zu lernen, durchaus in Grenzen hält.

»Kommst du bald zu mir?«, fragt sie.

»Ich komme, sobald ich kann. Ich lasse vorher von mir hören.«

»Soll ich dir mal was Tolles erzählen?«, unterbricht sie mich.

»Aber klar, schieß los!«, antworte ich und habe ein unbestimmtes Gefühl, dass die Freude mehr auf ihrer Seite liegt. Doch was toll für sie ist, sollte eigentlich auch toll für mich sein.

»Ich bekomme vielleicht eine neue Rolle an der Nationaloper.«

»Welche?«

»Eine Partie in ›La Cenerentola‹. Ich habe die Chance,
Aschenbrödel zu singen, die Titelrolle!«

»Das ist ja großartig, aber Aschenbrödel? Wer hat denn daraus eine Oper gemacht?«

»Mach dich nicht dümmer, als du bist. Du weißt genau, wer
das war. Aber stell dir nur vor, eine richtig große Partie. Die
Kritiker scheinen meine Stimme zu mögen, jedenfalls habe ich
bislang nur positive Kritiken bekommen.«

Selbstgewiss, entschlossen und zielbewusst. Bella weiß, was sie
will. Ich sollte bei ihr sein und sie unterstützen. Kein schönes
Gefühl, so weit weg zu sein und sich *hier* am Telefon freuen zu
müssen, während sie *dort* ist.

Verflixt und zugenäht! Ich muss wirklich bald nach Helsinki.
Am liebsten wäre ich natürlich da, wenn die Entscheidung fällt.
Ich frage sie, wann die Besetzung festgelegt wird, aber das kann
sie mir nicht genau sagen. Vermutlich bald. Vielleicht gibt es
einen anderen Weg, das herauszufinden. Und vielleicht kann
ich mich sogar eines Abends in die Oper schleichen und einen
diskreten Platz einnehmen. Ich habe sie in Helsinki noch kein
einziges Mal auf der Bühne gesehen.

Ich habe das Bedürfnis nach einem ausgiebigen Spaziergang,
doch zuerst werfe ich einen Blick ins Lexikon. ›La Cenerentola‹, wer zum Teufel hat noch mal diese Oper geschrieben?
Natürlich, Rossini. Wusste ich's doch. Ich nehme Muffins mit
auf die große Wiese hinter Mamas Haus, wo Hunde eigentlich
angeleint werden müssen. Aber darauf pfeifen wir.

Dem Kalender zufolge steht der Herbst vor der Tür, doch
das Wetter hält sich nicht daran. Es ist warm und sonnig und
immer noch grün. Muffins streunt herum und begegnet dabei

weder anderen Hunden noch Katzen. In der Ferne sehe ich ein paar Fahrradfahrer, das ist alles.

Doch mein Handy bereitet dem himmlischen Frieden ein jähes Ende.

»Entschuldige, dass ich den milden Glanz der herbstlichen Sonne durch meinen Anruf verdunkle«, ist das Erste, was Lindström sagt. In diesem Moment schiebt sich tatsächlich eine kleine Wolke vor die Sonne. Ich setze mich auf einen Stein am Ufer eines kleinen Weihers. Wo Muffins sich aufhält, weiß ich nicht, aber ich hege die Hoffnung, dass er ganz in der Nähe ist.

»Der Himmel hat sich gerade ganz von selbst verdunkelt«, erkläre ich und füge sicherheitshalber hinzu, dass ihn keine Schuld trifft.

»Hast du ein bisschen Zeit?«

»Sicher, was gibt's?«

»Olli hat heute Morgen angerufen. In aller Herrgottsfrühe. Diese Finnen sind uns ja eine Stunde voraus. Sie stecken in den Ermittlungen fest. Dimitri wurde erschossen – mehr wissen sie nicht.«

»Aber zu irgendwelchen Ergebnissen muss die Untersuchung des Skeletts doch geführt haben.«

»Dimitri wurde durch einen einzigen Schuss getötet, aber das wisst ihr ja schon. Die Frage ist, ob er hingerichtet wurde oder ob es sich um Selbstmord handelt. Wer will das entscheiden? Beides ist möglich. Die Kugel traf ihn direkt ins Herz, und zwar in einem Winkel, der beide Möglichkeiten zulässt, da wir nicht wissen, ob er Links- oder Rechtshänder war. Auch die Zähne führen uns nicht weiter. Eine einzige Füllung, von der wir nicht wissen, wer sie gemacht hat. An den Stoffresten seines Hemds hat man Schmauchspuren entdeckt, was dafür spricht, dass der Schuss aus nächster Nähe abgegeben wurde.«

»Was ist mit der Kugel?«

»Die haben sie natürlich gefunden, aber ich weiß nicht, ob sie uns weiterhilft«, sagt Lindström.

»Steht denn fest, dass es sich um die Tatwaffe handelt?«

»Ja, das steht fest. Und ich habe wohl vergessen zu erwähnen, dass sie DNA-Spuren gefunden haben. Die können den Täter mit nahezu hundertprozentiger Sicherheit überführen.«

»Wo haben sie die DNA-Spuren gefunden?«

»Auf der Waffe natürlich.«

»Nach so langer Zeit?«

»Aber ja, wenn man keine Handschuhe trägt, halten sich die Spuren sehr, sehr lange. Wir müssen die Ergebnisse der DNA-Analysen abwarten.«

»Dann lass uns die Daumen drücken. Was ist mit dem Auto? Es gibt doch dieses ältere Ehepaar, das an der Straße wohnt, die durch den Wald führt. Die hatten ein Auto gesehen, einen Dodge Van«, erinnere ich ihn.

»Sie sind beide befragt worden. Aber schmutzige Dodge Vans gibt es jede Menge, sogar in Finnland. Ansonsten konnten sie keine genaueren Angaben machen. Vielleicht war es ein Leihwagen, vielleicht kam er aus dem Ausland oder ist inzwischen verschrottet, wer weiß das schon.«

»Und das Fahrrad?«

»Führt uns auch nicht weiter.«

»Darum wollte Olli mich also anrufen. Am besten, ich rufe ihn gleich zurück. Jens Bäck hat nämlich einen Sohn hier in Schweden.«

»Was sagst du da? Einen Sohn?«

Ich erzähle ihm eine Kurzversion der Geschichte und sage nichts von den Fotos. Ich will dieser Spur zunächst allein folgen. Ist ja nicht ausgeschlossen, dass der Mörder von Bäck in Schweden zu finden ist.

13

Ich stehe vor dem Stockholmer Mietshaus, in dem auch Håkon Österlind wohnt. Der einzige Sohn von Jens Bäck und Karin Österlind. Das Gebäude macht nicht gerade einen exklusiven Eindruck. Ein ganz normales Haus unter vielen anderen Häusern auf Kungsholmen, gebaut im Stil des frühen 20. Jahrhunderts. Ein unauffälliges Haus, in dem man sich gut verstecken kann, denke ich, während ich umhergehe und die Eingangstür im Auge behalte. Einfach zu klingeln und mich vorzustellen wäre der Sache sicher nicht dienlich.

Östquist, Stjerneklint, Lindegren, Brunerwall, Falkenheim und ein gewöhnlicher Larsson sind die Mitbewohner meines Zielobjekts Österlind. Namen, die etwas über ihre Träger verraten. Das Haus ist braungrau und schmutzig und birgt, der Anzahl der teils blumenlosen Fenster nach zu urteilen, neben Privatwohnungen auch Büroräume. Dass auch meine eigenen Blumen ein kümmerliches Dasein fristeten, als ich noch in der Stockholmer Innenstadt wohnte, habe ich verdrängt.

Als ich gerade in Erwägung ziehe, später wiederzukommen, nähert sich eine stämmige Frau mit entschlossenen Schritten. Ich mache mich bereit, setze ein Lächeln auf und schlendere ihr unbefangen entgegen. Doch als ich mich nach Håkon Österlind erkundige, ernte ich einen bösen Blick.

»Schauen Sie sich halt die Namen auf der Tafel an. Steht er da, dann wohnt er auch hier.« Sie öffnet die Haustür, während ich so tue, als hätte ich soeben seinen Namen entdeckt. Gnädig werde ich eingelassen.

Der Übersichtstafel zufolge wohnt Österlind im vierten Stock von Haus B, das sich zu meiner Linken befindet. Die Frau eilt über den Hof, während ich weiterhin in das Studium der Tafel vertieft bin. Dann betrete ich Haus B, meide den altertümlichen Aufzug und gehe die vier Treppen zu Fuß. Schließlich habe ich Zeit genug. Das Treppenhaus macht einen hübschen und gepflegten Eindruck. Die Wände sind zweifarbig, über dem Geländer hellbeige, darunter grün. Vor einer braun gestrichenen Doppeltür bleibe ich stehen und drücke auf den Klingelknopf. Eine magere Frau mittleren Alters mit angespannten Gesichtszügen öffnet mir. Ich stelle mich in aller Form vor und erkundige mich, ob Dr. Österlind zufällig zu Hause sei. Natürlich habe ich Pech.

»Aber er muss jeden Moment kommen«, fügt sie hinzu und bittet mich in die Wohnung.

Ich schätze die Größe der Wohnung auf mindestens 200 m², doch wie gut bin ich eigentlich darin, so etwas zu schätzen? Ich nehme mit einem einzigen Quadratmeter vorlieb und darf in einem der großen, bequemen Ledersessel im Wohnzimmer Platz nehmen. Wir plaudern ein wenig, während wir auf den Hausherrn warten. Ich nutze die Gelegenheit und erkundige mich nach Jens Bäck, aber der Name sagt ihr nichts. Ein inneres Warnlicht signalisiert mir, dass ich ihn nicht mehr erwähnen sollte. Offenbar hat der gute Håkon Geheimnisse vor seiner Frau. Oder sie lügt. Dafür erzählt sie mir, sie seien schon einmal als Touristen in Finnland gewesen.

»Turku hat mir gut gefallen, eine schöne und interessante Stadt«, sagt sie, worauf ihr sorgfältig geschminktes Gesicht ein makelloses Lächeln präsentiert.

»Haben Sie noch andere Orte in Finnland besucht?«, frage ich, innerlich seufzend. Sie kennt nicht einmal den schwedischen Namen der Stadt. Auf Finnisch heißt sie Turku, auf Schwedisch Åbo. Wir sprechen Schwedisch.

»Nein, wir hatten nur die Fähre am Wochenende genommen. Ein schöner Ausflug, obwohl für die Stadt natürlich nur wenig Zeit blieb. Die ist ja fast so groß wie Gävle, ungefähr… Ich würde die Reise gerne noch einmal machen, wenn ich nur

Håkon dazu bewegen könnte. In Europa gibt es doch viel zu sehen, obwohl wir unsere Ferien meistens in den USA verbringen...«

Einfach idiotisch, über irgendwelche Touristenziele zu plappern, von denen man keine Ahnung hat. Ich frage mich, was sie den ganzen Tag tut. Vielleicht ist sie eine der letzten Hausfrauen des Landes. Und wie kommt sie eigentlich darauf, dass Åbo genauso klein sei wie Gävle? Typisch dumm-schwedisch, denke ich und lächele verbindlich.

»Waren Sie schon einmal in Gävle?«, frage ich.

»Nein, leider nicht, aber ich habe schon so viel Gutes über die Stadt gehört.«

»Sagen Sie, sind Sie auch Ärztin, so wie Ihr Mann?«, frage ich, um das Thema zu wechseln.

»Nein, aber früher wollte ich es einmal werden, bevor ich meinen Mann kennen lernte. Heute verkaufe ich Kosmetika, Naturpräparate.«

»Hier auf Kungsholmen?«

»Auch. Bisher habe ich drei Geschäfte. Eines auf Kungsholmen und zwei weitere, die etwas zentraler liegen. Vasastaden und Östermalm.«

Ich bin gerettet, als ich die Haustür schlagen höre. Ein schmaler, erschöpfter Mann kommt herein. Seine Frau beeilt sich, uns allen einen Willkommensdrink zu mixen. Müde und abgekämpft, wie er ist, hatte er sich bestimmt darauf gefreut, mit einem Drink im Fernsehsessel zu versinken und vor der Mattscheibe vor sich hin zu dämmern, während seine Frau das Essen zubereitet. Und wem sieht er sich stattdessen gegenüber? Mir. Ein Anflug erschöpften Missmuts huscht über sein Gesicht, ehe er sich zu einer sozial gerade noch akzeptablen Miene durchringt. Als ich aufstehe, um ihm die Hand zu geben, ist die Fassade des freundlichen, jovialen Hausvaters perfekt.

Bis ich mich vorstelle.

»Lassen Sie uns in mein Arbeitszimmer gehen«, sagt er kurz angebunden und führt mich über den Flur in ein kleineres Zimmer. Seine Frau bleibt mit den Drinks zurück. Sie soll nicht hören, was wir besprechen, und einen Drink soll ich offenbar auch nicht bekommen.

»Was fällt Ihnen ein, mich hier zu Hause zu überfallen? Ich habe Sie nicht eingeladen!«, faucht er mich an und versucht vergeblich, mir auch ohne seinen Arztkittel Respekt einzuflößen.

Armer Teufel, unter vier Augen ist dieser Versuch von vornherein zum Scheitern verurteilt.

»Tja, wir können Sie natürlich auch schriftlich vorladen und persönlich abholen lassen, aber ich hatte mich zunächst für den diskreten Weg entschieden. Wenn Ihnen das nicht passt, dann machen wir es eben ganz offiziell«, sage ich mit gespielter Autorität. Der Dummkopf glaubt tatsächlich, ich sei Polizist.

»Also. Worum geht's?«

»Ihr Vater ist tot, und auch Ihre Mutter ist gerade verstorben«, sage ich und bin es leid, mich diplomatisch auszudrücken und Rücksicht auf die Gefühle anderer Leute zu nehmen. Das tut seine Wirkung, obwohl er darum kämpft, seine Haltung zu bewahren.

»Äh, entschuldigen Sie. Ich wusste nicht, worum es sich handelt. Was sagen Sie da: Meine Mutter ist gestorben?«

»Ja, sie ist gestern friedlich eingeschlafen. Sie hatte sich, wie üblich, mittags hingelegt und ist nicht wieder aufgewacht. Hat man Sie noch nicht benachrichtigt?«

»Nein. Und woher wissen Sie das?«, fragt er.

»Weil ich für den Nachmittag mit ihr verabredet war. Ich habe mit einem jungen Mädchen gesprochen, das im Haus Ihrer Mutter arbeitet.«

»Maria, sie geht meiner Mutter im Haushalt zur Hand ... das ist eine traurige Nachricht. Wir standen uns sehr nahe. Sie war ebenfalls Ärztin, wie Sie vielleicht wissen, aber neunzig ist natürlich ein hohes Alter.«

»Einundneunzig«, verbessere ich.

»Richtig, sie hatte ja gerade erst Geburtstag. Leider hatten wir keine Zeit, sie zu besuchen. Wir wollten das demnächst nachholen.«

»Warum ich gekommen bin, hat jedoch einen anderen Grund. Ich möchte mit Ihnen über Ihren Vater sprechen«, sage ich und schärfe die Sinne. Auf die erste Erwähnung seines Vaters war Österlind nicht eingegangen.

»Über meinen Vater?«

»Ja, über Jens Bäck, der in Finnland lebte. Haben Sie ihn jemals dort besucht?«

»Nein, in Finnland bin ich nie gewesen. Doch, warten Sie, meine Frau und ich haben vor Jahren einmal einen Ausflug nach Turku unternommen.«

»Hat er da gewohnt?«, frage ich scheinheilig.

»Das weiß ich nicht.«

»Sie haben ihn nicht gekannt?«

»Nein.«

»Sind ihm nie persönlich begegnet?«

»Nicht, dass ich wüsste. Vielleicht als kleines Kind, aber daran kann ich mich nicht erinnern.«

»Das muss sehr belastend für Sie gewesen sein, keinen Kontakt zu Ihrem Vater zu haben«, sage ich mit gespieltem Mitleid.

»Ja, vielleicht. Aber da ich ihn nicht kannte, konnte ich ihn auch nicht vermissen.«

»Sie haben also keine persönliche Erinnerung an ihn und wissen auch nicht, wo er gewohnt hat?«

»Meine Mutter hielt es wohl nicht für nötig, dass wir uns kennen lernen. Sie hat nie etwas von ihm erzählt, leider. Ich glaube, er war eine Art Geschäftsmann. Woran ist er denn gestorben?«, fragt Håkon Österlind.

»Darüber kann ich Ihnen nichts sagen. Sie sollten sich mit der finnischen Polizei in St. Mickel oder mit der finnischen Botschaft in Stockholm in Verbindung setzen«, sage ich und komme mir unbarmherzig vor.

»Mit der Polizei? Oder der Botschaft?«

»Ja, die Botschaft wird wohl das Beste sein.«

»Eine Person zu beerben, die man nie gekannt hat, kommt einem nicht rechtens vor.«

»Zu einer Erbschaft wird es wohl nicht kommen, da Ihr Vater offiziell nicht bekannt ist«, kläre ich ihn auf.

»Ja, aber...«

Unser Gespräch ist beendet. Er ringt sich noch ein paar Höflichkeitsfloskeln ab, und mich beschleicht mehr und mehr das Gefühl, dass hier etwas faul ist.

Während ich die Treppe hinuntergehe, frage ich mich, ob Bäck ein Testament hinterlassen hat. Unbedingt prüfen!, speichere ich irgendwo in der Hirnrinde.

Ich öffne die Haustür und entschwinde in den Stockholmer Abend. Beschließe, zu Fuß zum Bahnhof zu gehen, um auf den Zug nach Uppsala zu warten, wo ich mein Auto geparkt habe. Ich stelle fest, dass sich vieles verändert hat, seit ich das letzte Mal hier entlanggeschlendert bin. Heutzutage sind fast alle mit dem Auto unterwegs. Sausen durch die Stadt, sammeln flüchtige Eindrücke. Was bleibt hängen außer den Verkehrsschildern? Meine Erinnerungen an Stockholm stammen aus der Zeit, als ich noch kein Auto besaß. Im Großen und Ganzen finde ich mich zurecht, aber so manches ist anders als früher. Eine einfache Kneipe, die ich von früher her kenne, hat sich zu einem richtigen Restaurant gemausert. Gibt es überhaupt noch Fischhändler? Hier jedenfalls nicht. Vielleicht im Freilichtmuseum Skansen.

Der Autoverkehr hat wirklich enorm zugenommen. Ganz

zu schweigen von der Anzahl der Politessen und den Menschenmassen am Hauptbahnhof.

Da ich Glück habe, brauche ich nicht länger als zehn Minuten auf den Zug nach Uppsala zu warten. Ich kaufe mir das ›Aftonbladet‹ und mache es mir im Abteil bequem. Schlafe ein. Vergesse im Zug die Zeit. Steige danach in mein Auto und fahre nach Hause.

Ende dieses Ausflugs.

14

Irgendwie muss er das geerbte Geld investieren. Erbschaftssteuer würde er jedenfalls nicht freiwillig bezahlen. Er hat bereits an ausländische Banken gedacht, ausländische Aktien, Edelmetalle, verschiedene halb kriminelle Machenschaften. Kurz gesagt, an alles Mögliche. Es ist ein neues, spannendes Gefühl, plötzlich verhältnismäßig reich zu sein. Ihm ist klar, dass er das Geld, fast eine halbe Million, diskret und geschickt anlegen muss, damit es ordentlich Gewinn abwirft, und zwar für ihn, nicht für das Finanzamt.

Zunächst muss er das Geld verstecken, aber wo? Eines Tages geht er an der Kunsthandlung vorbei, die in der Nähe seines Arbeitsplatzes liegt. Es ist eine drittklassige Galerie, aber der Inhaber hat manchmal ganz interessante Bilder. Die meisten bringt er jedenfalls irgendwann unter die Leute. Eigentlich ein netter Kerl, denkt er. Hält nur leider zur falschen Fußballmannschaft.

Werners unerfahrener Blick bleibt an drei netten Gemälden mit maritimen Motiven hängen. Die müssen ziemlich neu in der Galerie sein. Als er das letzte Mal seine Nase in das Geschäft gesteckt hat, waren sie jedenfalls noch nicht da. Er erfährt, dass sie von einem Maler namens Ajvazovskij stammen.

»Falls Sie Interesse haben, muss ich Sie warnen«, sagt der Galerist. »Die sind ziemlich teuer. Schauen Sie, hier ist die Signatur, und allein die Goldrahmen sind einiges wert.«

Die Gemälde sind nicht besonders groß, und die Rahmen machen wirklich was her. Er sieht Schiffe auf einem Meer, schäumende Wellen und gebauschte Segel. Man konnte wirklich viel erkennen auf den Bildern. Das gefällt Werner. Der Künstler hat äußerst exakt und gleichzeitig sehr natürlich gemalt, findet er. Detailliert, dramatisch und unheilschwanger, doch vor allem sehr anschaulich, deutlich und klar. Wirklich sehr eindrucksvoll. Er erkundigt sich beiläufig nach dem Künstler, um kein allzu großes Interesse zu verraten, und erfährt, dass es sich um einen russischen Maler aus dem 19. Jahrhundert handelt.

Mit einem Kribbeln im Bauch verlässt er die Galerie und nimmt die U-Bahn nach Hause. Geht zunächst in die Bibliothek und sucht in einem Kunstlexikon den Namen Ajvazovskij, findet aber keinen Eintrag. Ist ein wenig enttäuscht, lässt sich jedoch nicht entmutigen. Der Maler soll doch bekannt sein. Vielleicht sollte ich es in einer größeren Bibliothek im Zentrum versuchen, denkt Werner.

Am nächsten Tag bittet er seinen Arbeitgeber um eine verlängerte Mittagspause, murmelt etwas von einem Zahnarztbesuch und nimmt die U-Bahn in die Stadtmitte. Besucht die Königliche Bibliothek. Dort wird er fündig: *Ivan Ajvazovskij, russischer Maler, 1817–1900, einer der bedeutendsten Marinemaler des 19. Jahrhunderts.* Er hat sofort das Gefühl, dass er einen dicken Fisch an der Angel hat. Der Galerist hat vermutlich keine Ahnung, wen er da zum Verkauf anbietet. Vielleicht ist Ajvazovskij in Schweden weitgehend unbekannt. Hier muss rasch gehandelt werden.

Am Nachmittag ruft er das Auktionshaus Bukowskis an, um nähere Informationen über den Künstler einzuholen. Seine

Vermutungen werden bestätigt: Ajvazovskij sei in Schweden kein bekannter Name und erziele in anderen Ländern weitaus höhere Preise, teilt man ihm mit. Die Bilder, die sich im Laufe der Zeit im Besitz von Bukowskis befunden hätten, wären allesamt über die Filiale in Helsinki wieder verkauft worden. Schon in Finnland sei Ajvazovskij bekannter als in Schweden. Bis zu 200.000 Kronen könne man im Ausland für einzelne Bilder erzielen, das hinge natürlich von den näheren Umständen ab …

Auf dem Heimweg sucht er erneut die Galerie auf. Verhandelt über den Preis, führt ins Feld, der Maler komme in Standardwerken gar nicht vor, und erwirbt alle drei Bilder nach zähem Feilschen für 100.000 Kronen.

Der Kunsthändler sieht verdächtig zufrieden aus, doch Werner nicht minder. Drei hübsche Gemälde für einhunderttausend. Im Ausland sind sie bestimmt sechshundert- bis achthunderttausend wert, vielleicht noch mehr! Und schon auf einer schwedischen Auktion müsste sich die Summe verdoppeln lassen, sagt er sich. Eine ausgezeichnete Investition. Das Geld würde er auf ein Nummernkonto außerhalb der EU einzahlen. Dort konnte es sich in Ruhe vermehren. Es würde eine wahre Freude sein, dies zu beobachten. Bald werde ich reich sein, denkt er und erwägt während des langen Heimwegs, ob er nicht vorzeitig in Rente gehen sollte.

Seiner skeptischen Frau nennt er einen deutlich geringeren Preis. Seufzend akzeptiert sie seine Neuerwerbungen, freut sich aber zumindest darüber, dass die Motive der Bilder so klar zu erkennen sind. Die Gemälde werden im Wohnzimmer aufgehängt. Dort machen sie sich am besten, da sind sie sich einig. Vielleicht sind sie wirklich ein bisschen was wert, hofft sie. Sie scheinen ja ziemlich alt zu sein. Aber was versteht Werner schon von Kunst? Gar nichts. Und dann sein Gerede, sie im Ausland verkaufen zu wollen. Ha! Die weiteste Reise, die er bisher unternommen hat, war eine Busfahrt nach Rendsburg in der Nähe von Kiel gewesen. Von dort aus waren seine Eltern zu Beginn der vierziger Jahre über Dänemark nach Schweden gezogen.

Manchmal ist es schon ein schweres Los, mit einem Mann verheiratet zu sein, der sich einbildet, über alles Bescheid zu wissen, vor allem, wenn er von der Materie nicht die geringste Ahnung hat.

Männer!

15

Nachdem ich von Stockholm bis Uppsala geschlafen habe, fühle ich mich ausgeruht, wenn auch ein wenig steif im Nacken. Es sind eben nicht alle Züge modern und bequem.

Schon bald bin ich auf dem Weg nach Hause, überlege, ob ich mir was zu essen kaufen soll, lasse es aber bleiben. Sobald ich durch das gusseiserne Tor rolle, sehe ich meine eigensinnige Mutter im Atelier arbeiten. Die Haustür ist wie üblich nicht abgeschlossen, doch Muffins bellt warnend, als ich mich ihr nähere. Als ich das Haus betrete, fällt Muffins über mich her.

»Wohlbehalten wieder zurück, wie ich sehe. Wie wär's mit einer Tasse Tee?«, fragt sie auf dem Weg in die Küche. Eine rhetorische Frage. Spielt sowieso keine Rolle, was ich sage. Es gibt Tee.

Der Abwechslung halber decke ich den kleinen Tisch zwischen den Wohnzimmersofas. Zwei Becher, ein Kännchen Milch, kein Zucker, ein paar Kekse. Dann gehe ich in die Küche, mache mir ein Käsebrot und frage sie, ob sie einen Maler namens Ajvazovskij kennt.

»Das hast du mich neulich schon gefragt! Was willst du nur immer mit dem? Ich habe in einem meiner Bücher nachgeschlagen. Du meinst doch diesen russischen Marinemaler aus dem 19. Jahrhundert, oder?«

»Genau den.«

»War sehr bekannt zu seiner Zeit, ist heute aber weitgehend in Vergessenheit geraten. Jedenfalls in Schweden. Für Kunsthändler und Sammler wohl immer noch von Interesse, vor allem im Ausland«, sagt sie und schaut mich neugierig an, als erwarte sie eine Erklärung für mein beharrliches Interesse.

»Mir hat kürzlich jemand von drei Gemälden dieses Malers erzählt.«

»Ich hoffe, sie sind in guten Händen.«

»Das kann man wohl nicht behaupten. Sie sind gestohlen worden.«

»Hm, das hört sich nicht gut an. Der Besitzer kann einen Millionenverlust erlitten haben, je nachdem, welche Bilder es waren. Waren es Seestücke?«, fragt sie, während sie den Tee aufgießt.

»Ja, alle drei, soweit ich verstanden habe.«

»Die arme Frau.«

»Es war ein Mann.«

»Typisch.«

Ich verkneife mir die Frage, warum es typisch sein soll, dass Männer bestohlen werden. Stattdessen versuche ich, mich an Ajvazovskij und seine gestohlenen Bilder zu halten.

»Erzähl mir mehr von ihm.«

»Vor ein paar Jahren gab es mal eine Ausstellung in Helsinki, das müsste … 1999 gewesen sein. Und im Retretti haben sie vor gar nicht langer Zeit rund fünfzig Gemälde, Zeichnungen und Aquarelle von ihm gezeigt.«

»Hast du die Ausstellung gesehen?«

»Natürlich, obwohl das nicht der eigentliche Grund meiner Reise nach Finnland war. Lass mich nachdenken, es gab da irgendeinen Geburtstag oder so was … so, jetzt hole ich alles, was ich in meinen Regalen über ihn finde.«

Sie lässt mich ungefähr fünfzehn Minuten allein. Die wenigen Kekse esse ich auf. Setze mich vor den Fernseher und zappe durch die drei Kanäle, mit denen meine Mutter sich begnügt. Nichts.

Als sie wiederkommt, hat sie den Ausstellungskatalog aus Helsinki unter dem Arm.

»Den Katalog vom Retretti muss ich verliehen haben. Jedenfalls kann ich ihn gerade nicht finden. Wird höchste Zeit, mal wieder Ordnung zu schaffen in den Regalen.« Das sagt sie immer.

Sie zeigt mir einen Artikel, den Jekaterina Ladyzjenskaja vom Museum für russische Kunst in Kiew geschrieben hat. Er trägt den Titel ›Ajvazovskij und das Meer‹.

Aus dem Text geht deutlich hervor, dass er zu seiner Zeit und natürlich auch nach seinem Tod einer der Meister seines Fachs war:

Geboren in Feodosia am 17. Juli 1817. Studierte in den Jahren 1833–37 an der Kunstakademie von St. Petersburg bei Maksim Vorobjov. Ajvazovskij machte sich bereits mit seinen ersten Ausstellungen einen Namen … blablabla … spezialisierte sich im Laufe der Zeit auf maritime Motive, dokumentierte unter anderem die Geschichte der ruhmreichen russischen Flotte und war mehrere Jahre lang als Künstler dort angestellt. Er gab die Schiffe so detailgetreu wieder, dass nicht einmal Fachleute etwas daran auszusetzen hatten. Wurde 1847 zum Professor ernannt. Ab 1887 Ehrenmitglied der Kunstakademie. Es folgten weitere Ehrenmitgliedschaften verschiedener europäischer Kunstakademien. Wohnte und arbeitete hauptsächlich in seinem Heimatort Feodosia, wo er von 1865 an eine Kunstschule leitete sowie

1880 eine Kunstgalerie gründete. Ajvazovskij hatte mehrere Schüler. Seine Marine- und Landschaftsmalerei begründete eine Schule in Russland. Man kann von »Ajvazovskij und seinem Kreis« sprechen. Es lässt sich mit einigem Recht behaupten, dass alle Marinemaler dieser Zeit von ihm beeinflusst wurden. Ajvazovskij war äußerst produktiv und nahm bis zu seinem Tod im Jahr 1900 an zahlreichen Ausstellungen in Russland und im Ausland teil. Er schuf ungefähr sechstausend Werke. Eines seiner bekanntesten Werke, ›Die Welle‹, wurde vor ein paar Jahren im russischen Museum von St. Petersburg ausgestellt. Es handelt sich um ein riesiges Ölgemälde von gut fünf mal drei Metern. Obwohl Ajvazovskij vor allem für seine maritimen Werke bekannt ist, tat er sich auch in der Porträt- und Landschaftsmalerei hervor und widmete sich darüber hinaus biblischen Motiven sowie dem Leben und der Natur in der Ukraine.

Kurz gesagt: eine ehrenvolle Karriere. Eine sehr zeittypische Karriere. Eine Karriere, der heutige Künstler vermutlich ausweichen würden. Und eine Karriere, die Ajvazovskij für den europäischen Kunstmarkt ziemlich attraktiv machen dürfte.

Meine Mutter trinkt ihren abkühlenden Tee und erzählt, Ajvazovskij habe auch den russischen Schriftsteller Puschkin porträtiert. Danach gehen wir ins Bett. Es ist schon spät. Ich mache mit Muffins noch einen kleinen Nachtspaziergang, ehe wir uns aufs Ohr legen.

Morgen werde ich wohl ein weiteres Mal nach Söderhamn fahren. Wäre interessant, die übrigen Fotos von Karin Österlind anzuschauen. Vielleicht finde ich ja sogar einen Beweis dafür, dass ihr Sohn nicht die Wahrheit sagte, sondern seinen Vater einmal besucht hat.

Ich werde geweckt. Muffins schleckt so lange mein Ohr ab, bis ich aufwache. Sobald ich ein Lebenszeichen von mir gebe, will er vor die Tür. Nur raus, raus, raus. Er hat es eilig. Ich werfe mir notdürftig ein paar Sachen über, dann stürzen wir nach draußen, wo er das loswird, was man eigentlich mit einer Schaufel entfernt. Da ich keine Tüte dabeihabe, lasse ich es gut sein und vertraue auf den Nebel.

Mama hat ihm schon wieder zu viel zu fressen gegeben. So bin ich jedenfalls früh genug aus den Federn gekommen. Wir ziehen einmal quer über das Feld, ohne einem einzigen Menschen zu begegnen. Nach dem Frühstück winke ich meiner Mutter zu und mache mich auf nach Söderhamn. Muffins kommt mit, damit sein Magen nicht völlig unberechenbar wird.

In Enköping tanke ich und entscheide mich für die Bundesstraße über Uppsala. Der Nebel und die Tatsache, dass ich es eilig habe, geben den Ausschlag. Als der Verkehr abnimmt und der Nebel sich lichtet, wähle ich die Nummer von Per-Håkan, aber er ist nicht da. Vielleicht ist er ja in der Kirche, denke ich und sause weiter durch den Kiefernwald. Lasse Gävle hinter mir, das von der Straße aus nicht zu erkennen ist.

Kurz vor Söderhamn biege ich auf einen schmalen Kiesweg ab, lasse das Auto stehen und mache einen kleinen Spaziergang mit Muffins. Wir essen ein paar belegte Brote, bevor ich es erneut bei Per-Håkan versuche, aber nur seinen Anrufbeantworter erreiche. Ungefähr zwölf Minuten später sind wir in Söderhamn.

Ich parke mitten in der Stadt im Schatten.

»Du kannst jetzt aufs Auto aufpassen«, sage ich zu Muffins, der nach Spaziergang und Broten rundum zufrieden ist. Er legt sich mit wohligem Seufzen auf seine Matte. Endlich Ruhe und Frieden. Und wehe, jemand kommt dem Auto zu nah.

16

Viertel nach zwölf. Zeit fürs Mittagessen. Nächster Versuch bei
Per-Håkan. Keine Antwort. Was soll's, ich komme auch allein
zurecht. Während Muffins das Auto bewacht, schaue ich nach,
ob irgendjemand in Karin Österlinds Wohnung ist.

Ich klingele und warte. Keiner da. Aber dann höre ich
Schritte, und die sympathische rundliche Frau vom letzten Mal
öffnet die Tür. Maria hieß sie, wenn ich mich recht erinnere. Ich
fühle mich wie eine Mischung aus Betrüger und neugierigem
Nachbarn. Ich will ins Haus und schnüffeln, doch natürlich hat
sie keine Veranlassung, mich einzulassen. Dennoch hört sie
sich meine Erklärungen an.

»Wenn ich mich nicht irre, wollte Frau Österlind doch einen
Teil ihrer Fotos in dieser Galerie ausstellen, wie war noch gleich
der Name?«

»Galerie Mazarin. Das ist richtig. Sie hat lange davon gesprochen, und wir haben zu diesem Zweck ihr gesamtes Fotomate-
rial gesichtet. Sie besaß eine riesige Menge an Bildern, auch von
mir als Kind«, sagt sie mit feuchten Augen.

»Das kann ich mir denken. Viele Negative hatte sie ja bereits
Per-Håkan Laurin überlassen, der Abzüge für die Ausstellung
machen sollte. Und jetzt frage ich mich ...«

»Sie hat Bilder von mir als kleinem Kind, dann mit meiner
Freundin Anne auf dem Schlitten und meinem späteren Freund
Ingvar auf dem Moped in der Fußgängerzone. Die Fotos füllen
mehrere Meter im Bücherregal, und auf dem Dachboden liegen
mindestens noch mal so viele. Sie hat alles aufgehoben: Briefe,
Fotos, Spielsachen, Bücher, einfach alles. Immer wieder hat sie
sich vorgenommen, mal richtig aufzuräumen und Dinge weg-
zuwerfen, aber es ist nie etwas daraus geworden. Oft hat sie die
alten Fotos angeschaut und in Erinnerungen geschwelgt. Der
große Dachboden platzt aus allen Nähten. Ich weiß gar nicht,

was ich mit all den Dingen tun soll. Morgen kommt ihr Sohn. Wussten Sie, dass sie einen Sohn hat? Er hat mich gebeten, Umzugskartons zu besorgen, also habe ich mir morgen freigenommen, um ihm zu helfen. Er wohnt in Stockholm und ist ebenfalls Arzt.«

»Ja, ich weiß. Ich habe ihn vor ein paar Tagen in seiner Wohnung auf Kungsholmen besucht.«

Ob es an meiner Bekanntschaft mit dem Sohn liegt, weiß ich nicht, doch sie lässt mich ins Haus. Auf den ersten Blick wird mir klar, dass die verstorbene Ärztin eine Sammlerin war. Sie sammelte Kunst, weder teuer noch erlesen, aber immerhin. Mein Blick bleibt an einem hübschen, kleinen Aquarell von Eilert Andersson hängen.

Es klingelt an der Tür, worauf ein Mann – vermutlich von einer Umzugsfirma – einen Stapel Faltkartons hereinträgt. Die werden nie und nimmer reichen, denke ich, doch der Mann holt Nachschub und verteilt die Kartons in mehreren Zimmern. Ich nutze die Gelegenheit, um mich umzuschauen. Vor allem studiere ich die Bücherregale mit den dicken Fotomappen. Blättere in einigen und stelle fest, dass die Jahreszahlen auf den Rücken diesmal richtig sind. In der Mappe von 1943 finde ich Bilder der jungen Mutter mit ihrem Baby. Fast die gesamte Mappe des nächsten Jahres ist voll von Fotos des Sohnes, zum Teil in Begleitung seines Vaters. Ein junger und hoffnungsvoller Arzt in spe. Ich blättere rasch die Mappen der folgenden Jahre durch, die alle sorgfältig geordnet sind, mit Kontaktbögen und Negativen. Hin und wieder ist Bäck auf den Bildern zu sehen, aber nur bis zum Jahr 1947. Danach scheint er nicht mehr zu existieren, jedenfalls nicht auf den Fotos.

Natürlich ist es möglich, dass Bäck auch auf späteren Fotos noch sporadisch auftaucht, doch habe ich jetzt keine Zeit, sämtliche hinterlassenen Alben von Karin Österlind durchzusehen. Es ist jedenfalls nicht ausgeschlossen, dass Håkon seinen Vater gekannt hat, vielleicht sogar gut genug, um sich im Erwachsenenalter mit ihm zu treffen.

Als ich auf die Rückseite eines Fotos schaue – ein Winterbild mit Mutter, Vater und Sohn auf demselben Tretschlitten –, lese ich: *Jens, Håkon und ich beim Schlittenfahren, 3.1.1947.* Ich drehe mehrere Fotos um und finde verschiedene Kommentare:

Spaziergang beim Humlegården 1946.

Lars-Ove isst ein Eis und fühlt sich wie ein Prinz, Sommer 1947.

Lars-Ove, der sich später Håkon nannte.

Papa Jens auf der Rutschbahn mit Lars-Ove 1947.

Lars-Ove beim Spielen mit Plutten, Odengatan 1947. Plutten war ein großer Stoffhund.

Ich lege die Mappen der Jahre 1943 – 47 beiseite. Ich wäre sie zwar gerne Bild für Bild durchgegangen, doch nachdem die Umzugskartons offenbar alle ins Haus getragen und verteilt worden sind, kehrt die junge Frau zu mir zurück.

»Ich heiße Maria«, sagt sie lächelnd, »Maria Karlsson.«

Ich stelle mich ebenfalls vor und helfe ihr beim Zusammenbauen und Stapeln der Kartons. Wir rücken die Betten im Schlafzimmer zur Seite, um so viele Kartons wie möglich unterzubringen und alles für »Lars-Oves« Besuch vorzubereiten.

»Sie hat ja unglaublich viele Fotos«, sage ich. »Wissen Sie, ob sie auch alte Briefe aufgehoben hat?«

»Das weiß ich nicht, aber es ist gut möglich. Sie hat so vieles aufgehoben. Zum Beispiel gibt es eine große Schublade voller Gewürzdosen. Leere Gewürzdosen! Und auf dem Dachboden liegt ebenfalls ein Haufen Zeugs herum. Auch die meisten Spielsachen ihres Sohnes sind noch da.«

»Wenn es dort noch mehr Fotomappen gibt, sollten wir sie herunterholen und zu den anderen stellen«, schlage ich vor, und Maria stimmt zu. Sie hat sich noch nie gründlich auf dem Dachboden umgesehen und wird vermutlich von reiner Neugier getrieben, so wie ich.

Maria geht in die Küche und sucht den Schlüssel. Wie nehmen jeder einen leeren Umzugskarton mit und begeben uns auf den Dachboden. Schließen die Eisentür auf und befinden uns im nächsten Moment in der Welt der vergessenen Dinge. Es ist still und staubig. Ein trockener und abgestandener Geruch hängt in der Luft. Karin Österlinds Dachbodenarchiv befindet sich auf der Giebelseite des Hauses und ist voller sorgfältig beschrifteter Aktenschränke. So dauert es nicht lange, bis ich gefunden habe, wonach ich suchte. Wir schleppen die schweren Umzugskisten wieder nach unten, schwer beladen mit Bildern aus den vierziger und fünfziger Jahren.

Ich werfe schon mal einen raschen Blick in die Mappen, während Maria den Schlüssel zurück in die Speisekammer hängt. Was ist, wenn die Schubladen falsch beschriftet sind, geht mir durch den Kopf, doch hier scheint alles seine Ordnung zu haben. Fotos, Fotos und nochmals Fotos. Seite für Seite. Karin Österlind hatte das Fotografieren früh zu ihrem Hobby gemacht und war ihr Leben lang dabei geblieben. Ich frage Maria, ob ich die Mappen der Jahre 1943 bis mindestens 1947 mitnehmen dürfe, quasi als Ergänzung zu den Mappen, die Frau Österlind bereits Per-Håkan überlassen hatte.

»Schließlich wollen wir für die Ausstellung die bestmögliche Auswahl treffen. Falls mehrere Bilder dasselbe Motiv zeigen, nehmen wir natürlich die technisch beste Aufnahme«, argumentiere ich. Vermutlich hat Karin Österlind bereits die besten Bilder ausgesucht, aber so genau braucht Maria ja nicht Bescheid zu wissen.

Während ich in aller Eile rund zwanzig Alben der Jahre 1947–55 durchblättere – auf der Jagd nach Fotos von Bäck und aus Finnland im Allgemeinen –, beruhige ich mein schlechtes Gewissen damit, dass die Bilder ja nicht verschwinden werden und einem guten Zweck dienen sollen. Dann verabschiede ich mich und verlasse das Haus mit zwei Umzugskartons voller Fotomappen, die ich in meinem Wagen verstaue. Muffins freut sich, als ich die Kisten auf den Rücksitz stelle. Er glaubt natürlich, dass er jetzt Gelegenheit haben wird, neue Hundebekanntschaften zu schließen. Die wird er auch bekommen, aber nicht sofort.

Ich wähle Per-Håkans Nummer. Ohne Erfolg. Dann machen wir uns auf den Weg, aber wohin? Ich will die Bilder unverzüglich sichten, auswählen und aussortieren sowie Duplikate für den eigenen Gebrauch anfertigen. Es ist ja nicht gesagt, dass Håkon Österlind Interesse an einer Ausstellung hat, denke ich. In Anbetracht seines nicht gerade freundlichen Wesens ist es wahrscheinlicher, dass er entschieden ablehnt. Im schlimmsten Fall wird er die Fotos vernichten. Also sollte ich mir so rasch wie möglich Abzüge machen. Morgen kommt er, und bis dahin muss ich die Schubladen durchforstet haben. Das bedeutet Nachtarbeit.

In der Fußgängerzone suche ich ein Fotogeschäft auf und kaufe zwei Schachteln mit Agfa-Fotopapier, 13 x 18 cm, billigen Entwickler und Fixierer. Dann fahre ich zum Gemeindehaus, parke dort und drehe mit Muffins eine Runde über einen alten, sandigen Fußballplatz hinter der Kirche, ehe ich mich auf die Suche nach Per-Håkan mache. Ich finde ihn in einem kleinen Raum des Gemeindehauses, während er gerade ein großes Sandwich isst. »Viel zu tun«, erklärt er.

Zehn Minuten später sitze ich in der Kirche, während ich den beleidigten Muffins erneut im Auto zurücklasse.

»Bis heute Abend solltest du fertig sein«, sagt Per-Håkan, »da probt der Staffanschor, und ich weiß nicht, ob Berndt

Häggbom so begeistert sein wird, wenn du dann noch hier rumläufst.«

»Sag mir einfach, wie lange ich Zeit habe. Ich wollte dich sowieso fragen, ob ich heute Abend beziehungsweise heute Nacht deine Dunkelkammer benutzen könnte. Ich möchte mir ein paar Kopien von ihren Negativen machen.«

»Kein Problem, sagen wir fünf oder halb sechs? Ich komme und hole dich ab. Du kannst bei mir übernachten, aber wie wär's, wenn wir erst mal ins Albertina gehen, ist in Skärså, und man kann dort gut essen …«

In dem kleinen Seitenraum gehe ich die Bilder durch und mache mir eine Liste, welche ich heute Abend brauchen werde. Glücklicherweise gibt es nicht allzu viele Fotos, vielleicht dreißig bis vierzig, auf denen die »ganze Familie« zu sehen ist. Das sollte zu schaffen sein, wenn ich's mit der Qualität nicht allzu genau nehme.

Schon um halb fünf klopft Per-Håkan an die Tür und fragt, wie weit ich gekommen sei. Ich bin fertig. Wir gehen in die Stadt, und ich kaufe ein bisschen für den Abend ein. Per-Håkan muss sich gedulden. Ein Sixpack, zwei Pizzas, ein guter Käse, etwas geräucherter Schinken, ein paar Brötchen und eine große Packung Eis sollten ein angemessenes Entgelt für das Privathotel sein. Per-Håkan protestiert. Aber da er ja wohl nicht alles aus dem Autofenster werfen will, muss er sich wohl oder übel damit abfinden.

Wir fahren nach Skärså, jeder in seinem Wagen. Ebenso schnell wie Per-Håkans Katze verschwindet, als Muffins hereinkommt, verschwinde ich in der Dunkelkammer, während Per-Håkan die Pizzas in den Ofen schiebt, den Tisch deckt und Hundefutter in einen Napf füllt. Ich treffe die Vorbereitungen im Labor. Danach essen wir alle drei.

Den Abwasch überlasse ich gerne ihm, während ich mich

wieder ins Fotolabor zurückziehe, um das Pensum des Abends in Angriff zu nehmen. Muffins hat dreist ein Sofa besetzt und hält ein Verdauungsschläfchen.

Es gibt viel zu tun. Bild für Bild wird in den Printer eingezogen, automatisch belichtet und entwickelt. Eine nachlässige Methode, doch für meine Zwecke voll und ganz ausreichend. Um zirka zwei Uhr nachts bin ich fertig. Endlich, findet Muffins, und ich gebe ihm Recht. Wir vertreten uns ein bisschen die Beine vor der Tür. Jetzt müssen die zweiundvierzig Bilder nur noch trocknen über Nacht.

Ich gebe Per-Håkan das Material und rate ihm, einfach so zu tun, als wisse er von nichts. Ich hätte mir die Fotomappen einfach ausgeliehen und ihm für die Ausstellung übergeben, das ist alles.

»An deiner Stelle würde ich noch damit warten, Abzüge für die Ausstellung zu machen. Håkon Österlind ist ein unzugänglicher Typ, der vielleicht gar nicht will, dass die Fotos ausgestellt werden«, sage ich zu ihm, ehe er zu Bett geht. Ich mache mir eine Tasse Tee. Ein stille Tasse Tee mitten in der Nacht. Durch das Fenster sehe ich das Meer, nachdem sich die Augen an die Dunkelheit gewöhnt haben. Ruhig und leise wogt es auf und ab, der Bottnische Meerbusen. Muffins und ich schleichen uns nach draußen. Ich setze mich auf einen Stein am Strand und atme die feuchte Luft ein. Rieche den Duft des Meeres. Lausche dem Rascheln der nächtlichen Tiere. Was man als still empfindet, ist nicht still. Man muss nur richtig hinhören. Nach einer Weile bekommen wir kalte Füße und gehen wieder hinein.

Am Morgen ruft Per-Håkan: »Tee oder Kaffee?« Tee natürlich. Ich habe trotz der Temperatur plötzlich das Bedürfnis nach einem Bad, laufe nackt über die Steine und schwimme eine kleine Runde in der Bucht. Muffins steht am Strand und denkt, beim Herrchen ist eine Schraube locker.

Kurz darauf bin ich fertig angezogen und bereit zum Frühstück. Danach sammle ich im Labor die getrockneten Fotos ein und übernehme die alten Rückseitentexte von den Kontaktabzügen. Als ich damit fertig bin, sind Muffins und ich für die Heimreise gerüstet.

»Komm mich doch mal besuchen«, schlage ich Per-Håkan vor.

Er zögert. Die Idee sei gut, doch sein Auto kaum noch zu längeren Touren in der Lage. »Die Gefahr ist groß, dass ich nicht bei dir ankomme. Aber wenn du mal wiederkommst, gehen wir angeln, in Ordnung?«

Wir steigen in unsere Autos. Per-Håkan fährt in sein Büro, und ich fahre nach Hause. Wir bleiben ein Stück auf demselben Weg, ehe wir uns winkend voneinander verabschieden. Ich will seine Einladung im Kopf behalten. Es wäre wirklich schön, ein paar freie Tage am Meer zu verbringen.

17

Irgendwas wollte ich untersuchen. Aber was? Mein Gedächtnis ist ziemlich gut, nur ein wenig selektiv. Hm, wird mir schon noch einfallen … hoffe ich. In der Zwischenzeit gehe ich die Fotos durch, die ich bei Per-Håkan gemacht habe. Studiere die abgeschriebenen Rückseitentexte und denke, dass Jens Bäck offenbar ein fürsorglicher Vater war, zumindest solange er in Schweden lebte. Er war ein guter Vater, bis er aus unbekannten Gründen nach Finnland zog und sein bisheriges Leben hinter sich ließ. Da fällt mir ein, dass es genau das war, was ich untersuchen wollte: Wie gegenwärtig war der Sohn im Leben des Vaters gewesen? Nach dem Umzug. War der Kontakt abgerissen? Wenn ja: warum? Oder pflegten sie vielleicht einen beruflichen Meinungsaustausch unter Kollegen? Karin Österlind wäre keinesfalls ein Hindernis gewesen. Sie schien beiden bis zu ihrem Tod positiv gesonnen zu sein. Davon gehe ich zumindest aus, wenngleich wir am Telefon darüber nicht gesprochen haben.

Ich hatte nicht danach gefragt. Auch danach nicht. Das hätte ich tun sollen.

Ich rufe das Krankenhaus an, an dem Håkon Österlind arbeitet, lasse mich mit der Personalabteilung verbinden und frage, ob es möglich sei, mir Kopien seines Bewerbungsschreibens, seiner Urlaubsanträge und Krankmeldungen zur Verfügung zu stellen – ich weiß, dass solche Unterlagen öffentlich zugänglich sein müssen. Für die Personalabteilung bedeutet diese Anfrage allerdings einen ziemlichen Arbeitsaufwand, denn schließlich ist Dr. Österlind seit fünfzehn Jahren an diesem Krankenhaus angestellt. Davor hat er ein paar Jahre an einer anderen Stockholmer Klinik gearbeitet. Ich rufe auch dort die Personalabteilung an und äußere denselben Wunsch.

Schon am nächsten Tag halte ich die Unterlagen von beiden Krankenhäusern in Händen. Ich lese sie, finde aber nichts Interessantes. Seine Praktikumszeit verbrachte er in Söderhamn; ich wette, er wohnte damals bei seiner Mutter. Später ging er nach Stockholm, bildete sich weiter und wurde Facharzt für Chirurgie. Bekam eine Anstellung und begann zu operieren. Bildete sich punktuell weiter fort, um sich schließlich auf Oberschenkel- und Leistenbrüche, Hämorrhoiden und Krampfadern zu spezialisieren.

Hört sich weder besonders aufregend noch ambitioniert an, denke ich und überlege, was wohl seine Mutter über die Karriere ihres Sohnes gedacht haben wird.

Während ich auf weitere mäßig interessante Unterlagen warte, biete ich Jurek meine Mithilfe in der Firma an. Ein bestellter Fotograf ist plötzlich krank geworden. So was kommt vor. Ich wende mich einem kleinen Auftrag zu. Fotografiere stundenlang mehr oder minder antike Tabaksdosen. Ein öder Job, der trotzdem gewissenhaft erledigt werden will. Negativformat 13 x 18 cm. Ich frage nicht, aber ich wundere mich über den Auftraggeber. Ein Sammler?

Am nächsten Tag wartet ein weiterer Job auf mich: Models in langen Hosen, Kleidern, Blusen und natürlich BHs. Eine langweilige Arbeit, weit entfernt von den goldenen Sandstränden kostspieliger Kataloge, ob echt oder gefakt, was mich unwillkürlich an Bella denken lässt. Sie ist kein Fake. Ich rufe meine Mutter an und frage sie, ob sie etwas von Bella gehört hat. Das hat sie, und ihre Nachricht für mich lautet: Ruf an!

Während einer Vormittagspause greife ich zum Hörer und erreiche sie sofort. Wie üblich ist sie auf dem Sprung, doch ich bestehe darauf, dass sie wenigstens eine Minute für mich erübrigt.

»Stell dir vor, ich habe die Rolle! Aber kannst du mich später noch mal anrufen, ich muss jetzt zur Arbeit.«

»Das ist ja fantastisch!«, rufe ich zurück. »Wann geht's los?«

»Ende Dezember beginnen die Proben, bis dahin muss ich die Rolle lernen. Wann kommst du nach Hause? Du kommst doch bald, oder?«

»Weiß noch nicht genau, aber ich komme, sobald ich kann.«

»Ein kurzer Besuch für ein paar Tage würde mir schon reichen. Du fehlst mir.«

»Vielleicht ziehe ich ja bald einen Job in Helsinki an Land, wir werden sehen.«

»Ja, das wäre schön. Vergiss Olli nicht. Ich habe ihn vor ein paar Tagen besucht, er wohnt in der Runebergsgata, das ist gar nicht weit von hier. Und dann hatte mich dieser ältere Herr zu einer größeren Gesellschaft eingeladen, du erinnerst dich doch, Gavrilov, der Kunstsammler und Opernliebhaber.«

»Wie könnte ich den so schnell vergessen. Du scheinst dich ja gut zu amüsieren. Dabei dachte ich, du rackerst dich ab von früh bis spät...«

»Das war vielleicht eine eigentümliche Gesellschaft. Gavrilov hat viele Bekannte, die du auch mal kennen lernen solltest: einen pensionierten Apotheker, einen verschwiegenen Kommissar, einen Kunsthistoriker, einen Comiczeichner, ein paar Musiker... oh Gott, wie spät es ist, jetzt muss ich aber los!«

Es war ein kurzes Gespräch. Nun ist eingetreten, was ich so egoistisch befürchtet habe. Sie hat die Rolle des Aschenbrödels in ›La Cenerentola‹ bekommen. Ihr persönlicher Durchbruch, der gewährleistet, dass sie noch eine Weile in Helsinki bleiben kann, und der die Chance birgt, dass sich ihr Aufenthalt danach abermals verlängert. Vielleicht bekommt sie eines Tages ein festes Engagement. Ich muss etwas finden, das mich ebenfalls an die Stadt bindet!

Wie sollen wir überhaupt unser Leben gestalten, falls sie ein festes Mitglied des Ensembles wird? Werden wir auch in Zukunft weitgehend unser eigenes Leben führen und uns nur hin und wieder treffen? Das sind dringliche Fragen, auf die wir eine Antwort finden müssen.

Ein paar Tage später – Tage, die ich damit zugebracht habe, Jurek im Studio zu helfen und im Garten meiner Mutter den Rasen zu mähen und Laub zu harken – klingelt das Telefon.

»Hallo, hier ist Olli. Ich hab ein paar Neuigkeiten, die dich interessieren dürften.«

»Schön, dass du anrufst. Schieß los!«, entgegne ich.

»Der Tote im Wald ist ungefähr genauso lange tot wie Bäck. Ganz genau lässt sich das natürlich nicht feststellen. Er starb durch einen einzigen präzisen Schuss, der den Schmauchspuren zufolge aus nächster Nähe abgegeben wurde.«

»Was bedeutet ›aus nächster Nähe‹? Zehn Meter oder zehn Zentimeter?«

»Knappe zehn Zentimeter. Entweder erschoss er sich selbst oder er wurde erschossen, und zwar mit einer Tokarev TT-33. Eine russische Pistole. Was an sich nicht viel zu bedeuten hat. Die Tokarev ist eine bekannte und viel benutzte Waffe. Die DNA-Analysen haben leider nichts ergeben. Das untersuchte Material war zu schlecht«, sagt Olli.

»Steht denn fest, dass es sich um Dimitri handelt?«

»Mit hundertprozentiger Sicherheit lässt sich das wohl nicht feststellen, weil ihn ja niemand kannte. Doch genauso interessant erscheint mir die Frage, ob es Selbstmord war oder nicht. Um sich selbst ins Herz zu schießen, muss man die Pistole auf eine unnatürliche Weise halten. Außerdem schießen sich die meisten Selbstmörder nicht ins Herz, sondern in den Kopf. Das ist sicherer.«

»Du glaubst also nicht an Selbstmord?«

»Sagen wir, ich neige zu der Auffassung, dass ein anderer die Pistole gehalten hat. Er war vermutlich nicht allein. Aber wir werden sehen, was die Fingerabdrücke ergeben.«

»Fingerabdrücke? Nach mindestens fünf Jahren im Wald?«, frage ich verwundert.

»Das ist nicht ausgeschlossen. Die Fingerabdrücke haben sich mit etwas Glück in das Metall eingeprägt. Das kommt sozusagen auf die Finger an. Aber es war kalt. Gut zwanzig Grad minus, und da trägt man normalerweise Handschuhe, ich zumindest«, sagt Olli.

»Es war doch seine Uhr, die wir neben der Leiche gefunden haben.«

»Ja, entweder war es Dimitris Uhr, oder jemand wollte uns genau dies glauben machen.«

»Gibt's sonst noch was Neues? Habt ihr zum Beispiel mit dem Mann gesprochen, der in dem Haus an der Straße wohnt, wie heißt er noch gleich ...«

»Antero Suominen, er hat die Sache mit dem Fahrrad bestätigt, aber das war auch schon alles, was er uns sagen konnte. Er ist in Joutsa gewesen, ein gutes Stück weiter nördlich. Wir haben auch mit seiner Frau geredet, aber die hatte nichts Neues zu berichten.«

»Schade, ich hatte den Eindruck, dass sie vielleicht ...«

»Leider nicht. Die können wir vergessen. Die Polizei in St. Mickel hat alle Autoverleihfirmen in den benachbarten Bezirken angerufen, um rauszukriegen, ob sie einen älteren Dodge Van vermietet haben, aber das war nicht der Fall. Außerdem gibt es so viele Möglichkeiten, sich ein Fahrzeug zu beschaffen, legale und illegale. Wir wissen doch gar nicht, ob es ein Leihwagen war.«

»Nein, natürlich nicht. Er kann geliehen oder gestohlen gewesen sein – oder sogar ein eigenes Fahrzeug. Vielleicht aus Osteuropa und mit falschen Schildern unterwegs.«

»Tja, fünf Jahre ist das jetzt her, und wer erinnert sich schon an ein Auto? An den hiesigen Tankstellen kann sich auch niemand an einen schmutzigen hellen Dodge Van erinnern. Und wer unauffällig tanken will, der tut das nachts.«

Ein Brief des Krankenhauses erreicht mich. Braunes Kuvert mit langweiligem Inhalt. Von zwei kurzen Fortbildungen abgesehen, hat Håkon Österlind einen einzigen Urlaubsantrag gestellt: *Aufgrund meiner Hochzeit beantrage ich Urlaub vom 12.5.–17.5.1991.* Maschinengeschrieben. Das ist alles. Dröger Typ, dieser Österlind.

Am nächsten Tag kommt ein Brief des anderen Krankenhauses, für das er früher gearbeitet hat und das für mich ohnehin weniger interessant ist. Sie weigern sich, die Urlaubsanträge von Dr. Österlind herauszugeben, weil sie dies als seine Privatsache einstufen. Die beiden Krankenhäuser haben da offensichtlich unterschiedliche Auffassungen. So was kommt vor. Ich sehe keinen Anlass, mich deswegen mit ihnen zu streiten. So oder so wäre es Österlind möglich gewesen, einmal unbemerkt nach Finnland zu fahren. Am Wochenende zum Beispiel, obwohl man da als Arzt oft viel zu tun hat.

Ein paar Fortbildungen in Schweden, ein Kurs in England. Luxuriöse Studienreisen Fehlanzeige, auch nicht nach Finnland … vermutlich fehlt es da an Palmen und willigen Mädels, denke ich ohne die geringsten Vorurteile. Håkon Österlind ist weder durch bahnbrechende Forschungserfolge noch eine steile Karriere aufgefallen und hat sich auch nicht als prosperierender Privatmediziner einen Namen gemacht. Ein Leben also, das ihm weder viel Geld noch hohes gesellschaftliches Ansehen eingebracht haben wird. Was natürlich nicht ausschließt, dass er ein tüchtiger Arzt ist.

Als sein Vater, der allgemeinpraktizierende Arzt Jens Bäck, starb, war er offenbar verheiratet. Nein, ich glaube jetzt nicht mehr an Håkon Österlind als Einbrecher, Schläger und Mörder.

Ich rufe die zentrale Passbehörde an und bitte um eine Kopie seines Passfotos. Das werde ich Olli schicken. Vielleicht können sie in Finnland etwas damit anfangen. Wer weiß, ob er nicht doch gesehen wurde in der Gegend um Sysmä und Hartola im Winter 1995.

18

Ich verbringe noch ein paar Tage mit relativ eintönigen Arbeiten im Studio. Es sind harte Zeiten für eine kleine Firma. Auch Jurek hält sich mit Gelegenheitsjobs über Wasser, die nichts mit Fotografie zu tun haben, mit kleinen Übersetzungen, Videoredaktionen und dergleichen. Es geht nicht mehr so gut wie früher. Die Branche ist in der Krise. Die allgemeine Konjunkturflaute macht sich auch bei uns bemerkbar. Außerdem hat der technische Fortschritt dafür gesorgt, dass heutzutage jeder glaubt, Fotograf sein zu können.

Es gibt für mich eigentlich keinen konkreten Grund, noch länger zu bleiben. Auch meine Mutter braucht keine Hilfe mehr, der Garten ist wieder gut in Schuss. Ich wäre vor allem im Weg. Also schreibe ich einen Zettel, packe Muffins ins Auto und mache mich auf den Weg zu Bella. Auf der Fähre nehme ich ein Sandwich und ein kaltes Bier zu mir, ansonsten schlafe ich fast ununterbrochen. Kaufe noch eine Schachtel grüne Pralinen von Fazer, die Bella so gerne isst.

In Åbo nieselt es bei niedrigen Temperaturen. Während der Autofahrt nach Helsinki regnet es die meiste Zeit, doch die Landschaft sieht immer noch sommerlich aus. Die Wiesen sind saftig und die Bäume grün, mit wenigen Ausnahmen.

Ich parke und eile die Stufen hinauf. Drücke auf die Klingel, ehe ich den Schlüssel hervorhole. Tipsa scheint zu Hause zu sein. Zuerst höre ich ein Bellen, dann schnüffelt jemand am Briefkastenschlitz. Nase trifft auf Nase. Das Schnüffeln geht auf beiden Seiten in freudige Laute über. Als Bella die Tür öffnet, sehe ich eine irritierte Falte auf ihrer Stirn. Eine Falte, die im nächsten Moment einem strahlenden Lächeln weicht. Nachdem ich Tipsa ausgiebig umarmt und getätschelt habe, nimmt Bella meine Hand und führt mich mit sich fort. Hilft mir aus der Jacke, den Schuhen, dem Hemd, aus allem.

Eine ganze Weile später, nachdem wir, immer noch berauscht, darüber nachgedacht haben, was wir zu Mittag essen sollen – vielleicht in einem Restaurant –, klingelt es an der Tür. Ich ziehe mir rasch Hemd und Hose an, während Bella im Bad verschwindet. Tipsa und Muffins fragen sich aufgeregt, wer das sein mag, und weichen mir nicht von der Seite, als ich öffne.

Gavrilov steht mit einer Papiertüte auf der Treppe. Er wirft einen Blick auf meine Haare.

»Komme ich ungelegen?«

»Aber nein, wir trödeln nur ein bisschen herum. Kommen Sie doch herein, die Hunde sind lieb, die tun nichts.«

»Ja, kommen Sie rein«, sagt Bella, die in diesem Moment in einer schwarzen Lederhose und einem grün-schwarz gestreiften Hemd erscheint. Von Marimekko, nehme ich an.

Gavrilov tritt vorsichtig ein. Die Hunde schnüffeln ein bisschen an ihm herum, ehe sie sich trollen, um es sich in unserem Bett bequem zu machen, wie üblich.

»Sind Sie sicher, dass ich nicht störe?«, fragt er und wirft den Hunden einen Blick nach, die von ihrem komfortablen Platz aus zurückglotzen.

»Aber nicht doch, Sie stören nicht. Wir haben gerade darüber nachgedacht, was wir zu Mittag essen sollen. Josef ist heute nach Hause gekommen, und das wollten wir ein bisschen feiern. Danach muss ich zur Probe. Bleiben Sie doch zum Lunch, oder haben Sie schon gegessen?«, fragt Bella, worauf Gavrilov seine Papiertüte auf den Tisch stellt.

»Ich habe Suppe und Blätterteigpasteten dabei«, sagt er.

»Okay, ich mache die Suppe warm«, entgegne ich und ziehe mich in Bellas Miniküche zurück.

»Ausgezeichnet«, sagt Gavrilov und hängt seinen Mantel an die Garderobe.

Zwanzig Minuten später sitzen wir dicht gedrängt in der Küche und essen die Suppe zu Gavrilovs exzellenten Pasteten. »Die hab ich selbst gebacken«, sagt er. »Mit Pilzen und Zwiebeln. Es gibt so viele Pilze in diesem Jahr.«

»Sie würden in der Pastetenbranche für Furore sorgen«, murmelt Bella mit vollem Mund.

»Dafür ist es wohl etwas zu spät«, entgegnet Gavrilov. »Eigentlich bin ich gekommen, um Sie beide morgen zu einer kleinen Gesellschaft einzuladen. Ich dachte, es wäre schön für Sie, ein paar nette Leute aus Helsinki kennen zu lernen und umgekehrt diesen Leuten Gelegenheit zu geben, Bekanntschaft mit Ihnen zu machen. Morgen Abend ist ja keine Vorstellung, also nahm ich an, dass Sie dann Zeit haben. Ich muss mich entschuldigen, dass ich Sie quasi in letzter Minute damit überfalle, aber ich habe gestern und vorgestern vergeblich versucht, Sie zu erreichen. In der Oper habe ich auch eine Nachricht für Sie hinterlassen, aber offenbar ist sie Ihnen nicht ausgerichtet worden.«

»Oh, das ist meine Schuld. Ich habe zu Hause gearbeitet, und da ziehe ich immer den Stecker raus... tut mir Leid. Aber natürlich haben wir Zeit, das heißt, eigentlich wollte ich morgen mit Les Goûts-Réunis proben, aber die Probe fällt aus, weil einer von ihnen überraschend nach Kopenhagen muss.«

»Schön! Waren Sie schon mal in Borgå?«, fragt Gavrilov und nimmt sich noch etwas Suppe. »Dort findet das Fest nämlich statt.«

»In Borgå?«, fragt Bella, die den Namen noch nie gehört hat.

»Ich habe dort einen alten Hof. Borgå ist ein sehenswertes kleines Städtchen...« Gavrilov verbreitet sich ausführlich über dessen touristische Attraktionen.

»Ich hoffe doch sehr, dass wir noch Zeit für einen Stadtbummel finden«, entgegne ich.

»Sie können bei mir wohnen, gut essen, auch übernachten, wenn Sie möchten, Boule oder Kricket spielen, spazieren gehen... Ich bin oft auf dem Hof, in der Regel den ganzen Sommer hindurch und auch im Frühling, wann immer das Wetter es zulässt. Im Herbst, wenn Krebssaison ist, und auch im Winter ist es dort sehr gemütlich. Früher habe ich fast das ganze Jahr dort verbracht, aber man wird ja nicht jünger. Heute komme ich nicht mehr so oft dazu. Mein Sohn wird den Hof bald übernehmen.«

»Und Gutsherr werden?«, frage ich.

»Das ist er quasi schon, aber er wohnt in einem anderen Haus. Also abgemacht? Die Hunde können Sie natürlich auch mitnehmen.«

»Ja, wir kommen sehr gern«, sagt Bella, die die Teller einsammelt.

»Ausgezeichnet. Dann treffen wir uns morgen um elf Uhr auf dem Marktplatz von Borgå. Wir können zusammen zu Mittag essen und danach einen gemütlichen Nachmittag verbringen. Kommen Sie mit dem Auto oder mit dem Bus?«

»Mit dem Auto«, antworte ich. »Ich bin schon mal dort gewesen, kein Problem, wir finden schon den Weg.«

»Sehr gut. Meinen Sie, es wäre Ihnen möglich, auf der Rückfahrt eventuell jemanden mitzunehmen, falls es sich ergibt?«

»Aber natürlich, falls dieser Jemand nicht allergisch gegen Tierhaare ist oder Angst vor Hunden hat.«

Zufrieden geht er zur Wohnungstür, verabschiedet sich in aller Form und drückt auf den Knopf neben dem Aufzug. Eine halbe Minute später tritt er auf die Straße. Ich schaue aus dem Fenster – ausnahmsweise regnet es nicht –, sehe ihn zu einem grauen Fahrzeug schlendern und sich neben den Fahrer setzen, worauf sich die Limousine in den ruhigen Verkehr einordnet. Gavrilov ist eine Persönlichkeit. Ist man ihm einmal begegnet, vergisst man weder sein Charisma noch seine buschigen Augenbrauen.

Ich bleibe am Fenster stehen und denke eine Weile nach. Dann spüre ich eine zärtliche Hand und höre den geflüsterten Hinweis, dass ein Gentleman, der schon ein wenig in die Jahre gekommen ist, sich nach dem Essen zur Ruhe begeben sollte. Das tun wir gemeinsam für zwanzig heiße Minuten.

Um halb zwei rufe ich Aapo Pekari vom Laterna Magica an. Erkundige mich nach dem Stand der Planungen meiner Ausstellung und schlage vor, auf einen Sprung vorbeizukommen, damit Bella in Ruhe üben kann. Das tut sie am liebsten allein. Ich kann das gut verstehen. Ich will auch niemanden in der Dunkelkammer haben, wenn ich arbeite.

Bei dem regnerischen Wetter habe ich keine Lust, die ganze Strecke zu Fuß zu gehen. Stattdessen nehme ich die erstbeste Straßenbahn am Mannerheimvägen, glücklicherweise ist es die Sieben. Sie rattert mit mir in Richtung Zentrum, ehe ich aussteige und das letzte Stück laufe. In einem kleinen Raum der Galerie stehen drei Kisten, in denen sich meine Bilder befinden. Wir einigen uns darauf, dass ich sie in ein paar Tagen mit dem Auto abhole. Ich frage Aapo, wie lange man nach Borgå braucht. Zwischen fünfundvierzig Minuten und einer guten Stunde, meint er, falls man die Autobahn benutzt, nicht allzu sehr trödelt – und sich vor russischen Touristen in Acht nimmt, fügt er hinzu. Die führen manchmal wie die Verrückten.

Da die Wolkendecke aufreißt, gehe ich zu Fuß. Mache einen Abstecher zum Hafen und schaue mir die Boote an. Vom Salutorg aus spaziere ich zu Aamos Anderssons Museum, das eine Ausstellung mit dem Titel ›Aus dem Leben der Mädchen‹ zeigt. Eine gemischte Ausstellung mit Bildern, Videos und Installationen, die richtig Spaß macht.

Bella hat einige Stunden Zeit zum Üben gehabt. Heute Abend sollten wir ausgehen, vielleicht ins Kino oder in ein Restaurant. Im Kühlschrank herrscht ohnehin gähnende Leere. Aber daraus wird nichts, weil Heikki und Outi uns einladen. Wir lassen die Hunde der Einfachheit halber zu Hause und nehmen die Straßenbahn nach Kottby. Als wir an der Pohjolagata aussteigen, die von älteren zweigeschossigen Häusern in unterschiedlichen Farben gesäumt wird, tropft es schwer von den Bäumen. Wir klingeln und sehen Outi in der Küche wirbeln. Kurz darauf öffnet sie mit rosigen Wangen und unter lautem Hundegebell die Tür.

»Schön, dass ihr da seid! Heute feiern wir unseren neuen Herd. Ihr seid die Ersten, die ihn sehen und hoffentlich auch erleben werden, wozu er imstande ist«, sagt sie und fährt sich durch ihre strubbeligen Haare.

»Setzt euch doch!«, fordert uns Heikki auf und erkundigt sich schon im nächsten Moment nach dem Stand meiner Ermittlungen. Ich werfe Bella einen vorwurfsvollen Blick zu, doch sie sieht mich nur mit gespielter Verzweiflung an.

»Oh, danke, die gehen so ihren Gang … kommt natürlich drauf an, worauf du anspielst.«

»Na, auf den Doppelmord in St. Mickel natürlich! Auf Bäck und seinen Gehilfen, diesen Dimitri, die vor ein paar Jahren ermordet wurden.«

»Ja, erzähl! Gibt's da irgendwelche Neuigkeiten?«, fragt Outi, nachdem sie den Küchenwecker gestellt hat.

»Es ist alles nach wie vor sehr vage. Zum einen ist das auch nicht in St. Mickel passiert, zum anderen steht gar nicht fest, dass es sich tatsächlich im einen Fall um Dimitri handelt«, sage ich und versuche dann, das Thema zu wechseln, aber das ist nicht mehr möglich. Heikki, der Teppichhändler, hat ein weit reichendes Kunden- und Kontaktnetz. Vielleicht könnte er mir ja auch von Nutzen sein, denke ich.

»Du warst doch auf der Suche nach drei kleinen Ölgemälden aus der zweiten Hälfte des 19. Jahrhunderts, nicht wahr? Gemalt von Ivan Ajvazovskij.«

»Ja, im Zusammenhang mit diesem Fall«, räume ich ein.

»Dann hör zu: Ein bekannter Antiquitätenhändler hier in der Stadt hat mir erzählt, ihm seien vor fünf oder sechs Jahren drei angeblich echte Ajvazovskijs angeboten worden. Eines Nachmittags hatte ein Lieferwagen vor seinem Geschäft angehalten. Ein Mann stieg aus und hatte drei Bilder unter dem Arm, einfach so, in ein Frotteehandtuch gewickelt«, berichtet Heikki.

»Hoppla...«

»Du sagst es. Der Antiquitätenhändler hat sich die Bilder angeschaut und sie mit der Begründung abgelehnt, seine Kunden würden so eine Art von Kunst nicht kaufen. Er hat den Mann allerdings weitergeschickt zu einem Kunsthändler, von dem er wusste, er würde sehr misstrauisch werden. Er rief ihn an und warnte ihn vor, damit dieser die Polizei verständigen konnte, aber die Sache verlief im Sande, weil der Verkäufer niemals bei dem Kunsthändler aufgetaucht ist.«

»Was waren das für Bilder?«, frage ich.

»Offenbar Schiffsmotive auf dem Meer.«

»Drei sagtest du, mit Rahmen?«

»Ja, drei relativ kleine Bilder, allerdings ohne Rahmen. Die wurden vielleicht separat verkauft. Ich gebe dir Namen und Telefonnummer des Antiquitätenhändlers, dann kannst du ihn selber fragen. Er ist schon lange im Ruhestand, aber noch völlig klar im Kopf.«

Der Küchenwecker klingelt, Outi springt auf. Fünf Minuten später haben wir uns um den Esstisch versammelt und heben den Deckel vom Topf. Der Duft macht alle Bemühungen um eine vernünftige Konversation zunichte. Stattdessen hebt ein munteres Gebrabbel an. Schön, denke ich und verdränge für den Moment den Gedanken an die Bilder.

Das Gespräch dreht sich bald um Outis Blumenarrangement im Garten, um das sich weder Outi noch Heikki richtig kümmern können. Heikki schlägt vor, großflächig Löwenzahn anzupflanzen, um das Problem in den Griff zu bekommen, aber Outi protestiert. Ich mische mich da nicht ein. Dieses hausgemachte Problem müssen sie selbst lösen. Am besten, ehe es Frühling wird.

Bevor wir aufbrechen, drückt mir Heikki den Zettel mit Namen und Telefonnummer des Antiquitätenhändlers in die Hand.

»Erkki Wassenius. Der kann dir sicher weiterhelfen.«

19

Es war ganz plötzlich gekommen. Werner hatte sich ein paar Tage sehr unwohl gefühlt und schließlich ein Taxi zum Krankenhaus genommen. Als Gun ihn am nächsten Tag besuchte, erfuhr sie es. Werner hatte Krebs. Die Bauchspeicheldrüse. Es hatten sich bereits Metastasen gebildet, die das Knochenmark, die Leber und die Bauchhöhle befallen hatten. Die Prognose war unabänderlich. Werner würde sterben, und zwar sehr bald. Vielleicht in ein oder zwei Wochen, vielleicht schon in wenigen Tagen.

Gott sei Dank haben wir keine Kinder, dachte Gun, als ihr bisheriges Leben plötzlich zerbrach. Es ging tatsächlich sehr schnell. Ehe sie sich viele Gedanken über seinen bevorstehenden Tod und ihr zukünftiges Leben machen konnte, schlief er nach knapp einwöchigem Leiden für immer ein. Jeden Tag hatte sie im Krankenhaus an seinem Bett gesessen. Als alles vorüber war, hatte sie das Gefühl, sich in einer Art Mittelpunkt zu befinden. Sie kämpfte, wollte sich von ihrer Trauer nicht überwältigen lassen. Hinter ihr lagen viel Freud und Glück, aber natürlich auch persönliches Scheitern. Mit etwas Glück hatte sie noch einmal dieselbe Zeitspanne vor sich. Ein Leben, das sie nicht wegwerfen durfte. Sie wollte etwas Besonderes damit anfangen. Das war sie sich wert.

Natürlich empfand sie nach Werners Tod eine große Leere. Morgens kam sie nicht aus dem Bett, abends wollte sie sich nicht hinlegen. Die Zeit floss zäh dahin. Manchmal war sie zu nichts in der Lage. Doch irgendwas musste sie tun mit der zweiten Hälfte ihres Lebens. Etwas, das sie ausfüllte. Allmählich öffnete sich die Tür zu einem neuen Leben. Eine neue Freiheit wurde spürbar. Vorsichtig drückte sie die Tür ein wenig weiter auf.

Einen Monat nach dem Begräbnis, als die größte Aufregung sich gelegt hatte, nachdem die Verwandten gekommen und vor allem wieder abgereist waren, nachdem auch die Beileidsbekundungen nicht mehr unaufhörlich ihren Briefkasten füllten, war sie in der Lage, über ihr neues Leben ohne Werner nachzudenken. Bald dachte sie an eine kleinere Wohnung. Eine andere Umgebung. Ein Auto? Reisen? Es gab so viele interessante Möglichkeiten, sich die Welt zu erschließen.

Sie durfte sich nicht in ihrer Wohnung verkriechen.

Sie verkaufte ihre Wohnung mit Gewinn und legte sich ein kleines Appartement in einem Vorort zu, das bedeutend näher an ihrem Arbeitsplatz lag. Verkaufte auch einige Möbel, für die sie keinen Platz mehr hatte, und trennte sich von Werners Bildern, von seiner »Kunst«. Den Käufer fand sie durch eine Annonce in ›Dagens Nyheter‹. Das Geld erlaubte ihr eine schöne Auslandsreise.

Sie brach mit dem Gedanken nach Thailand auf, ein anderer Mensch zu werden und möglicherweise, mit ein wenig Glück, ein neues Leben anzufangen.

»Man darf nicht zu früh die Flinte ins Korn werfen«, murmelte sie und gestattete sich ein zaghaftes Lächeln.

»Bitte?«, fragte der nette Mann vom Reisebüro und schaute von seinen Unterlagen auf.

»Ach nichts«, entgegnete sie lächelnd.

20

Als ich am nächsten Morgen die Nummer wähle, die Heikki mir gegeben hat, meldet sich eine raue, kräftige Stimme. Zweifelnd frage ich, ob ich mit Erkki Wassenius spreche.

»Er ist auf dem Balkon, warten Sie«, sagt die Person mürrisch, bei der es sich offenbar um eine Frau handelt.

Ich warte. In der Leitung ist es vollkommen still. Für einen Augenblick denke ich, sie hat aufgelegt, doch dann höre ich Schritte und eine neue Stimme.

»Erkki Wassenius.«

Ich stelle mich vor und werde sofort unterbrochen.

»Ja, ja, ich habe mit Ihrem Verwandten gesprochen. Er hat mir erzählt, dass Sie sich für die Bilder von Ajvazovskij interessieren, die mir vor ein paar Jahren angeboten wurden.«

»So ist es.«

»Es waren drei typische Bilder. Schiffe auf rauer See. Vermutlich echt, obwohl es viele Epigonen und Fälscher gibt. Eines der Gemälde war etwas größer als die beiden anderen. Ein Stück Küste war darauf zu sehen, soweit ich mich erinnere, irgendwelche Felsen jedenfalls. Verdammt guter Maler, dieser Ajvazovskij. Während der siebziger und achtziger Jahre habe ich ein paar Gemälde von ihm verkauft, die dürften im Wert noch gestiegen sein. Für ein ziemlich großes Bild habe ich damals fast eine Million bekommen, von einem Franzosen. Dieser Ajvazovskij hat Tausende von Bildern hinterlassen. In Feodosia gibt es ein eigenes Ajvazovskij-Museum, wenn Sie das interessiert. Da waren Sie bestimmt noch nicht«, mutmaßt Wassenius, ohne eine Antwort zu erwarten, und fährt fort: »Der Mann, der mir seinerzeit die Bilder angeboten hat, wusste nichts von ihrem Wert. Der hatte nicht die geringste Ahnung von Kunst. Für ein paar Tausend hätte ich sie bestimmt kaufen können, aber ich hatte den Verdacht, dass es sich um Raubkunst handelt.«

»Was war das für ein Mann?«

»Ein ganz gewöhnlicher Kerl, der einfach mit den Bildern unter dem Arm in meinen Laden marschierte. Er hatte sie in Frotteehandtücher eingeschlagen.«

»Können Sie sich an sein Aussehen oder seine Kleidung erinnern?«

»Er war weder blond noch dunkelhaarig. Ich glaube, er trug eine hellgraue Jacke, ansonsten weiß ich nichts mehr. Er sah ganz normal aus. Ich habe ihn nie wieder gesehen.«

»War er allein?«

»Ja, aber ich weiß nicht, ob er zu Fuß, mit dem Auto oder mit der Straßenbahn kam.«

»Hat ihn vielleicht sonst noch jemand gesehen? Hatten Sie andere Kunden in Ihrem Geschäft?«

»Ach, wissen Sie, in einem seriösen Antiquitätengeschäft gibt es nicht viele Kunden. Sie müssen entschuldigen, ich bin sechsundachtzig Jahre alt und kann mich nicht mehr an Einzelheiten erinnern. Mein Gehör ist auch nicht mehr das, was es mal war. Aber wenn Sie noch weitere Fragen haben, können Sie mich gerne wieder anrufen. Auf Wiederhören.«

Das Gespräch war beendet. Es war so schnell gegangen, dass ich kaum zu Wort gekommen bin. Ich glaube, er hat auch nicht immer genau verstanden, was ich gesagt habe. Leider habe ich nicht viel Neues erfahren, abgesehen von der Tatsache, dass ein echter Ajvazovskij wirklich viel wert ist, zumindest im Ausland. Eine Million scheint mir eine enorm hohe Summe zu sein …

Wenn ich so viel Geld hätte, denke ich beiläufig, würde ich zuerst nach Feodosia reisen, um mir das Ajvazovskij-Museum anzuschauen.

Bella lümmelt sich mit Tipsa im Bett herum. »So sind sie, die Operndiven. Schlafen den lieben langen Tag. Von Opernhunden ganz zu schweigen!«, sage ich laut, worauf mir ein Kissen an den Kopf fliegt. Doch Bella erklärt sich gnädig zum Frühstück bereit, wenn ich es zubereite. Ich lege mich mächtig ins Zeug, denn um zehn müssen wir im Auto sitzen, wenn wir um elf in Borgå sein wollen.

Wir hatten uns auf dem Marktplatz in Borgå verabredet, auf einem rechter Hand gelegenen Parkplatz. Bella ist es ein Rätsel, wie man sich nur auf einem Marktplatz verabreden kann. Ein Platz ist ein Platz. Ein Viereck. Und »rechts« kommt darauf an, wo man gerade steht, findet sie, aber für mich, der schon mal in Borgå war, ist die Sache klar: Die rechte Seite ist die, die zum Fluss zeigt.

»Findet ihr nicht auch, dass euer Herrchen manchmal ’ne Schraube locker hat?«, fragt sie die Hunde, die hinten auf ihrer Decke liegen, aber höflich genug sind, nicht zu antworten.

Bella argumentiert noch eine Weile mit gewissem Eifer, gibt sich aber schließlich wegen meines stupenden Mangels an Logik geschlagen. Um Viertel vor elf erreichen wir den Ort unserer Verabredung, und ich parke auf »meiner« Seite des Marktplatzes. Es funktioniert ausgezeichnet. Als wir die Hunde aus dem Auto lassen, sehen wir Gavrilov bereits an einer Bushaltestelle stehen. Er ist in ein Gespräch mit einem Mann vertieft, der mindestens hundert sein muss, trotz seines Alters jedoch einen vitalen Eindruck macht. Beide tragen Strohhüte. Vermutlich die einzigen in ganz Borgå. Während wir auf sie zugehen, hält ein Bus aus Helsinki, aus dem drei ältere Herren und vier Damen steigen, die sich den beiden anschließen.

Alle schauen uns neugierig an, nicht zuletzt Tipsa und Muffins. Gavrilov stellt uns den anderen vor. Alle befinden sich seit langem im Ruhestand: ein Professor für Geschichte, der sich auf das napoleonische Frankreich spezialisiert hat, ein Klavierlehrer, ein Bildhauer, ein Kunsthistoriker. Zur Gesellschaft gehören sogar eine Köchin, ein ehemaliger Reichstagsabgeordneter mit gewerkschaftlichen Wurzeln sowie ein geschäftsführender Direktor und außerdem ... ach, ich kann mir auf die Schnelle gar nicht alles merken, doch handelt es sich zweifellos um eine illustre Runde. Während wir Höflichkeiten austauschen, kommt ein weiterer Senior des Weges. Nun sind wir insgesamt zu zwölft. Zum Glück haben der zuletzt Gekommene und Gavrilov ihr Auto dabei. Wir verteilen uns auf die Fahrzeuge. Zwei fröhliche Damen, beide wohl knapp über siebzig, schließen sich uns an. Uns wird geheißen, Gavrilov und dem anderen Wagen zu folgen. Bella nimmt sich mit Tipsa und Muffins der Konversation an.

Als wir aus der Stadt herauskommen, biegen wir nach rechts ab und sind nach nur vier bis fünf Kilometern am Ziel. Wir stellen die Autos ab, gehen auf ein großes ockerfarbenes Gebäude mit weißen Eckbalken zu und versammeln uns auf der Veranda. Alle interessieren sich hauptsächlich für Muffins und Tipsa, danach für Bella. Es gibt Tee, Kaffee und Kuchen. Sobald sich die Kuchenplatte geleert hat, ergreift Gavrilov das Wort, hält eine kleine Rede und stellt uns als Ehrengäste des heutigen Tages vor. Eine Bezeichnung, die Bella sanft erröten lässt. Vielleicht liegt das aber auch an der Formulierung »den Kritikern zufolge eine der strahlendsten Erscheinungen an unserer musikalischen Nationalbühne«. Nach diesen Worten stürzen sich alle förmlich auf sie, und obwohl sie davon später nichts wissen will, ist ihr deutlich anzumerken, dass sie sich geschmeichelt fühlt. Nach heftigem Drängen erklärt sie sich sogar dazu bereit, einige kurze Arien aus ihrem Repertoire zum Besten zu geben. Eine der Damen, die früher Klavier an der Sibeliusakademie gelehrt hat, begleitet sie auf dem betagten Flügel des Hauses.

Arme Bella, denke ich, während ich mit den Hunden auf der Veranda sitze und versuche, die spätsommerliche Sonne zu genießen.

Als ich gerade in Erwägung ziehe, meine Füße auf das Geländer zu legen, die Hose aufzukrempeln und meinen Beinen eine letzte dezente Bräune zu verleihen, tritt Gavrilov in Begleitung eines Mannes mit zerknittertem Sommeranzug auf die Veranda, den er mir als ehemaligen Geschäftsführer der Firma Schultz & Korsakoff vorstellt. Die Bräunung meiner Beine muss warten.

»Ich hörte, dass die Rede von drei gestohlenen Gemälden von Ajvazovskij war«, kommt er ohne Umschweife zur Sache und zündet sich einen Zigarillo an.

Er zieht ein paar Mal, bis die Glut sich gleichmäßig verteilt hat, setzt sich bequem zurecht und fügt hinzu:

»Ich heiße Gösta Hakanen und habe bis zu meinem fünfzigsten Lebensjahr für die Polizei in Helsinki gearbeitet. Danach habe ich eine führende Position in einem Versicherungsunternehmen übernommen«, sagt er, bevor er sich wieder seinem Zigarillo zuwendet.

»Hm«, sage ich vorsichtig und frage mich, worauf er hinauswill. Mich beschleicht die düstere Ahnung, dass sich mal wieder jemand verplappert hat, und das nicht zum ersten Mal.

»Eine in vieler Hinsicht höchst interessante Tätigkeit...«, gibt er von sich.

»Dennoch hat Ihnen Ihre alte Arbeit gefehlt«, vermute ich.

»Richtig geraten. Einmal Polizist, immer Polizist. Doch jetzt bin ich im Ruhestand. Bin vor ein paar Monaten dreiundsiebzig geworden, besuche die Abendschule, lerne Russisch, vervollkommne meine Kochkünste, besuche Ausstellungen und Konzerte. Kleine Hobbys. Meine Enkelkinder nicht zu vergessen, sieben an der Zahl. Wenn man will, gibt es immer etwas, womit man sich beschäftigen kann«, sagt Gösta Hakanen.

»Ja, das finde ich auch, und Helsinki ist schließlich eine interessante Stadt.«

»Und hin und wieder bin ich immer noch der Polizei behilflich, besonders wenn es um Kunstfragen geht. Natürlich nur inoffiziell, wenn sie intern nicht weiterkommen.«

»Was manchmal der Fall ist?«

»Na ja, so oft geschieht das auch wieder nicht, aber ich verfüge über weitläufige Kontakte in der Kunstszene«, sagt er, indem er eine Brieftasche aus seiner Jacke zieht. »Ich gebe Ihnen meine Handynummer, falls Sie mal irgendwelche Fragen haben. Ich denke vor allem an Ajvazovskij. Scheuen Sie sich nicht, mich anzurufen. Ich bin fast immer erreichbar.«

»Vielen Dank für das Angebot, vielleicht werde ich darauf zurückkommen.«

»Tun Sie das. Ich habe, wie gesagt, gute Kontakte – auch im Osten«, ergänzt Hakanen und legt seine Füße auf das Geländer, worin ich ihm gerne folge.

Eine Weile sitzen wir schweigend da. Er raucht seinen Zigarillo. Tipsa niest, und ich komme mir unhöflich vor, weil ich keine Lust habe, den Fall Bäck mit einer Person zu diskutieren, die ich nicht kenne. Aus dem Wohnzimmer dringen lautes Gerede und Gelächter. Über uns zieht ein Raubvogel an einem wolkenlosen Himmel seine Kreise. Ich tippe auf einen Mäusebussard, womit ich meistens Recht habe. Mäusebussarde sind ziemlich verbreitet.

Als ich mich gerade verpflichtet fühle, etwas zu sagen, öffnet er den Mund:

»Falls der Diebstahl ein professioneller Auftragsjob war, sehen wir die Bilder nie wieder. Dann hängen sie heute unentdeckt bei irgendeinem europäischen oder amerikanischen Sammler«, sagt Hakanen, während er stoßweise den Rauch in die Luft bläst. »Wenn der Diebstahl allerdings auf das Konto von Dilettanten geht, dann ist es durchaus möglich, dass die

Bilder plötzlich bei einer inkompetenten so genannten Kunst-handlung in Helsinki, Tammerfors oder Åbo auftauchen. Viel-leicht auch in Stockholm. Falls die Diebe ein bisschen ökono-mischen Sachverstand haben, werden sie versuchen, die Ware in Europa loszuwerden.«

In diesem Moment kommt Gott sei Dank Bella und unter-bricht unser Gespräch. Das Essen ist fertig. Tipsa und Muffins stehen auf und sehen sich erwartungsvoll um.

»Kommt mit, ihr beiden, ich zeig euch was.« Mit diesen Worten entschwindet Bella, während sich die Hunde unge-wohnt folgsam an ihre Fersen heften. Gösta Hakanen ebenfalls. Einer der Vorteile, eine attraktive Frau zu haben.

Der Tisch ist gedeckt, und wir sind auf dem Weg ins Esszim-mer, einen Raum von mindestens doppelter Wohnzimmergrö-ße, wenn man eine moderne Mietwohnung als Maßstab nimmt. Die Wände sind mit den Porträts verstorbener Verwandter ge-schmückt, die auf unsere Teller hinabschauen und die Manieren an dem großen rechteckigen Tisch im Auge behalten, der uns allen Platz bietet.

Nach dem Mittagessen, das sicher über eine Stunde dauert, ziehen sich die meisten auf ihre Zimmer zurück, um sich ein wenig auszuruhen. Auch Bella und ich spüren die Versuchung, widerstehen ihr jedoch und gehen stattdessen mit den Hunden spazieren. Gelangen auf die andere Seite der Landstraße, wo es einen See geben soll. Wir passieren zwei kleinere Gutshöfe, ehe der Weg einen dicht bewachsenen Abhang hinunterführt. Wir gelangen ans Ufer. An mehreren Stegen schaukeln Ruderboote im Schatten mächtiger Ulmen.

Bella setzt sich mit den Hunden an die Spitze des längsten Stegs, zieht die Schuhe aus und taucht ihre Füße ins Wasser. Wir beobachten die kleinen Barsche, die sich im klaren Wasser tum-meln. Ich benutze ihre Jacke als Decke, während ich mich ausstrecke und meinen Kopf auf ihre Schenkel lege. Sehe sie von unten aus an und muss bekennen, dass ich ein kleines Nickerchen mache. Das muss an der Sonne und dem wolkenlosen Himmel liegen. Als ich aufwache, treffen mich die Sonnenstrahlen jedenfalls aus einem anderen Winkel.

»Komm, wir gehen zurück«, sagt Bella.

Händchen haltend wie zwei verliebte Teenager schlendern wir den Hügel hinauf. Eine halbe Stunde später stehen wir wieder auf der Kiesfläche vor dem Gavrilovschen Herrenhaus. Die anderen spielen Boule, die pensionierte Lehrerin ist unschlagbar.

Zum Abendessen gibt es Lammfilet mit jungen Kartoffeln. Der Rotwein belebt die Konversation, doch schon um halb neun hat sich der Tisch merklich geleert. Selten sind wir so früh ins Bett gekommen, wogegen wir nicht das Geringste einzuwenden haben.

21

Die Hunde holen uns früh aus den Federn, weil sie ein tierisches Bedürfnis empfinden. Während Bella mit ihnen Gassi geht, prüfe ich, wie es um das Frühstück bestellt ist. Es steht bereits auf dem Tisch und wird von lustigen Puppen in bauschigen Kleidern warm gehalten. Wer hier für das leibliche Wohl sorgt, bleibt mir verborgen, doch höre ich diskretes Geklapper aus der Küchenregion.

Als Bella wieder da ist, nehmen wir unser Frühstück mit auf die leere Veranda. Die Sonne blinkt bereits durch die sanft raschelnden Birken. Weit entfernt ist das Geräusch eines Traktors zu hören. Bella gähnt. Ich sorge dafür, dass auch die Hunde ihr Frühstück bekommen.

»Am Sonntag sollst du ruhen, das steht schon in der Bibel«,

murmelt sie. Wir ziehen uns wieder auf unser Zimmer zurück und kuscheln noch ein bisschen im Bett, ehe wir durch das Fenster leise Stimmen hören und hinausschauen. Nun scheinen alle aufgestanden zu sein und zu frühstücken. Bald sitzt alles am Frühstückstisch und quasselt durcheinander.

Wir eilen die Treppe hinunter und betreten die Veranda.

»Da kommen ja die Turteltäubchen mit den Hunden«, sagt die ehemalige Klavierlehrerin. »Guten Morgen! Nehmen Sie sich eine Tasse Tee und setzen Sie sich zu uns.«

Wir folgen ihrem Rat und setzen uns an den Tisch, wo bereits die Vergnügungen des Tages geplant werden. Zwei wollen in den Wald, um Pilze für das Mittagessen zu sammeln. Eine Frau möchte sich mit einem Buch, das sie in der Bibliothek entdeckt hat, in die Sonne setzen, während die anderen sich wieder dem Boule zuwenden wollen. Wir werden eingeladen, uns daran zu beteiligen. Anfangs verfolgen die Hunde neugierig das Rollen der Kugeln über den Kies. Dann legen sie sich in den Schatten und dösen vor sich hin. Die Siegerin des gestrigen Tages gewinnt auch heute beide Durchgänge. Die Herren blicken säuerlich drein, geben sich gleichmütig, drängen aber auf eine weitere Runde. Drinnen hat jemand den Flügel in Beschlag genommen, und nach einer Weile wird Bella gefragt, ob sie nicht Lust habe, ein wenig – gemeint ist wahrscheinlich: möglichst lange – zu singen.

»Kommt drauf an«, antwortet Bella. »Kommt drauf an, worauf wir uns einigen.«

Der Tag vergeht im milden Schein der Sonne. Nach einem ausgiebigen Mittagessen mit Hühnchen und selbst gesammelten Pilzen kommt Gavrilov zu uns und fragt, ob wir zwei ältere Damen nach Helsinki mitnehmen könnten: die Gourmetköchin und die Pianistin, die Bella begleitet hat. Eine Stunde später schleppe ich ihre schwere Tasche, die voller Noten ist, zum Auto und verstaue sie neben den Hunden, die sich mürrisch damit abfinden, ihren Platz auf der Ladefläche teilen zu müssen. Bella setzt sich neben die Klavierlehrerin auf den Rücksitz, die, der Lautstärke nach zu urteilen, sehr aufgekratzt ist. Ihre Freundin auf dem Beifahrersitz ist bereits eingeschlafen, ehe wir die Autobahn kurz hinter Borgå erreicht haben.

Im Zentrum von Helsinki wird die Pianistin von ihrer Tochter in Empfang genommen, die sich sogleich der schweren Tasche annimmt. Sie winkt uns zum Abschied zu und hofft auf ein baldiges Wiedersehen. Bella zwitschert, dass sie auch in der Oper erreichbar sei.

»Und schon ist das Wochenende wieder vorbei!«, seufzt ausgerechnet sie, die sich zwei Tage lang fast ununterbrochen in der Bewunderung ihrer Verehrer gesonnt hat. Ach ja. Arme Bella. Der weniger Gefragte von uns hört derweil den Anrufbeantworter ab. Vielleicht hat sich ja dort jemand nach mir erkundigt. Nur Olli hat sich gemeldet, doch der Rückruf kann bis morgen warten. Der weitere Abend steht zu unserer freien Verfügung.

»Willst du zu Hause bleiben, Tee trinken und die Glotze anmachen, oder wollen wir etwas unternehmen, zum Beispiel ins Theater gehen? Vielleicht ins Schwedische Theater.«

»Es gibt ein Schwedisches Theater in Helsinki?«

»Ja, stell dir vor. Ein altehrwürdiges und manchmal richtig gutes Haus. Wir sollten wirklich ins Schwedische Theater gegen, morgen bin ich vielleicht schon wieder Richtung Sysmä unterwegs. Dann hast du ein paar Tage Ruhe und kannst tun und lassen, was du willst.«

»Okay, dann lass uns schauen, was es gibt und ob wir Karten kriegen. Aber zuerst müssen wir essen.«

Sie spielen das Stück eines finnischen Autors: ›Schwarz auf

Weiß‹ von Per-Erik Lönnfors. Ich hege sofort den Verdacht, dass es darin um Journalismus geht. Vorher schlingen wir an einem Bahnhofskiosk noch rasch jeder eine fettige Pirogge mit Fleischfüllung herunter.

Am nächsten Morgen wache ich auf, als Bellas Arm auf mein Gesicht fällt. Vielleicht sollte ich aufstehen, ehe sie mir die Nase bricht. Neben einer so temperamentvollen Schläferin zu liegen birgt gewisse Risiken.

Durch das Küchenfenster sehe ich, dass die Sonne langsam hervorkriecht und der Asphalt nass ist. Ich mache das Frühstück und versuche, Bella zu wecken. »Ja, ja, gleich.« Nicht die Rede davon. Eine halbe Stunde später unternehme ich den nächsten Versuch. Vergeblich. Ich beschließe, Olli anzurufen, und sollte ich den nicht erreichen … doch er ist sofort am Apparat.

»Wir haben kleine Fortschritte gemacht«, sagt er und hustet, ehe er weiterspricht: »Bei der Waffe handelt es sich, wie schon gesagt, um eine russische Tokarev TT-33, eine weit verbreitete Pistole, die schon im Zweiten Weltkrieg benutzt wurde. Außerdem folgen die Kollegen aus St. Mickel einer interessanten Spur …«

»Mach's nicht so spannend.«

»Ein Mann, der ab und zu an einer Tankstelle in Sysmä arbeitet, hat sich das Kennzeichen eines Dodge Van notiert, weil er den Eindruck hatte, dass das Nummernschild nachgemacht war.«

»Und?«

»Das Kennzeichen lautet HIY 438. Wir haben es kontrolliert. Es ist gefälscht. Die rechtmäßige Besitzerin dieses Nummernschilds fährt einen roten Seat Ibiza, wohnt in Helsinki und ist Klavierlehrerin. Sicher eine unbescholtene, nette Frau.«

»Warum soll eine Klavierlehrerin keine Mörderin sein?«

»Kommt drauf an, was für Musik sie unterrichtet. Finnischen Tango oder Sibelius. Übrigens ist sie verheiratet, ihr Mann heißt Ari, was ja nicht unverdächtig ist, aber hör zu.«

»Ich hör ja zu. *Du* sabbelst doch in einer Tour.«

»Der Wagen mit dem auffälligen Kennzeichen war also ein Dodge Van, und genau vor fünf Jahren wurde ein alter sandfarbener Dodge Van auf einer Fähre der »Viking Line« ohne Nummernschilder entdeckt. Da kein Fahrzeughalter ermittelt werden konnte, wurde das Auto zunächst am Hafen abgestellt und später nach Finnland überführt. Einen guten Monat später tauchten durch einen Zufall zwei weggeworfene Nummernschilder auf. Sie waren gefälscht und trugen das Kennzeichen HIY 438. Stimmt also genau mit dem anderen Kennzeichen überein. Die Schilder wurden an die Polizei in Åbo geschickt.«

»Warum hat man die Nummernschilder nicht ins Wasser geworfen?«

»Tja, selbst große Ganoven machen manchmal kleine Fehler. Vielleicht standen sie unter Zeitdruck. Vielleicht meinten sie auch, nichts befürchten zu müssen. Interessante Fingerabdrücke haben wir auf den Schildern jedenfalls nicht gefunden. Wie auch immer, wir haben keine Ahnung, wer das Auto besessen oder gefahren hat. Und die Fährentickets bringen uns auch nicht weiter, falls du das jetzt fragen wolltest. Passagiere brauchen beim Kauf der Tickets die Kennzeichen nämlich nicht anzugeben«, sagt Olli.

»Das sollte man dringend ändern. Was geschah mit dem Auto, nachdem es wieder in Helsinki war?«

»Sie haben es nach Åbo gebracht. Dort rostete es eine Zeit lang vor sich hin, ohne dass sich jemand danach erkundigt hätte. Schließlich wurde es ausgeschlachtet und dann verschrottet, wie das irgendwann mit allen halterlosen Fahrzeugen geschieht.«

»Wo sind die Schilder geblieben?«

»Die liegen immer noch in Åbo, ohne irgendeinen Zweck zu erfüllen. Wir befürchten, dass der Wagen aus Russland stammt. Dort werden die Fahrzeuge nach wie vor nicht richtig erfasst«, seufzt Olli.

»Was ist mit der Farbe der Schilder? Lässt die nicht gewisse Rückschlüsse zu? Und kann sich der Schrotthändler nicht an irgendwelche Details erinnern? Vielleicht an Gegenstände, die er im Auto gefunden hat?«

»Du meinst Gegenstände, die nicht schon von der Polizei sichergestellt wurden? Wohl kaum. Außerdem lässt sich das nicht mehr ermitteln. Der Schrotthändler namens Sakari Mylläri ist nicht mehr am Leben. Er starb vor einem Jahr an Krebs. Einer seiner Söhne hat den Betrieb übernommen. Wir haben mit ihm geredet, aber an den besagten Dodge kann er sich nicht erinnern, weil er damals für eine andere Firma gearbeitet hat. Was die Farbe der Nummernschilder angeht, so kann die Spurensicherung zwar ungefähr deren Herkunft bestimmen, mehr jedoch nicht. Die Farben sind heute international weitgehend standardisiert.«

»Verdammter Mist!«

»Du sagst es. Wir können aber zumindest davon ausgehen, dass der Fahrer des Wagens sich erst mal nach Schweden abgesetzt hat. Vielleicht hat er später noch einen anderen Wagen gefahren. Eine Sache ist jedenfalls positiv«, meint Olli.

»Und die wäre?«, frage ich müde, weil ich mir nicht vorstellen kann, was an diesem Fall noch positiv sein soll.

»Die Bilder von Ajvazovskij sind identifiziert worden, und zwar alle drei. Die Polizei in St. Mickel hat tatsächlich Fotos von ihnen aufgetrieben. Jens Bäck hatte vor zirka zwanzig Jahren Kontakt zu einer Mitarbeiterin des Kunstmuseums in St. Mickel aufgenommen, die sich mit russischer Malerei auskennt. Ihr Name ist Paula Herranen. Bäck hatte damals von ihr wissen wollen, ob die Gemälde echt seien, was sie ihm mit großer Wahrscheinlichkeit bestätigen konnte.«

»Er hat ihr nicht zufällig erzählt, wie sie in seinen Besitz gekommen sind?«

»Da hat er sich etwas vage ausgedrückt. Er sagte, er hätte sie ›geerbt‹«, sagt Olli.

»Arbeitet diese Paula Herranen immer noch im Museum?«

»Ja, als Bäck sie damals gefragt hat, war sie sehr jung und hatte gerade ihren Job angetreten. Du kannst sie gerne im Museum anrufen. Die Fotos hat sie noch«, teilt Olli bereitwillig mit.

»Ich nehme an, dass du dir inzwischen Abzüge besorgt hast.«

»Klar, und ich habe natürlich auch an dich gedacht. Ist ja bald Weihnachten.«

»Stimmt, in ein paar Monaten.«

»Wie auch immer, das ist zumindest die erste positive Erkenntnis, und wer weiß, welche Türen sich noch öffnen…«

»Immer schön auf dem Teppich bleiben.«

Nach dem Gespräch blicke ich erneut aus dem Fenster und stelle fest, dass es zwar immer noch regnerisch ist, die Sonne aber an Einfluss gewinnt. Vielleicht hat sie sich endgültig durchgesetzt, wenn ich noch ein weiteres Telefongespräch geführt habe, denke ich und rufe die Auskunft an, um mich mit dem Kunstmuseum in St. Mickel verbinden zu lassen. Ich habe Glück, dass ich Paula Herranen sofort erreiche. Sie bestätigt mir, dass Jens Bäck sie vor zweiundzwanzig Jahren persönlich aufgesucht habe. An einem kühlen Vormittag im Herbst habe er plötzlich in der Tür gestanden, die Bilder in eine Decke gewickelt, und ohne Umschweife gefragt, ob sie echt seien. Sie habe sich da nicht hundertprozentig festlegen wollen, da zahlreiche Fälschungen von Ajvazovskij existierten. Sie habe vorgeschlagen, die Bilder von Experten in Helsinki prüfen zu lassen, habe aber aus Neugier gleich einen Blick auf sie geworfen.

»Ich hatte mich schon damals auf russische Kunst spezialisiert. Die Motive waren typisch, ebenso der Duktus und die Farbgebung. Auch das Alter der Leinwand und der Rahmen schienen für die Echtheit der Bilder zu sprechen«, erklärt sie mir. »Ich habe ihm nochmals geraten, die Bilder von Fachleuten in Helsinki untersuchen zu lassen, und zwar im Ateneum, doch er begnügte sich mit meinem Urteil. Er war hocherfreut und fragte sogar, ob das Museum daran interessiert sei, die Bilder nach seinem Tod zu übernehmen. In diesem Fall wolle er das in seinem Testament vermerken. Und natürlich habe ich das Angebot, drei vermutlich echte Ajvazovskijs zu bekommen, nicht abgelehnt. Wir besitzen bereits einen, haben ihn aber noch nie eingehend auf seine Echtheit hin prüfen lassen«, sagt Paula Herranen freimütig.

Als ich sie darüber informiere, dass der Eigentümer der Bilder gestorben ist und sich diese in der Hand von Dieben befinden, ist sie aufgebracht und wünscht uns viel Glück bei den Ermittlungen.

22

Mein Verstand steht still. Die Verdächtigen sind über alle Berge, vielleicht auf dem Kontinent, vielleicht in Russland. Falls es sich überhaupt um Russen handelt, was ja keinesfalls sicher ist, auch wenn das Auto vermutlich von dort stammt. Mein Kopf ist schwer, ich bin müde. Lethargisch. Bella ist bei der Probe. Ich sitze in der Küche und habe einen Becher Tee und ein lappiges Schinkenbrot vor mir. Draußen scheint die

Sonne mit stechender Klarheit, doch ich fühle mich dumpf und ausgelaugt.

Olli hat mir erzählt, dass es kurze Zeit vor dem Überfall auf Bäck eine Reihe kleinerer Einbrüche in dieser Gegend gegeben habe, und zwar in dem Bereich von St. Mickel, Hartola und Sysmä bis hinunter nach Lahti. Ungefähr siebzehn Einbrüche in drei Tagen, allesamt unaufgeklärt. Wertvolle Gegenstände wurden nicht gestohlen. Auch keine Bilder, außer denen von Bäck. Man tippe auf eine umherziehende Diebesbande, deren Auto möglicherweise beobachtet worden sei, berichtet Olli. Jedenfalls sei einem Mädchen an einer Tankstelle damals ein älterer Mitsubishi Spacewagon aufgefallen.

Also kein Dodge Van, aber Autos kann man natürlich wechseln. Und wenn es nur dazu dient, mir Kopfzerbrechen zu bereiten.

Die Insassen des Mitsubishi seien ganz normale Leute gewesen, doch aus irgendeinem Grund hatten sie die Aufmerksamkeit der Zeugin auf sich gezogen. Sie konnte kaum sagen, warum. Irgendetwas an ihrem Benehmen war ihr aufgefallen, und der Wagen schien ziemlich schwer beladen zu sein. Das Kennzeichen sei finnisch gewesen, das wisse sie Olli zufolge noch genau.

Ich rufe Olli an. Bleibe eine Weile in der Leitung hängen, bis die Zentrale mich zu ihm durchstellt.

Die Zeugin, ein dreizehnjähriges schwedisches Mädchen aus Norsjö, das sich mit ihrer Familie im Urlaub befand, glaubt, dass die Insassen Russisch gesprochen hätten, sagt Olli.

»Glaubst du wirklich, dass eine Dreizehnjährige in der Lage ist, Russisch von Ukrainisch, Polnisch oder Tschechisch zu unterscheiden? Das kann ich mir nicht vorstellen.«

»Hm, wahrscheinlich hast du Recht.«

»Noch dazu, wo sie aus einem kleinen Ort in Nordschweden

kommt, in dem es vermutlich nur wenige Ausländer gibt, wenn überhaupt. Fremdsprachen dürfte sie also allenfalls im Fernsehen hören, und wie viele russische Serien laufen schon bei uns?«, frage ich.

»Sehr richtig, mein lieber Watson. Die Einschätzung könnte aber durch die Tatsache gestützt werden, dass man wenige Tage später diesen führerlosen Lieferwagen auf der Fähre von Åbo nach Stockholm entdeckt hat, der vermutlich aus Russland stammte. Es muss natürlich kein Zusammenhang bestehen, aber wer weiß«, sagt Olli.

»Und ein führerloser Mitsubishi Spacewagon ist anscheinend nicht gefunden worden?«, frage ich.

»Nein, nur der Dodge auf der Fähre. Doch angenommen, die Einbrüche gehen alle auf das Konto derselben Typen …«

»Die vielleicht längst wegen anderer Delikte hinter Schloss und Riegel sitzen. Aber wie bringen wir die mit dem Dodge in Verbindung?«, frage ich etwas verwirrt.

»Könnte sein, dass der Wagen voll war und sie auf einen größeren umsteigen mussten.«

»Ja, das wäre möglich.«

»Und was, meinst du, wäre passiert, wenn Bäck sie zufällig bei ihrem Einbruch überrascht hätte? Wären sie geflüchtet, oder hätten sie ihn niedergeschlagen?«

»Keine Ahnung.«

»Eben. Wir wissen es nicht. Vom kleinen Dieb bis zum Mörder ist es zwar ein großer Schritt, sollte man meinen, doch andererseits … Weißt du übrigens, dass es für Mord in Finnland keine Verjährungsfrist gibt?«

»In Schweden beträgt sie fünfundzwanzig Jahre, wenn eine Haftstrafe von mindestens zehn Jahren erfolgt wäre«, entgegne ich.

»Ja, ich weiß, aber jetzt muss ich zu einer Sitzung. Wir hören voneinander.«

Drei Bilder sind das Einzige, das mit Sicherheit aus Bäcks Haus entwendet wurde. Vermutlich wurde noch mehr gestohlen, doch nur nach den Bildern lässt sich fahnden. Ich sollte wohl doch zu dem ehemaligen Polizisten und pensionierten Geschäftsführer Kontakt aufnehmen, den ich in Borgå kennen gelernt habe.

Mein Entschluss steht fest.

Ich suche den Zettel, auf dem die Handynummer des dreiundsiebzigjährigen Gösta Hakanen steht. Wenn ich mich recht erinnere, sprach er von seinen Kontakten im Osten, die mir zugute kommen könnten.

Nach vier Freizeichen meldet sich eine leise, neutrale Stimme.

»Hakanen.« Das ist alles.

Ein wenig unsicher frage ich nach, ob ich mit Gösta Hakanen spreche. Die Stimme versichert mir auf Finnlandschwedisch, dass Gösta Hakanen höchstpersönlich am Telefon sei.

»Ich habe Ihren Anruf schon erwartet«, sagt er selbstsicher. »Sie wollen sicher über den Fall Bäck diskutieren.«

»Ja, das heißt, über die gestohlenen Bilder von Ajvazovskij. Ich befürchte, dass sie außer Landes gebracht wurden.«

»Davon ist auszugehen, falls die Diebe nicht ziemlich beschränkt sind – was allerdings durchaus möglich ist. Jedenfalls halte ich es für sehr unwahrscheinlich, dass sie versuchen, die Bilder hier zu verkaufen. Das wäre äußerst unprofessionell«, sagt Hakanen.

»Und sollten es Profis sein?«

»Auch daran glaube ich nicht. Ich denke, das war ein Gelegenheitsdiebstahl. Eine spontane Entscheidung. Vielleicht wurden die Bilder nur mitgenommen, weil sie klein waren, irgendwie antik aussahen und goldene Rahmen hatten. Und viel Platz haben sie auch nicht weggenommen.«

»Sie meinen, ein paar großformatige Picassos hätten die Diebe wahrscheinlich nicht angerührt, weil sie schwer zu tragen gewesen wären?«

»So in etwa. Wenn meine Theorie stimmt – was natürlich nicht der Fall sein muss –, dann sind der Dieb oder die Diebe mit dem Auto im östlichen Finnland unterwegs gewesen und haben kleinere Gelegenheitseinbrüche verübt. Es hat damals ja eine ganze Einbruchsserie gegeben. Es wurden immer nur leicht verkäufliche Dinge entwendet, hauptsächlich Schmuck. Die Häuser standen jedes Mal leer. Sie wissen schon, da ist man auf dem Geburtstag der Tante oder des Onkels, und wenn man zurückkommt ...«

»Kannten Sie Bäck eigentlich?«, frage ich.

»Nein, ich kann mich nicht erinnern, ihm einmal begegnet zu sein.«

»Ich glaube, dass die Diebe mehr oder minder zufällig an dem einsamen Hof vorbeifuhren, der noch dazu ziemlich unbewohnt wirkte. Sie parkten an einer verborgenen Stelle, brachen in das Haus ein und wurden von Bäck auf frischer Tat ertappt, als sie mit den gestohlenen Bildern gerade das Haus verlassen wollten. Sie schlugen ihn nieder und machten sich davon. Bäck starb erst Wochen später an den Folgen seiner Verletzungen, was aus dem Einbruch mit Körperverletzung plötzlich einen Mordfall macht. Die Ermittlungen werden von der Polizei in St. Mickel durchgeführt, ich interessiere mich vor allem für die Bilder.«

»Hm, die Polizei in St. Mickel ist tüchtig, und Fahrzeuge lassen sich im Allgemeinen gut aufspüren, es sei denn, sie kommen aus dem Ausland und sind mit falschen Kennzeichen unterwegs.«

»So ist es. Sowohl das Auto, ein Transporter von Mitsubishi, als auch die Diebe kamen vermutlich aus dem Ausland. Eine Zeugin hat ausgesagt, sie hätten Russisch oder eine andere slawische Sprache gesprochen. Diese Aussage ist allerdings mit Vorsicht zu genießen. Sie stammt von einem dreizehnjährigen Mädchen, die mit ihren Eltern im Urlaub war.«

»Verstehe«, entgegnet Hakanen trocken.

»Übrigens hat ein Mann kurz nach dem Einbruch versucht,

die Bilder an eine Kunsthandlung in Helsinki zu verkaufen, aber es ist ihm nicht gelungen. Und von dem Mitsubishi fehlt bis jetzt jede Spur. Wahrscheinlich haben sie sich nach Schweden oder nach Russland abgesetzt.«

»Wenn es nur kleine Diebe sind, die etwas verkaufen wollen, dann werden sie wohl im Norden bleiben. Doch der Handel mit Antiquitäten und Kunst ist international. Sie sagten, die Bilder seien einer Kunsthandlung in Helsinki angeboten worden. Wie ist ihr Name?«

»Melin & Antikainen.«

»Das sind ehrliche Leute. Ich kenne Erkki Wassenius, der die Kunsthandlung betreibt. Die früheren Besitzer Melin und Antikainen sind beide so vor zwölf, dreizehn Jahren gestorben. Erkki ist ein guter Kerl und sehr zuverlässig. Wer leitet die Ermittlungen?«, fragt Hakanen.

»Wer sie damals geleitet hat, weiß ich nicht. Der eigentliche Fall liegt ja schon fünf Jahre zurück, die Ermittlungen wurden inzwischen wieder aufgenommen. Es ist nämlich so, dass ein Angestellter von Bäck, der ebenfalls auf dem Hof lebte, seit dem Überfall verschwunden ist. Natürlich wurde er verdächtigt, doch nun hat man seine Leiche gefunden. Offensichtlich wurde er ermordet. Die Ermittlungen laufen.«

»Wer leitet sie?«

»Keine Ahnung.«

»Und wie kommen Sie ins Spiel, Sie sind doch kein Polizist?«

Mit dieser Frage hätte ich natürlich rechnen müssen, und ich weiß keine rechte Antwort darauf. Was geht mich der Fall eigentlich an? Habe ich kein Vertrauen zur finnischen Polizei? Bin ich etwa von dieser Großer-Bruder-Mentalität angesteckt worden, die viele Schweden den Finnen gegenüber an den Tag legen? Oder werde ich von simpler Neugier angetrieben? Aber dann fällt mir ein, dass auch Gösta Hakanens Interesse rein privater Natur ist. Er lauscht meinem Bericht, wie mein Freund Lindström die Sache damals ins Rollen brachte, und hat keine Einwände.

»Werden Sie für Ihre Arbeit bezahlt?«, fragt er geradeheraus.

»Nein, ich gehe wohl wie üblich leer aus. Eigentlich bin ich Fotograf, bin aber oft in Helsinki.«

»Wissen Sie etwas über den Maler Ajvazovskij?«

»Ich weiß, dass er Russe war und größtenteils in der zweiten Hälfte des 19. Jahrhunderts malte, vor allem Seestücke.«

»Er ist sicherlich bekannt genug, um für Diebe und Fälscher attraktiv zu sein.«

»Ich habe mit einer Kuratorin gesprochen.«

»Dann will ich sehen, ob ich Ihnen helfen kann. Ich melde mich wieder«, beendet Hakanen kurzerhand das Gespräch und legt auf.

In der Wohnung wird es sehr still. Eine Weile frage ich mich, ob ich eigentlich noch recht bei Trost bin, mich unentgeltlich aufzureiben und jetzt auch noch Hakanen in die Sache mit reinzuziehen. Die einzige Antwort, die ich finde, ist, dass ich wirklich nicht recht bei Trost bin.

Nachdem ich mir noch weitere, ebenso tief schürfende Gedanken gemacht habe, gelange ich zu der Erkenntnis, dass dies einfach nicht mein Tag ist. Ich muss schleunigst etwas unternehmen, sonst raubt mir der Mangel an weiblicher Gesellschaft noch den Verstand. Bella kommt erst am späten Nachmittag nach Hause und will später ihre neuen Bekannten von Les Goûts-Réunis treffen. Da ich keinen Wert darauf lege, alleine zu Hause rumzusitzen und mir wie ein Depp vorzukommen, schnappe ich mir Hunde und Kamera und gehe hinaus. Frische Luft, frischer Sinn, frische Erinnerung. Hinunter zum Park, bis zur Töölöbucht. Dort kann man so lange spazieren gehen, wie man will.

Ich verbrauche mehr als einen Film und lege die halbe Strecke bis nach Kottby zurück, ehe es in Strömen zu regnen beginnt und ich mich zur nächsten Bushaltestelle flüchte. Leider hat sie kein Dach. Muffins und Tipsa wissen einen langen Spaziergang und eine erfrischende Dusche durchaus zu schätzen. Aber Busfahren ist noch schöner. So viele Leute. So viele interessante Gerüche.

Ich schieße ein paar Fotos zweier klatschnasser Hunde in einem voll besetzten Bus. Fotos, die wohl am ehesten für mein Privatarchiv geeignet sind.

Von der Endhaltestelle am Bahnhof aus gehen wir zu Fuß. Nasser können wir sowieso nicht mehr werden. Wir sind bereits durchgeweicht bis auf die Knochen, und triefende Hunde sind in öffentlichen Verkehrsmitteln nur mäßig beliebt.

Zu Hause trockne ich die Hunde ab, werfe meine Klamotten in den Wäschekorb, dusche und lege mich hin. Ich stelle rasch fest, dass unser feuchtes Abenteuer eine stimulierende Wirkung entfaltet. Unsere Decke ähnelt zunehmend dem Kebnekaise[2].

Glücklicherweise kommt Bella nach Hause, so dass der Kebnekaise bezwungen wird.

Draußen regnet es immer noch.

23

Irgendeine Spur müssen die Diebe doch zurückgelassen haben, denke ich und sende Gösta Hakanen eine kleine telepathische Erinnerung. Wie sich mir die Sache darstellt, habe ich keinen anderen Ansatzpunkt als die gestohlenen Bilder, und was die finnische Polizei tut oder getan hat, entzieht sich meiner

[2] Höchster Berg Schwedens

Kenntnis. Auch Olli hat mir wenig Neues mitteilen können, was im Prinzip nicht verwunderlich ist. Die ermittelnden Beamten aus St. Mickel werden ja nicht gleich jede Neuigkeit hinausposaunen, auch nicht Kollegen gegenüber. Aber es ärgert mich trotzdem. Ich weiß nicht einmal, wie dort die Aufgaben verteilt sind.

Ich sollte versuchen herauszufinden, wie die Kunstdiebe zu Werke gegangen sind. Ob sie eine Strategie verfolgten, oder ob ihnen die drei wertvollen Gemälde rein zufällig in den Schoß fielen. Hatten sie überhaupt eine Ahnung, was sie da stahlen? Ich glaube nicht. Ich halte sie für Amateure. Okay, auch ich bin ein Amateur – das wird eine spannende Auseinandersetzung.

Kann man davon ausgehen, dass es dieselben Typen waren, die vor fünf, sechs Jahren in mehrere Häuser einstiegen? Kleine Diebe auf einem Raubzug … aber auch Mörder? Bäck starb an den Folgen seiner Verletzungen. Sie hatten ihn nicht umbringen wollen. Dimitri hingegen scheint regelrecht hingerichtet worden zu sein. Ich kann mir kaum vorstellen, wie ein paar dahergelaufene Diebe … aber vielleicht war Dimitri ihnen in die Quere gekommen, hatte den Überfall auf Bäck beobachtet und war zur Bedrohung für sie geworden. Trotzdem zweifle ich daran, dass hinter dem Tod von Bäck und Dimitri dieselben Täter stecken. Die Umstände sind so verschieden. Hier eine ungeplante Körperverletzung, dort ein kaltblütiger Mord. Außerdem hatte Dimitri noch mehrere Kilometer weit in den Wald hineinflüchten können. Falls er sich nicht doch das Leben genommen hat. Doch mit dem Fahrrad mehrere Kilometer auf schmalen Wegen zurückzulegen, sich durch das Dickicht des Waldes zu kämpfen … ich weiß nicht.

Ein Russe? Schon möglich. Vielleicht auch jemand aus einem anderen osteuropäischen Land. Warum hielt er sich versteckt? Warum arbeitete er schwarz auf Bäcks Hof? Nach wie vor wissen wir nicht, ob er wirklich Dimitri hieß und wie sein Nachname war. Nein, für mich sieht das nach zwei verschiedenen Verbrechen aus. Alles riecht nach einem Täuschungsmanöver. Was mich unwillkürlich an Ritva denken lässt.

Es ist lange her. Aber jetzt ist es so weit. Ich rufe Ritva in Moskau an. Rede mir natürlich ein, dass ich es tue, weil sie versuchen wollte, etwas über Dimitri herauszufinden. Sie hatte mich zurückrufen wollen. Vielleicht hat sie es schon versucht. Alle Vorwände sind sorgsam geprüft, und man wird sich doch einfach mal nach dem Stand der Dinge erkundigen dürfen.

Ich suche in meiner Brieftasche nach Ritvas Telefonnummer. Ich weiß, dass ich sie irgendwo notiert habe, aber wo?

Ritva ist kaum weniger geheimnisvoll als Dimitri. Sie hat ein paar Mal bei mir übernachtet, ehe ich Bella traf. Eine richtige Beziehung hatten wir nicht, es war nur ein Flirt, dennoch war ich traurig, als sie wieder abreiste. Ich glaube, dass auch sie ein wenig traurig war. Obwohl man sich so etwas gerne einbildet. Männliche Eitelkeit.

Keine Antwort. Auch kein Anrufbeantworter. Verdammt.

Dann muss ich mir eben einen eigenen Reim machen. Wie wäre es damit: Kleinem, unbedarftem Dieb fällt wertvolle Kunst in die Hände. Was tut er? Er versucht zu verkaufen. Mindestens ein Versuch in Helsinki hat bereits stattgefunden. Ein Versuch, der darauf hindeutet, dass der Dieb vom tatsächlichen Wert der Bilder keine Ahnung hat. Hat er es auch in Stockholm versucht? An wen könnte er sich dort wenden? Wohl kaum an Bukowskis oder ein anderes renommiertes Haus. Nein, er oder sie versucht, das Bild anderweitig loszuwerden.

Privat? Per Anzeige? An eine kleinere Kunst- oder Antiquitätenhandlung?

Was mich daran erinnert, dass in Schweden eine Gesetzesänderung in Kraft getreten ist, was Käufe »im guten Glauben« betrifft. Am Besten, ich frage mal bei Lindström nach.

Ich rufe ihn an und erfahre, er sei im Einsatz. Ich schaue auf die Uhr. In Schweden ist es kurz nach zehn. Vermutlich findet gerade die heilige Kaffeepause statt, deren Teilnehmer sich somit »im Einsatz« befinden. Etwas später versuche ich es erneut und erreiche ihn sofort. Ich fragte ihn, wo er gesteckt hat, und er bestätigt meine Vermutung: Kaffeepause. Schwedisch und effektiv.

»Alle tun das«, verteidigt sich Lindström.

»Ja, ja, schon gut. Nur zwei einfache Fragen. Erstens: Was ist das für ein neues Gesetz, das den Erwerbern von Kunstgegenständen eine genauere Prüfung auferlegt? Wie geht das in der Praxis? Wie stellen sich die Gerichte dazu? Habt ihr die Folgen schon zu spüren bekommen? Meine zweite Frage ist, ob die Polizei den Kunsthandel im Auge behält. Hat irgendjemand von euch etwas über die gestohlenen Gemälde von Ajvazovskij erfahren? Sind sie möglicherweise auf einer Auktion aufgetaucht?«

»Immer langsam. Mit Kunst habe ich nicht viel am Hut und auch beruflich nicht die geringste Erfahrung«, sagt Lindström, der sich bestimmt gerade ein paar Krümel von der Jacke wischt.

»Dabei geht es in Kriminalromanen doch ständig um geraubte Kunstwerke«, insistiere ich.

»Ja, in der Literatur, aber nicht im wirklichen Leben. Mir ist jedenfalls noch kein solcher Fall untergekommen, und diesen Ajvazovskij kenne ich gar nicht, ganz zu schweigen von seinen Bildern. Außerdem trat die Gesetzesänderung erst im Sommer 2003 in Kraft. Wie die sich ausgewirkt hat, weiß ich nicht.«

»Aber...«

»Was aber?«

»Vielleicht könntest du dich mal erkundigen. Bei einem eurer Kunstexperten zum Beispiel. So was habt ihr doch wohl?«, frage ich provozierend.

»Klar haben wir so was. In Stockholm!«

»Hast du Zeit, da mal anzurufen? Vielleicht auch in Göteborg?«

»Tja, bis Jahresende werde ich sicher noch ein paar Gespräche führen können. Ich melde mich. Bis dann.«

Typisch Lindström. Aber wahrscheinlich wird er schon am Nachmittag zurückrufen. So, das wäre erledigt. Ich mache mit den Hunden einen Spaziergang auf der Runebergsgata, was ein mäßiges Vergnügen ist, doch später erreichen wir die Hesperiagata und von dort aus den Park.

Als wir nach Hause kommen, hat Lindström natürlich eine Nachricht auf dem Anrufbeantworter hinterlassen:

»Tut mir Leid, mein Lieber. In Stockholm ist nichts über die gestohlenen Bilder bekannt. In Göteborg und Malmö auch nicht«, lautet die Mitteilung. Knapp und präzise. Jetzt weiß ich zumindest, dass die Polizei in Stockholm, Göteborg und Malmö ahnungslos ist. Aber wie verhält es sich mit deren Kollegen in Sundsvall, Eksjö, Kiruna und Bollnäs? Wo lässt sich Raubkunst noch verkaufen? In Vimmerby? Wohl kaum. Nur die großen Städte kommen infrage, es sei denn, man hat besondere Kontakte, was diese Diebe vermutlich nicht haben. Glaube ich zumindest, bin mir aber nicht sicher. Ich rufe Lindström an und klage ihm mein Leid.

»Habt ihr denn niemanden, der in puncto Raubkunst für das ganze Land zuständig ist? Soll ich etwa einen Polizeidistrikt nach dem anderen anrufen?«, frage ich Lindström und erhalte die tröstliche Antwort, dass die Anzahl der Polizeidistrikte ja nicht so groß sei.

»Aber bist du dir darüber im Klaren, dass es allein in Stockholm vierhundertdreißig registrierte Pfandleiher gibt, die mit altem Plunder handeln, darunter auch mit Bildern?«, fragt er mich, ohne eine Antwort zu erwarten.

»Ich dachte, es wären vierhundertsiebenunddreißig«, antworte ich gereizt.

»Auch möglich. Derzeit wird alles neu erfasst. Bald werden wir einen besseren Überblick haben.«

Ich schmiede Pläne. Fürs Erste finde ich sie gar nicht übel und rufe Lindströms Frau Ingbritt an. Lindström würde mich nur auslachen. Nach ein wenig Smalltalk über die allgemeine Lage in Boköping und ihre vergeblichen Versuche, eine neue Arbeit zu finden, nachdem sie ihren unterbezahlten Lehrerjob an den Nagel gehängt hat, komme ich zur Sache.

»Ich habe mich gefragt, ob du eine Anzeige in ›Dagens Nyheter‹ für mich aufgeben könntest.«

»Kein Problem, aber kannst du das nicht auch von Helsinki aus tun?«

»Natürlich, aber ich möchte, dass du es unter deinem Namen machst.«

»Und warum?«

Ich gebe ihr eine Kurzfassung der langen Geschichte und wiederhole meine Bitte, eine Anzeige für mich aufzugeben. Eine Annonce, in der sie vorgibt, sich für russische Kunst zu interessieren, vor allem für Bilder des russischen Malers Ajvazovskij. Ich komme natürlich für die Kosten auf.

»Und wenn jemand antwortet?«

»Lass das nur meine Sorge sein. Du brauchst nichts anderes zu tun, als die Annonce in die Zeitung zu setzen und den Hörer abzunehmen, falls jemand anruft.«

»Es spielt also keine so große Rolle, wie die Anzeige formuliert ist?«

»Richtig. Und die Rechnung geht an mich.«

»Eine Kleinanzeige in ›DN‹ kostet so gut wie nichts.«

»Ich bezahle sie trotzdem. Könntest du das bald machen?«

»Dauert nur ein paar Minuten.«

Ich hege die simple Hoffnung, dass der Dieb nicht der Hellste ist und auf die Annonce reagiert. Ist natürlich auch möglich, dass sich ehrliche Anbieter melden, aber dieses Risiko muss ich eingehen.

Ein dummdreister Versuch, aber dummdreiste Versuche haben schon früher zum Erfolg geführt. Ein winziger Köder an einem winzigen Haken.

Ich habe das ›Hufvudstadsbladet‹ praktisch von der ersten bis zur letzten Zeile gelesen, habe sowohl gefrühstückt als auch zu Mittag gegessen und bin mit den Hunden draußen gewesen. Ich muss mir was einfallen lassen, ehe es Abend wird. Bella kommt zirka um fünf nach Hause und geht kurz darauf schon wieder los. Ihre eigene Schuld. Sie hätte sich ganz auf die Oper konzentrieren sollen. Die Proben mit Les Goûts-Réunis erfordern viel Zeit. Ich hoffe, ihr nächstes Konzert wird ein Erfolg.

Mir fällt nichts Originelleres ein, als Olli bei der Arbeit zu stören. Es muss doch irgendwas Neues geben, denke ich und lasse meinen Zeigefinger seine Nummer eintippen. Doch Pech gehabt. »Mustonen in Konferenz«, teilt mir eine Stimme in gebrochenem Schwedisch mit, »aber in halbe Stunde Konferenz vorbei.« Ich nutze die Gelegenheit und gehe mit den Hunden noch ein paar Mal um den Block. Nur, um die Zeit totzuschlagen. Das funktioniert. Als ich es erneut versuche, ist Olli am Apparat.

»Gibt's was Neues?«, frage ich.

»Die Kommune hat es sich anders überlegt und will Bäcks alten Hof jetzt doch verkaufen. Sie wollen anscheinend nicht, dass er noch länger leer steht, und alle Pläne, dort ein Kunst- und Kulturzentrum zu errichten, scheinen eingeschlafen zu sein. Vielleicht hat der Investor auch sein Angebot zurückgezogen, ich weiß es nicht. Zum anderen hat sich die Auffassung durchgesetzt, dass die beiden Opfer nicht auf das Konto ein und desselben Täters gehen.«

»Das denke ich auch.«

»Es deutet einiges darauf hin, dass Dimitri kurz nach dem Überfall auf Bäck ermordet wurde. Einen Selbstmord halten wir ja für unwahrscheinlich.«

»Was ist mit den Dieben?«

»Die scheinen erst mal nach Helsinki gefahren zu sein. Du hattest doch herausgefunden, dass die Bilder schon am nächsten Tag einem Kunsthändler angeboten wurden. Falls das dieselben sind … Die Kollegen in Sysmä haben außerdem einen älteren Mann ausfindig gemacht, der meinte, Dimitri auf dem Fahrrad gesehen zu haben. Das heißt, entweder war es Dimitri oder ein anderer Mann mit russischem Akzent, der nach dem Weg gefragt hat. Der Fundort der Leiche könnte passen.«

»Hm, zwei verschiedene Gangs, eine im Mitsubishi, die andere im Dodge.«

»Ja, wahrscheinlich. Obwohl es natürlich auch möglich ist, dass eine Gang zwei Autos benutzt. Ein Dodge ist zur Zeit des Einbruchs nicht als gestohlen gemeldet worden.«

»Und das Haus soll jetzt verkauft werden?«, frage ich.

»Ja.«

»Dann steht es also leer, und nur die Kommune hat einen Schlüssel. Meinst du, man könnte sich den mal ausleihen, wenn man höflich fragt?«

»Bestimmt. Du könntest ja ein Interessent sein. Warum fragst du?«

»Es wäre doch möglich, dass die Polizei bei ihrer damaligen Besichtigung etwas übersehen hat. Nicht wahrscheinlich, aber auch nicht ausgeschlossen. Außerdem habe ich eine Schwäche für alte Häuser«, füge ich hinzu.

»Meinst du wirklich, du findest noch etwas auf dem Dachboden? Okay, Meisterdetektiv Blomkvist, ich komme mit. Ich habe nämlich auch eine Schwäche für alte Häuser.«

»Ich bin gespannt, wie das Haus von innen aussieht. Außerdem habe ich einfach keine Lust mehr, hier untätig rumzusitzen, während Bella arbeitet. Ich bekomme noch Kopfschmerzen vom ewigen Nichtstun und Grübeln.«

»Weißt du was? Ich habe geplant, das Wochenende in meinem Ferienhaus zu verbringen. Es winterfest zu machen und ein paar Reparaturen zu erledigen. Komm doch mit«, schlägt Olli vor. »Morgen früh um sieben geht's los.«

»Hört sich gut an. Was willst du machen?«

»Ich muss das Dach kontrollieren, ein bisschen streichen, die Dichtungen der Wasserhähne erneuern, solche Sachen. Sag mal, du hast doch ein großes Auto, oder?«

»Tja, es ist zwar kein Lieferwagen«, entgegne ich zögerlich, »aber es passt schon einiges rein.«

»Dann nehmen wir dein Auto. Außerdem ist da noch ein Küchenschrank, der mitmuss …«

»Abgemacht. Morgen früh um sieben. Ich hole dich ab.«

24

Sie waren sicherlich mehr wert, als er für sie bezahlt hatte. Außerdem waren sie wirklich hübsch, detailgenau und nicht zu groß. Würden sich gut in einem Hotel oder Restaurant machen. Oder hinter einer Bartheke. Er musste zur Stadtbibliothek gehen und diesen Ajvazovskij nachschlagen. Die verwitwete Frau hatte nicht gerade überzeugende Argumente für den Wert der Bilder vorgebracht. Sie kannte sich offenkundig nicht aus, hatte aber sehr erfreut ausgesehen, obwohl er den Preis auf dreißigtausend pro Bild runtergehandelt hatte. Er war überzeugt davon, ein glänzendes Geschäft gemacht zu haben. Die Frau schien genauso zufrieden gewesen zu sein wie er. Von dem Geld, hatte sie ihm anvertraut, wollte sie eine lange Reise machen.

Mit neunzigtausend in der Tasche kommt man schon weiter

als bis nach Borås, dachte er auf dem Weg in die Stadtbibliothek von Uppsala. Dort fand er ein großes Buch, leider in französischer Sprache, aber mit vielen Bildern. Sein Gefühl hatte ihn also nicht getrogen. Er besaß Gemälde eines wirklich bekannten Malers. Drei Stück! Dreimal eine Riesensumme!

Er gestattete sich ein genüssliches Lächeln. Dann ging er nach Hause. Schlug die Gemälde sorgsam ein und fuhr mit ihnen zur Bank, wo er ein Schließfach mietete, in dem er die Bilder verwahrte. Dort konnten sie in Ruhe liegen, bis er einen vermögenden Interessenten aufgetrieben haben würde, denn hier ging es unter Umständen um mehrere Hunderttausend. Der Verkauf sollte im Ausland über die Bühne gehen. Steuertechnisch wäre das sicherer.

Ein paar Hunderttausend? Eine halbe Million? Steuerfrei! Wow!

Nun ja, er hatte die Bilder noch nicht verkauft. Aber das war nur eine Frage der Zeit.

25

Leider können wir während der Fahrt nicht über den Fall diskutieren. Olli schläft mit offenem Mund. Pennt die ganze langweilige Strecke bis nach Lahti, und damit nicht genug – er schnarcht. Eine Zeit lang versuche ich, rücksichtsvoll zu sein, dann stelle ich das Radio an. Olli zeigt keine Reaktion. Erst als wir die Autobahn verlassen, um Lahti herumfahren und auf eine kleine Straße abbiegen, kommt er zu sich. Als er die Augen aufschlägt, fahren wir durch eine wunderschöne Landschaft. Er sieht sich um und meint, er müsse wohl ein bisschen geschlummert haben.

Gelinde gesagt.

»Ist gestern etwas spät geworden, viel zu tun«, sagt er und stellt die Rückenlehne wieder nach vorne.

Ich muss daran denken, dass Olli ja ein allein stehender Mann ist, nachdem seine Frau gestorben ist und seine Kinder ausgezogen sind. Das Singledasein ist zwar nicht immer leicht, bietet aber auch interessante Möglichkeiten, was mich aus nahe liegenden Gründen an Bella denken lässt.

Ich werfe im Rückspiegel einen Blick auf all die Werkzeuge und Möbel, die sich hinten im Wagen türmen. Kann mir gut vorstellen, dass er die halbe Nacht geschuftet hat, um alles vorzubereiten. Wir haben kaum noch Platz für die Lebensmittel, die wir in Sysmä einkaufen. Das letzte Stück der Strecke muss er mit den Plastiktüten zwischen den Beinen aushalten. Das ist mehr als gerecht und selbst verschuldet.

Nachdem wir angekommen sind, machen wir uns sofort was zu essen. Danach leeren wir das Auto, und Olli macht sich im Garten zu schaffen. Da die Arbeit ihn ganz in Anspruch nimmt, nutze ich die Gelegenheit, um mich selbstständig zu machen. Ich bin im Zentrum von Sysmä verabredet. Man will mir die Schlüssel von Bäcks ehemaligem Wohnhaus überlassen.

Mit dem Schlüssel in der Tasche und der Karte auf den Knien rolle ich auf der alten Straße zwischen Wald und Feldern dahin. Ich stelle fest, dass die Felder an jemanden verpachtet wurden, der sein Handwerk versteht. Sie sind in erstklassigem Zustand, im Gegensatz zu der Straße. Der schmale Zufahrtsweg zum Hof ist noch bedeutend schlechter in Schuss und verlangt der patentierten Federung von Citroën alles ab.

Auf den letzten zweihundert Metern steigt der von Birken gesäumte Weg an und mündet auf der Kuppe eines Hügels, wo sich jemand, vermutlich Ende des 18. Jahrhunderts, einen kleinen Gutshof mit dazugehörigen Wirtschaftsgebäuden erbauen ließ. Ein großer Mann, frei von Größenwahn, nehme ich an, denn das Haus ist zwar großzügig, doch nicht so riesig, dass es einen protzigen Eindruck machen würde. Ganz und gar nicht. Es handelt sich um ein geschmackvolles Holzhaus im Stil seiner Zeit, das heute von wucherndem Flieder und bemoosten Apfelbäumen umgeben ist. Aus dem einstigen Rasen ist eine Blumenwiese geworden. Alles ist mit solcher Selbstverständlichkeit angeordnet, dass sich vermutlich bereits ein Hof an dieser Stelle befand, bevor die gegenwärtigen Gebäude erbaut wurden.

Bäcks ehemaliger Hof liegt auf einem Hügel mit Aussicht über Felder und Wiesen, die sich bis zum Wasser erstrecken. Er ist hellgrau gestrichen, mit weißen Eckbalken und Fensterrahmen. Bis zum Ufer mögen es zweihundert Meter sein. Ich erkenne die Reste eines alten Stegs. Ein schöner Hof in idyllischer Lage. Eigentlich sollte es kein Problem sein, einen Käufer für ihn zu finden, denke ich, aber die Leute in der Gegend wissen, was passiert ist, und haben gehört, wie es zu Bäcks Zeiten hier aussah.

Die Haustür öffnet sich schwerfällig zu einer kleinen Diele. Die Wände sind weiß tapeziert. Die Türen tragen eine frische graublaue Farbe. Deren Rahmen sowie die hohe Holztäfelung, die im gesamten Erdgeschoss zu finden ist, sind ebenfalls graublau, nur ein wenig dunkler gehalten. Die Leisten um die Fenster sind weiß, die breiten alten Fußbodendielen sorgfältig geschliffen und behandelt. Alles sieht frisch gestrichen aus.

Auf einer Küchenbank liegen mehrere Heizkörper, doch die Installationsarbeiten scheinen weitgehend abgeschlossen zu sein. Irgendjemand ist bei der Renovierung und Modernisierung des Hauses schon weit vorangekommen.

Im Schuppen finde ich einen neuen Holzheizkessel und große, isolierte Warmwasserboiler. Eine ökonomische Lösung, wenn man daran denkt, dass zu dem Besitz auch ein großes Waldstück gehört.

Die Proportionen des Hauses sind von klassischer Harmonie. Sein allgemeiner Zustand ist gut, soweit ich das beurteilen kann.

Ich öffne ein Fenster. Man hört nur ein schwaches Rauschen, sonst herrscht eine geradezu unwirkliche Stille.

Von der Diele aus führt eine Treppe in den ersten Stock. Hier muss der Einbrecher gestanden haben, bevor er Bäck attackierte.

Ich gehe die Stufen hinauf und betrete einen großen Wohnraum, in dem drei Tischtennisplatten bequem nebeneinander stehen könnten.

Er hat kleine, niedrige Fenster. Wie Orangenspalten. An den Schmalseiten des Raumes befinden sich großzügige Schlafzimmer. Bellas kleine Wohnung würde fast in einem dieser Schlafzimmer Platz finden. Zu Bäcks Zeiten muss sich der Dachboden über die gesamte Fläche erstreckt haben. Hinter zwei weiteren Türen des Wohnraumes verbergen sich ein WC sowie ein Badezimmer mit einer zweiten Toilette. Das alles scheint erst vor kurzem entstanden zu sein. Die Türen fünf und sechs führen auf den Dachboden – oder auf das, was vom Dachboden noch übrig geblieben ist: zwei niedrige Abseiten, in denen man sich bücken muss, um sich nicht den Kopf zu stoßen.

Die Wirtschaftsgebäude, die sich ein Stück vom Wohnhaus entfernt befinden, sind nicht renoviert worden. Linker Hand steht eine Art Werkstatt, vielleicht eine alte Schmiede. Daneben ein Stall, der teils zu einer Garage umgebaut wurde, in der zwei Autos Platz finden. Etwas weiter ein Hühnerstall sowie ein weiteres Gebäude, in dem sich eine Sauna oder auch ein Holzschuppen verbergen könnten.

Zu beiden Seiten des Hauptgebäudes befinden sich in symmetrischer Anordnung zwei kleinere, in derselben Farbe gestrichene Wohnhäuser. In dem einen wird Dimitri gewohnt haben, im anderen war vermutlich Bäcks Praxis untergebracht. Dort schaue ich durchs Fenster, zähle vier leere Räume sowie eine kleine Küche und bemerke den hässlichen Linoleumfußboden.

Ich überquere den Hofplatz und komme mir wie ein Eindringling vor, als ich auch in Dimitris altem Wohnhaus durch die Fenster gucke. Ich probiere die Schlüssel, die ich bekommen habe, das Schloss ist älteren Datums, und ein Schlüssel passt. Die Scharniere quietschen, doch die Tür lässt sich öffnen. Drinnen steht die Luft. Auf dem Fußboden tote Fliegen. Spinnweben. Staub. Hier haben die letzten Eigentümer keinen Finger gerührt. Die Stille ist von klein geblümten Tapeten umgeben. Der untere Teil der Tapete in dem kleineren Zimmer ist abgeschabt.

In der Küche stehen alte windschiefe Schränke mit grünen Schiebetüren sowie ein alter Elektroherd der Marke Strömberg. Aus den fünfziger Jahren, vermute ich. Eine Bodenluke führt zu einem unterirdischen Hohlraum – der »Kühlschrank« vergangener Zeiten. Das bringt mich auf die Idee, zum Hauptgebäude zurückzugehen, um nachzuschauen, ob sich auch dort in der Küche eine Bodenluke befindet. Und tatsächlich entdecke ich eine in der nicht ganz fertig renovierten Küche. Vorhin hatte ich sie wohl deshalb nicht bemerkt, weil verschiedene Rohre und Heizelemente auf dem Boden liegen. Ich ziehe die Luke auf und sehe, dass der kleine Vorratsraum vollkommen leer ist. Danach gehe ich in die Hocke und werfe einen Blick auf die abgenutzten Türschwellen und leicht buckligen Wände. Neuer Herd, neue Spüle, Platz für Spülmaschine, Gefrier- und Kühlschrank, doch das Haus hat seinen alten Charme bewahrt. Schwer vorstellbar, dass hier ein Mord geschehen ist.

Zwischen den Birken hindurch schaukele ich in meinem Citroën wieder zurück. Hinter einer Kurve ist plötzlich der Weg versperrt. Ein Traktor versucht, seinen Anhänger aus dem Graben zu ziehen. Der Bauer legt ein großes Brett vor eines der Räder des Karrens. Als der Traktor anfährt, droht das Brett zur Seite zu rutschen, doch darauf bin ich vorbereitet und lege sogleich weitere Bretterteile, die am Wegesrand liegen, vor das Hinterrad. Der Bauer winkt mir dankbar zu. Ich gehe zu meinem Wagen zurück und setze den holprigen Weg fort.

Wieder bei Ollis Sommerhaus angekommen, helfe ich ihm, die Rosen vor dem kommenden Frost zu schützen. Wir häufeln Torf um die Stämme, schlagen rundherum Pflöcke in die Erde und umhüllen sie mit Sackleinen.

»So, das wär's«, sagt Olli.

»Wie, das wär's? Du hattest doch haufenweise Zeugs dabei.«

»Ja, aber für dieses Mal soll's genügen. Ich will schließlich nicht das ganze Wochenende schuften. Dann hätte ich ja gar keinen Grund, bald wiederzukommen. Lass uns lieber die Sauna aufheizen.«

Glänzende Idee.

Olli ist vielleicht nicht der beste Koch der Welt, ja vielleicht nicht einmal des Landkreises oder der Stadt, aber er versteht sich darauf, tiefgefrorene Fertiggerichte aufzuwärmen. Auch frisch gefangenen Fisch kann er zubereiten und offenbar ein Stück Fleisch in die Pfanne hauen. Die herbstlich kühle Umgebung muss die Gewürze ersetzen.

Es wird Abend. Still liegt der See, von diffusen Schatten umgeben. Am Ufer springen noch ein paar Hasen umher. Über der Wiese liegt ein dünner Nebelstreifen.

Auf den Stufen, die zur Sauna hinunterführen, streicht der Nebel kalt und feucht um die Beine. Dann sind die Hasen nicht mehr zu sehen, und die Sonne ist soeben am gegenüberliegenden Seeufer versunken.

Während ich auf der Pritsche sitze, erzähle ich von meinem Ausflug. Von der umfangreichen Renovierung des Wohngebäudes, dem Ausblick, der Stille, der Abwesenheit von Nachbarn, dem Gefühl von Ruhe und Freiheit, das ein alter Hof vermitteln kann.

»Mit ein bisschen Fantasie spürt man noch den Geist der Menschen, die dort gelebt haben«, erkläre ich. »Von Mägden, Vorarbeitern, Knechten und Kutschern. Ich hoffe, dass der Hof auch in den nächsten hundert Jahren mit Würde altern kann und nicht irgendeinem Ignoranten in die Hände fällt, der womöglich alles neu isolieren lässt, moderne Türen kauft und Panoramafenster einsetzen lässt. Beim bloßen Gedanken daran wird mir schon übel.«

Olli hört mir schweigend zu. Macht einen Aufguss. Der heiße Dampf, der uns über den Rücken läuft, lässt uns wohlig erschauern.

»Weißt du, ich spiele mit dem Gedanken, mir etwas Größeres anzuschaffen. Ohne Panoramafenster, versteht sich. Ich habe schließlich Kinder und Enkel und – aber versprich mir, niemandem davon zu erzählen! – sogar eine Verlobte. Auch sie hat zwei Kinder im Teenageralter.«

»Ich werde kein Sterbenswörtchen verraten. Aber warum machst du ein solches Geheimnis aus deiner Verlobten? So was muss man doch nicht geheim halten.«

»Nein, eigentlich nicht. Sie heißt Pirjo Lähteenmäki, ist ein bisschen jünger als ich und unterrichtet Schwedisch und Geschichte an einem Gymnasium. Sie wohnt in Lahti und hat in der Nähe von Kolkkinen ein Ferienhaus, das liegt ungefähr auf halber Strecke zwischen Lahti und hier. Vielleicht bekommt sie ja eine Stelle am Gymnasium in Sysmä … wir haben so unsere Pläne.«

»Herzlichen Glückwunsch! Ich werde natürlich Daumen und Klappe halten.«

»Eigentlich wollte ich nur das Gerede unter den Kollegen vermeiden. Wie auch immer, wir haben erst kürzlich beschlossen, dass wir… bald zusammenziehen und heiraten wollen. Dann brauchen wir auf jeden Fall was Größeres als diese kleine Hütte hier, vor allem, wenn wir mal in Rente sind. Ich kann meine kleine Wohnung in Helsinki verkaufen, das bringt zumindest ein bisschen Geld. Meinst du, der alte Hof von Bäck könnte was für uns sein? Für uns beide samt unseren fünf Kindern mit ihren jeweiligen Partnern und einer hoffentlich großen Enkelschar?«

»Warum nicht?«

»Die Kinder der Enkelkinder nicht zu vergessen«, fügt Olli hinzu.

»Bis zur Rente dauert's ja wohl noch ein bisschen. Wenn ihr wirklich abgeschieden wohnen wollt, ist die Idee gar nicht so dumm. Die Lage ist traumhaft schön, aber natürlich gibt es eine Menge zu tun, wenn eure ganze große Familie dort Platz finden soll. Du wirst viel Zeit brauchen, um alles instand zu setzen«, sage ich.

»Wenn alle mit anpacken, wird es schon gehen. Einer meiner Schwiegersöhne ist Baumeister und sehr praktisch veranlagt. Ein anderer ist Elektriker. Und ich liebe es, zu tischlern. Wir werden schon so viel Platz schaffen, dass die meisten dort gleichzeitig unterkommen. Du bist natürlich jederzeit herzlich eingeladen.«

»Tja, wenn du noch einen Saunameister brauchst …«

Ich gehe um die Ecke und hole noch ein paar kühle Flaschen Bier. Nachdem wir sie geöffnet haben, erzähle ich ihm weitere Einzelheiten vom Zustand des Hauses, und Olli beschließt, sich alles noch mal genau anzusehen. Da ich den Schlüssel bislang nicht wieder abgeliefert habe, können wir dem Hof morgen ohne Weiteres einen zweiten Besuch abstatten.

Gegen neun Uhr abends erfrischen wir uns im See, schwimmen eine Runde, sitzen auf dem Steg, quatschen über Gott und die Welt und tauchen leicht fröstelnd unsere Zehen ins Wasser. Es wird Herbst. Der Mond ist groß, fast voll. Aus dem Schilf ist hier und da ein Platschen zu hören.

26

Fett, träge und apathisch. Die Fliege surrt planlos durch die Luft, ohne zu wissen, warum.

Soll sie im Sonnenstreifen auf der Tapete verweilen oder lieber auf dem Fensterbrett? Wenn ich schlafen will, spaziert sie über mein Gesicht, bis ich das Licht ausmache, doch am Morgen will sie von mir nichts wissen. Warum nur?

Darüber grüble ich eine Weile nach. Oh, tief schürfende Gedanken …

Hat die Fliege einen Willen, oder *ist* sie bloß?

Aus der Küche dringen leise Geräusche zu mir herüber. Ich strecke mich gähnend. Spähe schlaftrunken durch die halb geöffnete Tür. Olli steht in Unterhose am Herd und macht Frühstück. Der Tee ist fertig, der Tisch gedeckt. Zeit zum Aufstehen. Ein Blick durch das Fenster, es sieht kühl aus, wenn nicht kalt.

Ich *will* aufstehen, versuche ich mir einzureden.

Ich habe leichte Kopfschmerzen.

Als ich angezogen in die Küche komme, toastet Olli gerade das Brot. Pfeift fürchterlich schief vor sich hin und trägt immer noch seine hässliche hellblaue Unterhose. Mit Löchern.

»Pass mal auf den Toast auf, ich ziehe mich an«, sagt er. »Der Tee ist fertig. Honig steht im Schrank oben links. Wenn wir uns heute Morgen noch Bäcks Hof ansehen, kannst du danach den Schlüssel zurückgeben.«

»An einem Samstag?«

»Spielt keine Rolle. Ich weiß, wo der Typ wohnt, der dir den Schlüssel geliehen hat. Pass auf, dass der Toast nicht verbrennt. Mein Toaster hat eine Macke.«

Ich rette zwei Brotscheiben aus dem glühenden Rachen des antiken Geräts und lege zwei neue hinein. Olli ist sofort angezogen. Ich esse. Langsam. Der Kopfschmerz lässt nur zögerlich nach. Olli ist irritierend munter und scheint es eilig zu haben.

Unmittelbar nach dem Frühstück brechen wir zu Bäcks Hof auf.

Seinem Hof! Ein Haus ist ein Haus, aber ein Hof ist eine Anlage, und soweit mir bekannt ist, heißt der Hof eigentlich Hiitelä und trägt diesen Namen, seit vor vielen, vielen Jahren der Wald gerodet und das erste Haus gebaut worden war.

Der Weg ist in genauso erbärmlichem Zustand wie gestern, obwohl heute Samstag ist. »Kein Respekt vor freien Tagen«, brumme ich mürrisch. Sicherheitshalber wiederhole ich mit kräftiger Stimme:

»Eigentlich kein Weg für Autos. Der zeigt doch wirklich keinen Respekt, nicht mal am Wochenende.«

»Warum hast du nicht den anderen Weg genommen?«, fragt Olli und weist darauf hin, dass es noch eine weitere Straße gibt, die von der anderen Seite des Hügels zum Hof führt. Die sei zwar etwas länger, aber viel besser in Schuss. »Hier sollte es fünfzig Prozent Schlaglochrabatt geben«, meint er.

Wo hatte ich nur meine Augen bei meinem ersten Besuch? Vergessen wir das. Gleich kommt das Haus, denke ich, als wir auf den Hofplatz einschwenken. Birken und Flieder, sanft wogende Felder und im Hintergrund ein See. Hier gibt es alles, was das Herz begehrt. Wie schön Bäck gewohnt hat.

Was ich gestern schon gesehen habe, interessiert mich heute umso mehr: die Wand in der Küche, genauer gesagt der Abschnitt, an dem die Wand unter der Tapete äußerst uneben ist. Natürlich kann es sein, dass das Haus arbeitet, das Holz alter Häuser ist quasi immer in Bewegung, aber dass ein großer Teil einer Wand in Mitleidenschaft gerät, kommt mir seltsam vor. Man sollte sich das einmal näher ansehen. Das Haus ist über zweihundert Jahre alt und bewahrt die verschiedensten Erinnerungen, wie ich mich Olli gegenüber ausdrücke.

»Hm. Das Haus wurde vor fünf Jahren untersucht. Vielleicht waren damals noch keine Buckel zu sehen«, mutmaßt er. »Die Kollegen kratzen ja nicht ohne Grund die Tapete runter oder lassen einen Sachverständigen kommen.«

»Genau diese Wand ist aber keinesfalls zweihundert Jahre alt. Auf der anderen Seite befindet sich eine neu installierte Toilette. Vielleicht gab es mal einen Wasserschaden.«

»Bäck war doch sowieso ein komischer Kauz. Wer weiß, was sich im Laufe der Jahre hier alles abgespielt hat.«

Olli nimmt sein Taschenmesser, setzt es an der Fußbodenleiste an und beginnt vorsichtig, die Tapete aufzuritzen.

»Wenn ich das Haus kaufen will, muss ich vorher die Bausubstanz prüfen«, brummt er. Im Nu hat er die Tapete bis weit nach oben aufgeschlitzt und versucht dasselbe bei der aufgeklebten buckeligen Hartfaserplatte. Das geht leichter als erwartet, weil sie fast völlig durchgefault ist.

»Pfusch am Bau, das senkt den Preis!«, stellt er zufrieden fest und legt ein großes Loch frei.

»Das muss erst mal trocknen«, fügt er hinzu, indem er das Loch so groß macht, dass er den Kopf hindurchstecken kann. »Hier ist eine Tür. Die führt wahrscheinlich zur Toilette auf der anderen Seite. Sicher ein Rohr, das geleckt hat. Vielleicht war hier früher mal die Speisekammer oder so was. Irgendjemand meinte wohl, hier gibt es eine Tür zu viel. Jedenfalls scheint alles leer zu sein.«

»Fragt sich, wie es von der anderen Seite aussieht.« Ich erinnere mich vage an eine unrenovierte Toilette, die ich bei meinem ersten Besuch kaum eines Blickes gewürdigt habe. Sie sah nicht gerade einladend aus.

»Dann lass uns nachschauen. Wir müssen auf jeden Fall prüfen, ob irgendwo Wasser eindringt und die Bausubstanz gefährdet. Obwohl es kein akutes Leck zu geben scheint. Hier ist alles knochentrocken.«

Wir gehen zu der Toilette auf der anderen Seite. Nicht gerade ein erhebender Anblick, der sich uns bietet. Den Farbspuren nach zur urteilen, hatte man die Pinsel im Waschbecken ausgewaschen. Die Toilettenspülung funktioniert nicht. Entweder ist sie kaputt, oder die Wasserzufuhr gesperrt.

An der neu eingezogenen Wand befindet sich ein leerer alter Hängeschrank, der wackelig an seinen Haken hängt.

»Man befestigt etwas an Haken, damit man es schnell wieder entfernen kann«, sagt Olli geistesgegenwärtig und nimmt den Schrank von der Wand.

Dahinter befindet sich ein Hohlraum, in dem drei simple Regalbretter angebracht sind. Auf dem obersten Brett liegen eine alte Armbanduhr von Omega, ein paar Ohrringe und Schlüssel an einer Schnur. Sie sehen aus wie Autoschlüssel. Auf dem zweiten Brett liegt ein Bündel, das von einem ausgeleierten Gummiband zusammengehalten wird. Alte Finnische Mark. Haufenweise Tausendmarkscheine.

»Ungefähr zehn Zentimeter hoch, dürfte sich also um zirka eine Million handeln«, stellt Olli routiniert fest, zieht ein paar dünne Plastikhandschuhe an und befühlt das Bündel.

»Darf ich mal?«, frage ich und strecke die Hand aus. Olli umhüllt das teils geöffnete Päckchen zum Schutz mit Toilettenpapier, ehe er es mir in die Hand gibt. Für einen Augenblick komme ich mir kindisch reich vor. Olli zieht eine zerknitterte Plastiktüte aus seiner Jackentasche. Wir legen das Päckchen und den Schmuck hinein.

»Das können wir uns zu Hause näher ansehen«, brummt Olli.

»Hoffentlich lassen sich die Scheine noch in Euro einwechseln, ich meine, wenn es einen Erben gibt«, sage ich.

»Auch uneheliche Kinder können erben«, entgegnet Olli.

»Hm...«

»Bis zum 31. Dezember 2012 ist der Umtausch kein Problem. Der rechtmäßige Erbe des kleinen Pakets wird aber leider kein Millionär werden. Vor allem nicht, nachdem die Erbschaftssteuer abgezogen wurde.«

»Und das Haus?«

»Tja, wenn ich das wüsste. Ich bin kein Experte für Erbrecht. Aber vielleicht wird dieser Sohn, wie immer der auch hieß, seine Ansprüche stellen.«

Wir verbringen noch mehrere Stunden auf dem Hof. Olli ist sehr genau. Offenbar spielt er tatsächlich mit dem Gedanken, ihn zu kaufen. Er klettert nun auch noch auf das Dach und inspiziert Brunnen und Sickergrube.

»Wenn der Preis stimmt, würde ich zuschlagen. Es gibt zwar einiges zu tun, aber nichts, das unmöglich wäre. Komm, jetzt bringen wie die Schlüssel zurück«, sagt er und sieht im Grunde sehr zufrieden aus.

Wir nehmen wieder die Buckelpiste. Ich finde, Olli sollte den Weg gründlich kennen lernen, wenn er wirklich erwägt, Herr von Gut Hiitelä zu werden. Wir umkurven im Zickzack Steine und Schlaglöcher. Auf dem Feld sehe ich denselben Traktor, dem ich letztes Mal half, den Anhänger aus dem Graben zu ziehen.

Heute tuckert er ohne Anhänger vor dunkelblauen Gewitter-wolken dahin und fährt winkend auf uns zu. Wir bleiben mitten auf dem Weg stehen. Einen Parkplatz zu suchen ist nicht nötig.

Der Bauer spricht ausschließlich Finnisch. Gut, dass Olli da-bei ist. Der Bauer fragt, ob wir daran interessiert seien, Bäcks altes Land zu kaufen. Er hat die Felder seit vielen Jahren ge-pachtet und hätte nichts dagegen, einen größeren Teil wieder loszuwerden. Olli fragt offenbar, welche Felder zum Hof da-zugehören, und gemeinsam schauen sie auf eine Karte. Ich lasse sie allein und gehe um den Traktor herum, einen alten Valmet, der im Leerlauf vor sich hin knattert.

Nach einer Weile kommt Olli zu mir, und der Bauer steigt wieder auf seinen Traktor.

»Komm mit, wir machen einen kleinen Spaziergang und schauen uns eine alte Scheune an«, sagt er.

»Was für eine alte Scheune?«, frage ich, doch Olli sieht ge-heimnisvoll aus, und das Wetter ist immer noch schön. Warum also nicht? Wir lassen den Wagen stehen und gehen über die Felder. Der Boden ist trocken. Am Waldrand entlang läuft ein breiter Graben, den wir auf den Überresten einer knarrenden Holzbrücke überqueren. Der einstige Traktorpfad ist von Laubbäumen und Büschen überwachsen. Weiter im Dickicht steht eine graue Scheune. Das Tor ist mit einem großen Holz-balken und einem alten Vorhängeschloss verriegelt. Die Schar-niere sitzen lose im morschen Holz. Ein Ruck, und die Tür ist offen. In der Scheune steht ein Auto. Ein dunkelgrüner Jaguar, E-Modell.

»Hat er doch wirklich Recht gehabt!«

»Womit?«, frage ich.

»Dass Bäck einen Jaguar hatte. Die Schlüssel, die wir gefun-den haben, gehören zu einem Jaguar. Hab ich mir doch gleich gedacht. Sieh her, da steht *Wilmot Breeden* und *Made in Eng-land.* Die klassischen Schlüssel für einen Jaguar.«

Schweigend gehen wir um den Wagen herum. Zweimal. Olli zieht ein paar dünne Handschuhe an und untersucht den Schlüsselbund, den wir in Bäcks Haus hinter dem Toilettenschränkchen gefunden haben. Steckt einen der Autoschlüssel ins Schloss. Er passt genau.

Mühelos öffnet sich die Tür zu einer kleinen Oase von verstaubten Edelhölzern und hellbraunem, naturbelassenem Leder.

Eine Augenweide für jeden Autofreak. Obwohl sich das Steuer auf der falschen Seite befindet. Aber warum steht der hier?

»Wem gehört der Wagen?«, frage ich.

»Tja, die Scheune gehörte Bäck.«

Im übervollen Handschuhfach sucht er nach Papieren. Findet Gebrauchsanweisungen, Servicebelege, Quittungen über bezahlte Kfz-Steuer, die letzte aus dem Jahr 1973. Olli legt alle Gegenstände, die er im Auto findet, in eine Plastiktüte. Nur den Werkzeugkasten im ansonsten leeren Kofferraum lässt er liegen, nachdem er ihn gründlich durchgeschaut hat.

»Das Auto hat tatsächlich Bäck gehört«, klärt Olli mich auf. »Sein Name steht in den Papieren. Der Bauer, er heißt übrigens Sakari Vepsäläinen, hat mir den Tipp gegeben. Offensichtlich ist niemand hier gewesen, seit Bäck die Scheune zum letzten Mal abgeschlossen hat. Das Auto ist seit den siebziger Jahren nicht angerührt worden.«

»Nicht angerührt? Gibt's denn keine autointeressierten Jungs in der Gegend?«

»Der Bauer hat sich in seiner Jugend die Nase platt gedrückt, hat er mir erzählt. Er selbst fuhr früher einen alten Popeda.«

»Von einem Traktor zum nächsten«, lache ich.

Olli blickt sich in der Scheune um, die bis auf das Auto vollkommen leer ist, erschlägt eine Bremse und meint, man müsse heute schon genau wissen, wo die Scheune liegt, um sie zu finden. Die Jugendlichen wären da eigentlich keine Gefahr. Dann zieht er sein Handy aus der Jackentasche.

Er ruft seine Kollegen in St. Mickel an und informiert danach Taisto Virtanen über die jüngsten Entdeckungen. Glücklicherweise ist er zu Hause und verspricht, so schnell wie möglich zu kommen. Olli beschreibt ihm den Weg. Es könne nur eine gute halbe Stunde dauern, meint er.

Auf das verrostete Blechdach der Scheune fallen die ersten Regentropfen. Die Wolken haben uns erreicht, doch glücklicherweise scheint das Dach dicht zu halten. Olli betrachtet das Auto noch mal von allen Seiten. Blättert sämtliche Papiere durch, die er im Handschuhfach findet, obwohl es sich hauptsächlich um uninteressante Belege, alte Fahrkarten oder Bonbonpapiere handelt. Außerdem findet Olli eine Schachtel Schwarzer Rudolf.

»Schwarzer Rudolf? Hab ich noch nie gehört. Wie schmecken die?«, frage ich und kann mich nicht an die kleinen Pastillen erinnern, wenn ich an frühere Finnlandaufenthalte mit meinen Eltern zurückdenke. Meine Allgemeinbildung auf diesem Gebiet lässt ohnehin zu wünschen übrig.

»Ich glaube, Schwarzer Rudolf gab es bis Mitte der siebziger Jahre. Jedenfalls ist es mindestens fünfundzwanzig bis dreißig Jahre her, dass ich mir eine Schachtel gekauft habe. Hm, die waren sehr lecker. Ein paar Kismet-Papiere sind auch noch da«, sagt Olli.

»Kismet?«

»Eine Waffelschokolade von Fazer, ebenfalls aus dem Sortiment verschwunden.«

»Dieser Bäck scheint ja ein Faible für Süßigkeiten gehabt zu haben.«

Draußen regnet es immer noch in Strömen. Olli studiert alle scheinbar so unwichtigen Papiere und macht sich Notizen. Ich darf nichts anrühren.

»Fingerabdrücke sind eine sensible Angelegenheit«, sagt Olli. »Nicht dass ich große Hoffnungen hätte, aber wer weiß. Auf Glas können sie sich sehr lange halten, vor allem, wenn man Motoröl an den Händen hat. Also Finger weg vom Motor. Mit ein bisschen Glück findet man einen öligen Abdruck auf der Karosserie. Am besten, du steckst die Hände in die Taschen, dann kann nichts passieren.«

Ich habe keine Einwände. Gucken statt anfassen – das hat mir schon meine liebevolle Mutter eingeschärft, wenn ich mit ihren Ölfarben malen oder auf ihrem Cello spielen wollte. Manchmal beides gleichzeitig, wie sie behauptet.

Halb schwimmend, halb gehend nähert sich Taisto. Das Wasser platscht von seiner Mütze und schwappt in seinen Kragen. Die ganze Person scheint unter Wasser zu stehen, seine Füße gleiten nur so dahin.

»Machst du gerade deinen Freischwimmer?«, fragt Olli. Taisto gießt sich prustend das Wasser aus der Mütze, flucht und lacht.

Eine halbe Stunde später regnet es immer noch. Die Absicht ist völlig klar: Hier soll alles aufgeweicht werden. Taisto wartet in der Scheune auf seine Kollegen. Wir stapfen langsam über den Acker, der sich in einen einzigen Morast verwandelt hat. Fahren schweigend nach Hause.

»Dabei wollte ich in Sysmä noch ein Eis kaufen«, brummt Olli und verfällt in Schweigen, nachdem wir angekommen sind und die letzten klatschnassen, glitschigen, lehmigen Meter von der Garage bis zum Haus zurückgelegt haben. Ein warmer Sommerregen fühlt sich anders an.

»Sauna?«, frage ich, als wir unsere Kleider auswringen und zum Trocknen aufhängen.

»Klar, du weißt ja, was zu tun ist«, antwortet Olli, und ich mache mich gleich auf den Weg. Ein kalter Spaziergang in Unterhosen.

Während das Gewitter langsam abzieht und die Sauna sich aufheizt, entfachen wir ein Feuer im Kachelofen, machen uns was zu essen und diskutieren über die wichtigste Entdeckung des Tages, die Olli rein zufällig vergessen hat, Taisto mitzuteilen. Der Jaguar hat Bäck gehört, so viel ist gewiss. Dem Kilometerzähler zufolge hat er nur gut neuntausend Kilometer auf dem Buckel, obwohl er aus dem Jahr '65 stammt und, wenn man den Papieren glauben darf, rund zehn Jahre lang benutzt wurde. Nicht gerade sehr viel für eine so lange Zeit, aber vielleicht haben sich alle seine Patienten in der Nähe befunden. Oder war der Wagen hoffnungslos unzuverlässig und es nahezu unmöglich, hier auf dem Land eine geeignete Werkstatt zu finden?

Im Wust der Papiere, die im Handschuhfach lagen, findet Olli nichts von unmittelbarem Interesse. Eine Überprüfung der Tankquittungen bestätigt zumindest, dass er größtenteils in der eigenen Umgebung unterwegs war. Lahti war das weiteste Ziel, das diese Quittungen belegen. Dort hatte er zweimal getankt. Doch natürlich haben wir keine Gewähr für die Vollständigkeit der Belege.

Ehe wir zur Sauna gehen, finden wir ein Schwarzweißfoto eines jungen Mannes, der sich vermutlich in den Zwanzigern befindet. *Viele Grüße von Håkon* hat jemand mit Kugelschreiber auf die Rückseite geschrieben.

27

Den ganzen Abend und die ganze Nacht hat es geregnet, doch als wir ins Auto steigen und Ollis Haus verlassen, steht eine frisch gewaschene, bleiche Sonne am Himmel und versucht, der herbstlichen Kühle ein wenig Widerstand zu leisten. Vergeblich. Die Morgentemperaturen bleiben konstant unter acht Grad. Ich selbst habe eigentlich nichts gegen den Herbst und goldenes Laub einzuwenden, doch Olli wirkt deprimiert, weil der Sommer vorbei ist. Er hat die Lehne des Beifahrersitzes so weit wie möglich nach hinten gestellt und scheint schlafen zu wollen.

»Ich denke …«, brummt er.

»Aha.«

»Falls du glauben solltest, dass ich schlafe …«

Kurz darauf ist aus dem Glauben Gewissheit geworden. Begleitet von seinem Schnarchen, fahre ich schweigend durch eine stille Landschaft aus Wäldern, Hügeln und Seen.

Während wir uns Lahti nähern, denke ich an all die Patientenakten, die Bäck hinterlassen haben müsste. Die Polizei aus St. Mickel hat sie sich bestimmt angesehen. Vielleicht hatte sich jemand falsch behandelt gefühlt und war aus Wut darüber gewalttätig geworden; so gewalttätig, dass Bäck an den Folgen der ihm zugefügten Verletzungen starb. Möglich wäre das schon, denke ich.

Doch würde dieser Patient auch noch die Gelegenheit nutzen, ein paar Bilder zu stehlen? Wohl kaum.

Olli gibt mir schnarchend Recht.

»Man kann doch telefonieren«, murmelt er und nimmt eine bequemere Stellung ein.

Vielleicht meint er ja die Polizei in St. Mickel, aber was sollte die für ein Interesse haben, den Fall mit mir zu diskutieren?

Einige Kilometer hinter Lahti kommt er zu sich, richtet seine Lehne auf und erzählt mir, er habe alle Telefonnummern abgeschrieben, die er auf irgendwelchen Zetteln in Bäcks Auto gefunden habe.

»Du kannst ja mal recherchieren, wem vor Jahren diese Telefonnummern gehört haben. Ist doch eine hübsche Aufgabe für einen ehrgeizigen Privatermittler«, sagt Olli und überreicht mir eine lange Liste. Mindestens sechzig verschiedene Nummern.

Mir verschlägt es die Sprache.

Ich setze Olli in der Museigata ab und fahre zu Bella. Sie ist natürlich nicht zu Hause, im Gegensatz zu den Hunden. Nach einer temperamentvollen Begrüßung nehme ich sie mit auf einen kleinen Spaziergang. Lasse meinen Gedanken freien Lauf. Später werden alle acht Pfoten abgetrocknet, ich mache es mir bequem und denke nach. Versuche, konstruktiv zu sein. Etwas zustande zu bringen.

Es handelt sich vermutlich um zwei getrennte Vorgänge, die nichts miteinander zu tun haben. Eine Annahme, die dadurch gestärkt wird, dass zwei verschiedene Fahrzeuge gesehen wurden. Zwei Transporter: ein alter Dodge und ein Mitsubishi. Der Dodge wurde in Zusammenhang mit Dimitris Tod gesichtet, später am Stockholmer Hafen abgestellt und abgemeldet. Inzwischen ist er verschrottet. Vom anderen Wagen, einem Mitsubishi L300, der flüchtig gesehen wurde, wissen wir nur wenig. Möglicherweise ist auch er verschrottet oder irgendwo im Wald abgestellt worden. Das Kennzeichen ist unbekannt, doch scheint er mit einer Serie von Einbrüchen und Bäcks Tod in Verbindung zu stehen.

Bäcks Tod kann ein Versehen gewesen sein. Dimitri hingegen war womöglich in dunkle Machenschaften verstrickt gewesen, hatte Geld der russischen Mafia unterschlagen, war geflüchtet und am Ende gefunden worden… Hört sich wie der Beginn eines simplen Spionageromans an, mit anderen Worten: ziemlich konstruiert.

Auch geht das Gerücht, Bäck sei homosexuell gewesen, worauf einige Umstände hindeuten könnten. Hatte er etwas mit Dimitri? War Dimitri überhaupt Russe? Vielleicht nannte er sich nur Dimitri, hieß aber eigentlich Sune und kam aus Nässjö. Die Gedanken geraten ins Schwimmen, tauchen ab und schnappen in meinem sauerstoffarmen Gehirn nach Luft.

Man muss Prioritäten setzen. Ich bin ein durchschnittlich gebildeter Fotograf und kein versierter Ermittler. Darum sollte ich meine Nachforschungen auf das Erfolgversprechendste konzentrieren, nämlich die gestohlenen Bilder und Bäcks Mörder. Zumindest gibt es in dieser Hinsicht einige Spuren, denen man folgen kann. Ich rufe Ingbritt an. Seit sie die Annonce in die Zeitung gesetzt hat, sind ein paar Tage vergangen. Vielleicht hat es ja bereits Resonanz gegeben.

Nach fünf Freizeichen ist Ingbritt am Apparat. Sie ist gerade zur Tür hereingekommen. Ich warte geduldig, bis sie den Mantel aufgehängt und die Post geholt hat.

»Du willst bestimmt wissen …«

»Na klar.«

»Es haben ein paar Leute angerufen, die ältere russische Kunst verkaufen wollten, aber es war kein … wie hieß er noch gleich?«

»Ajvazovskij.«

»Genau, es war kein Ajvazovskij dabei. Wenn du kurz wartest, sehe ich rasch die Post von heute durch«, sagt sie und legt den Hörer hin. Ich höre, wie sie in Reklamezetteln, Zeitungen und Briefen blättert.

Ich ziehe einen Küchenschemel zu mir heran und lege die Beine darauf. Frage mich, ob es in irgendwelchen Museen in Stockholm, Göteborg oder Malmö Bilder von Ajvazovskij zu sehen gibt. Auch Gävle hat eine kleine Kunstsammlung. Vielleicht sollte ich mal das Nationalmuseum anrufen. Aber ob die ihren Bestand überblicken?

»Hallo, Josef? Hier ist ein Brief gekommen … warte mal, ich mache ihn auf.«

Ich höre, wie Ingbritt in die Küche geht, eine Schublade aufzieht und zurückkommt. Ein raschelndes Geräusch, dann wird es still.

»Das ist tatsächlich ein Angebot. Jemand will einen Ajvazovskij verkaufen. Was sagst du jetzt? Willst du uns vielleicht besuchen kommen?«, fragt Ingbritt.

»Ja, ich komme bald. Aber zuerst will ich noch ein bisschen recherchieren. Kannst du mir den Brief faxen? Und zwar in die Oper, adressiert an Heikki Riikkonen, sagen wir zwei Uhr schwedischer Zeit? Ich rufe dich dann zurück«, sage ich und gebe ihr die Faxnummer.

Heikki ist einer der Orchesterleiter der Oper. Ich bin ihm ein paar Mal begegnet und weiß, dass er nichts dagegen hat, dass ich sein Faxgerät in Anspruch nehme. Ich eile zum Opernhaus und komme eine Minute vor dem Fax an.

»Ich habe Ihren Anzeige in Zeitung gelesen und besitzen drei kleine Gemälde mit der Unterschrift Ajvazovskijs. Bei Interesse rufen Sie bitte 070 3750793 an.«

Offenbar handelt es sich nicht um eine Galerie, sondern um eine Privatperson. Eine Galerie hätte sich fehlerfrei ausgedrückt und keinesfalls das Wort »Unterschrift« für »Signatur« benutzt.

Ob es der Dieb selbst ist, der die Bilder verkaufen will? Das ist nicht gesagt. Seit dem Einbruch sind schließlich fünf Jahre vergangen.

Ich rufe Ingbritt an und teile ihr mit, dass ich mich schon morgen auf den Weg nach Stockholm machen werde. Dann versuche ich es in der Oper und erfahre, dass Bella gleich nach Hause kommt. Ich haste in den nächsten Lebensmittelladen. Als Bella zur Tür hereinkommt, stehe ich in der Küche und bereite unter den aufmerksamen Blicken der Hunde das Essen zu.

»Josef, was für eine Überraschung!« Diese Begrüßung hat sie von meiner Mutter übernommen.

»Vielleicht magst du ja die Hunde kurz ausführen, während ich das Essen mache«, schlage ich vor.

Sie zögert, doch ich überzeuge sie mit ein paar heißen Küssen.

»Wenn du mir versprichst, etwas Leckeres auf den Tisch zu zaubern.«

»Ist doch wohl selbstverständlich, wenn ich mich schon mal an den Herd stelle. Die Kartoffeln sind im Ofen, und vom Rest kannst du dich überraschen lassen.«

Eine halbe Stunde später kommen alle drei mit nassen Pfoten zurück. Die Ofenkartoffeln sind fertig, ebenso meine Frikadellen mit gewürfeltem Roquefort, einer aromatischen Sauce, Salat und Rotwein.

Nach dem Essen sage ich ihr, dass ich morgen nach Stockholm fahre.

28

Noch ehe der Morgenverkehr richtig erwacht, breche ich auf. Die Sonne gibt es mehr in der Theorie als in der Praxis. Während der gesamten Fahrt bis nach Åbo wird es kaum richtig hell. Inzwischen kenne ich die Strecke in- und auswendig und verliere keine Zeit. Beide Hunde sind bei Bella geblieben.

Die Autoschlange kriecht langsam an Bord der Fähre. Als ich meinen Stellplatz erreicht habe, ziehe ich die Handbremse an und lege den ersten Gang ein, ehe ich die schmale Treppe zu meiner Kabine hinaufeile.

Plötzlich befinde ich mich inmitten der Schären vor Åbo. Vielleicht schon in Åland. Ich weiß es nicht. Vor meinem kleinen Fenster gleiten die Felseninseln an mir vorbei. Es weht ein kalter Wind. Ich lege mich hin und versuche, die Tageszeitungen zu lesen. Ich habe die ›Åbo Underrätelser‹ und das ›Svenska Dagbladet‹ mitgehen lassen. Döse eine Weile vor mich hin. Stehe dann auf und gehe ein wenig an Deck spazieren. Mache noch ein Nickerchen. Kaufe eine Flasche Dry Sack und die grünen Pralinen von Fazer. Das tue ich fast immer.

In Stockholm schlage ich nordöstlichen Kurs ein, Richtung Boköping. Lindström hat mir einen Abendtee in Aussicht gestellt und versprochen, sich nicht in Ingbritts und meine Geheimniskrämerei zu mischen. Wie es sich in der Praxis verhält, werden wir sehen.

Als ich die Wohngegend am Stadtrand von Boköping erreiche, ist es schon dunkel. Wie konnte der Sommer nur so schnell vorbeigehen?, frage ich mich, während ich vor Lindströms Haus halte. Die Sommer in meiner Kindheit dauerten viel länger.

Die erleuchteten Fenster sehen gemütlich aus. Feuerblumen und Astern werfen fahle Schatten um das Haus. Zwanzig Meter vom Fenster entfernt spannt sich die Dunkelheit zwischen Johannisbeersträuchern und Apfelbäumen. Die Nacht ist kühl. Ich ziehe die Sherryflasche aus der Tüte und klingele an der Tür.

»Hoher Besuch aus dem Ausland«, sage ich. »Und herzlichen Glückwunsch zum Geburtstag!« Damit überreiche ich Ingbritt die Flasche.

»Woher wusstest du ...?« Sie sieht überrascht aus.

»Na hör mal«, sage ich mutig ins Blaue hinein. Ich meinte, mich vage daran erinnern zu können, dass sie irgendwann in diesen Tagen Geburtstag hat. Mit ein bisschen Glück sogar heute. Doch weit gefehlt. Es ist Kommissar Lindström höchstpersönlich, der sein Wiegenfest begeht, besser gesagt beging, nämlich gestern. Ich verkneife mir höflich die Frage, wie alt er geworden ist.

Während wir am Küchentisch sitzen, berichte ich vom »Stand der Ermittlungen«, trinke Tee und lasse mir ein auf mysteriöse Weise übrig gebliebenes Stück der köstlichen Geburtstagstorte schmecken. Ich setze die beiden von meinem Entschluss in Kenntnis, mich ganz auf die gestohlenen Bilder zu konzentrieren. Vielleicht kann ich ja wirklich einen bescheidenen Beitrag dazu leisten, dass der oder die Verantwortlichen für Bäcks Tod vor Gericht gestellt werden.

Lindström sagt kein Wort.

»Was kann ich denn tun, damit die Polizei mich Amateur und den Fall überhaupt ernst nimmt?«, frage ich ihn.

»Mit mir reden zum Beispiel. Ich nehme dich doch ernst, jedenfalls ab und zu.«

»Aber wer kümmert sich im Ernstfall um die Täter?«

»Wenn sie international gesucht werden, dann nehmen wir uns der Sache an. Falls sie nur in ihrem Heimatland gesucht werden, kommt's ganz darauf an. Angenommen, es handelt sich um Finnen, dann ist die Zusammenarbeit kein Problem. Wir haben da seit Jahren einen reibungslosen Austausch. Man braucht nur zum Hörer zu greifen …«

»Du meinst also, die schwedische Polizei würde sich einschalten, wenn die Spur der Diebe nach Schweden führt?«

»Natürlich, vor allem, wenn in Finnland bereits nach ihnen gefahndet wird. Aber ruf mich an, ehe du etwas unternimmst.«

Etwas später am Abend erzähle ich Lindström, dass ich jemanden treffen möchte, der drei Gemälde von Ajvazovskij zum Verkauf anbietet. Mit ein bisschen, besser gesagt mit viel Glück handelt es sich tatsächlich um die gestohlenen Bilder.

»Denk dran, dass es nicht nur möglich, sondern sehr wahrscheinlich ist, dass dir Fälschungen angeboten werden. Der Maler ist in Schweden weitgehend unbekannt. Also geh bloß nicht darauf ein. Die Sache stinkt schon von weitem!«, warnt Lindström.

»Hast du dich kundig gemacht?«

»Ja, natürlich. Soweit ein Laie wie ich sich eben kundig machen kann. Hast du dir außerdem mal überlegt, wie du dich verhältst, wenn du es mit richtigen Gangstern zu tun bekommst?«

»Ach was. Das können wir immer noch tun, wenn's so weit ist. Aber ich kann ja wohl nicht von Anfang an durchscheinen lassen, dass ich sie für Verbrecher halte. Und wenn jemand ein Geschäft machen will, wird er seinen Interessenten schon nicht gleich über den Haufen schießen. Zumindest nicht, ehe das Geschäft in trockenen Tüchern ist.«

»Hast du irgendeinen Namen, Telefonnummer oder Adresse?«

»Nein, gar nichts. Der Kontakt ist über eine anonyme Zeitungsannonce zustande gekommen.«

»Hm.«

»Das Treffen kann doch an einem öffentlichen Ort stattfinden, zum Beispiel in einer Pizzeria. Außerdem werde ich meine Mutter dabeihaben. Die kennt sich gut genug aus, um Fälschungen erkennen zu können.«

»Und was dann?«

»Wenn es sich um die gesuchten Bilder handelt, verabreden wir eben ein zweites Treffen, um das Geschäft zum Abschluss zu bringen, und zu diesem Treffen könnte mich dann die Polizei begleiten ... hab ich mir gedacht.«

»So, hast du dir gedacht! Und wenn sie erklären, dass sie selbst übers Ohr gehauen wurden? Dass sie die Bilder irrtümlich für echt hielten? In Untersuchungshaft werden sie kaum landen, und was tust du, wenn sie oder ein anderer Typ dir kurz darauf einen weniger freundlichen Besuch abstatten?«

»Das setzt doch wohl voraus, dass sie wissen, wo ich wohne. Und ich wollte Ihnen eigentlich keine Visitenkarte geben«, antworte ich und bin ein wenig unsicher geworden.

Lindström hat natürlich Recht, wie immer. Die Sache ist nicht ungefährlich. Aber ein erstes Treffen sollte schon drin sein. An einem öffentlichen Ort, mit meiner Mutter als Expertin. Jemanden vom Nationalmuseum hinzuzuziehen kann ich mir nicht leisten. Vielleicht hätte das Museum auch gar kein Interesse daran. Wird sich schon alles finden. Wenn wir Pech haben, bekommen wir nur Fotos zu sehen, im günstigsten Fall die Originale. Es werden schon nicht gleich die Kugeln fliegen, schon gar nicht an einem Ort, an dem es viele Zeugen gibt.

»Was macht die Polizei eigentlich mit beschlagnahmten Fälschungen? Habt ihr da etwa ein eigenes Depot?«, frage ich, um die unbehaglichen Gedanken zu verdrängen.

»Hm, gute Frage. Wir haben sogar ›echte‹ Kunst, zum Beispiel im Polizeihistorischen Museum in Stockholm: Bruno Liljefors, Amelin, Jirlov… auch ein paar Skulpturen, wenn ich mich recht erinnere. Geh doch mal hin, vielleicht ist ja ein Ajvazovskij darunter.«

»Wohl kaum. Aber was würde eigentlich passieren, wenn euch jemand eine hundertprozentige Fälschung von Anders Zorn klauen würde? Wäre doch eine schöne Idee für einen Roman oder einen Film.«

»Haha, gar nicht mal so schlecht. Kennst du jemanden aus der Filmbranche?«

»Leider nicht.«

Es ist spät geworden. Ich ziehe mich ins Gästezimmer zurück. Doch der Text des kurzen Briefes lässt mich nicht los: »*Ich habe Ihren Anzeige in Zeitung gelesen und besitzen drei kleine Gemälde mit der Unterschrift Ajvazovskijs. Bei Interesse rufen Sie bitte 070 3750793 an.*« Es muss sich um die gestohlenen Gemälde handeln. Wer würde sonst drei Ajvazovskijs zum Verkauf anbieten?

Unmittelbar nach dem Frühstück steigt Lindström in seinen alten Volvo, um zur Arbeit zu fahren. Auch ich verabschiede mich und trete den Heimweg an. Eine gute halbe Stunde später rolle ich durch das Eingangstor bis vor die Garage. Nehme die Stufen zu meiner Bude im Laufschritt, greife zum Telefon… soll ich oder soll ich nicht?

Vielleicht sollte ich erst mal meine Mutter fragen, ob sie als Gutachterin überhaupt zur Verfügung steht.

Eigentlich ist das für sie eine ideale Gelegenheit, um ihrer Vorliebe für kleine Abenteuer zu frönen, also gehe ich sofort zum Hauptgebäude hinüber. Auf dem Weg dorthin überlege ich mir, dass eigentlich auch das Stadthotel in Boköping ein guter Ort für ein Treffen wäre. Zum Beispiel das leere Restaurant, bevor die Leute zum Mittagessen kommen.

Ich klopfe an der Tür, ehe ich den Schlüssel aus der Tasche ziehe. Es ist noch früh. Oft ist die Tür leichtsinnigerweise nicht abgeschlossen, doch heute schon. Aus der Küche höre ich leise Geräusche. Sie ist auf den Beinen.

»Josef, bist du's?«

Ich trete ein, während sie in ihrem rosa Hosenanzug am Herd steht, Hafergrütze kocht und eine Birne isst. Mit ihren abstehenden Haaren sieht sie aus wie ein Marzipankobold.

»Willst du bei einem kleinen Abenteuer dabei sein?«, frage ich geradeheraus.

»Kommt drauf an. Worum geht's?«

»Es geht um ein Treffen mit einem oder mehreren Leuten, die vermutlich gestohlene Kunstwerke verkaufen wollen. Das Treffen soll an einem öffentlichen Ort stattfinden.«

»Hört sich ganz interessant an«, sagt sie trocken.

»Ich kann noch nicht so recht einschätzen, ob tatsächlich etwas faul ist an der Sache – womöglich sind die Bilder sogar echt. Das ist der Punkt, bei dem ich deine Hilfe brauche ... echt oder falsch, das ist hier die Frage«, sage ich, während ich mir ein Brot schmiere.

»Das hängt natürlich davon ab, um was für Bilder es sich handelt«, entgegnet sie abwartend, doch sehe ich ihr an, dass ihre Neugier erwacht ist.

»Kunst aus dem 19. Jahrhundert.«

»Ajvazovskij, stimmt's?«

»Erraten. Er hat ja offenbar ein umfangreiches Werk hinterlassen. Die Zahl der Fälscher und Kopisten ist groß. Ich könnte deine Urteilsfähigkeit gut gebrauchen.«

»Nun, ich bin zwar kein Experte, aber ein bisschen kenne ich mich schon aus«, sagt sie lachend und löffelt sich Hafergrütze auf den Teller.

»Dann bist du also dabei? Wunderbar. Ich sag dir noch Bescheid, wann und wo das Treffen stattfindet. Und du hast keine Pläne für nachher?«

»Nein, nein, ich will nur aufräumen. Sag mir einfach Bescheid.«

Ich bleibe noch eine Weile und helfe ihr bei den schweren Arbeiten, dem Ausleeren ihrer riesigen Papierkörbe zum Beispiel. Sie stellt den Staubsauger an, der einen schrecklichen Radau macht. Ich glaube, sie tut das, weil sie im Moment keine Lust hat, weiter über das Thema zu reden.

»Also ich würde die Bilder im Ausland verkaufen!«, rufe ich ihr zu, »vielleicht in Frankreich, Deutschland oder Italien.«

Sind alle alten Mütter so eigensinnig?, frage ich mich, weiß jedoch, dass sie stets behauptet, beim Saubermachen am besten nachdenken zu können.

»Kein Grund, die Flinte ins Korn zu werfen!«, ruft sie plötzlich zu mir herüber. »Ajvazovskij hat Schweden immerhin einmal besucht. Obwohl ich nie ein Bild von ihm in einem schwedischen Museum gesehen habe.«

»Bist du sicher, dass nicht doch irgendwo ein Bild von ihm hängt?«, frage ich naseweis, obwohl ich genau weiß, wie unorganisiert und zersplittert die schwedischen Museumsbestände sind. Ich habe ein bisschen herumtelefoniert und bin auf nichts als Unwissenheit gestoßen. Alle kümmern sich nur um ihre eigenen Dinge. Niemand scheint das Ganze im Blick zu haben.

Eigentlich kann ich mir immer noch nicht vorstellen, dass ein so bedeutender Maler nicht auf das geringste Interesse in Schweden stößt. Also setze ich mich ans Telefon und versuche mein Glück bei einigen Museen, die ich bisher noch nicht angerufen habe, doch vergeblich. Ein paar größere Sammlungen in Stockholm und Göteborg wissen zumindest, wer er ist, können mir aber nicht weiterhelfen. Andere haben noch nie von ihm gehört, lassen sich den Namen buchstabieren, fragen nach Geburtsdatum und Stilrichtung. In Finnland hingegen... Dort gab es in den letzten Jahren gleich mehrere Ausstellungen, auf denen seine Werke zu sehen waren, die letzte im vergangenen Sommer. Hat man denn hier überhaupt keine Ahnung, was in den Nachbarländern vor sich geht? Armes Schweden.

29

Es ist so weit. Wir haben uns für zehn Uhr morgens im Restaurant des Stadthotels verabredet. Mama trägt Schwarz und sieht richtig seriös aus. Ich versuche, dieselbe Wirkung zu erzielen, habe aber lange mit mir gerungen, ehe ich mir eine meiner wenigen Krawatten umgebunden habe. Etwas zu schmal und unmodern, aber wen stört das schon?

Wir parken am nahe gelegenen Marktplatz und gehen ein Stück zu Fuß. Während wir dem Stadthotel entgegenschlendern, spüre ich ein Kribbeln im Bauch. Die Lobby ist menschenleer. Wir setzen uns in den ebenso leeren Speisesaal und warten. Meine Mutter legt ihre Tasche auf den Tisch und schaut sich abwesend um. Nach ungefähr zehn Minuten kommt ein älterer Herr, wirft einen Blick in den Saal und kehrt wieder um. Wenige Minuten später kommen zwei Männer, zirka Mitte dreißig, vielleicht vierzig Jahre alt, und steuern direkt auf uns zu. Sie sehen wohlhabend und sorgfältig gekleidet aus. Der eine trägt einen dunkelbraunen Wollanzug, der andere grauen Flanell. Sie stellen sich vor, überreichen uns ihre Visitenkarten, plaudern ein wenig übers Wetter und versichern uns, wie hübsch die Stadt sei.

Der Smalltalk hätte sicher noch angedauert, wäre meine Mutter nicht unvermittelt zur Sache gekommen.

»Haben Sie die Bilder dabei? Oder vielleicht Fotos, Expertisen?«

»Nein, die Bilder wollten wir nicht mit dem Auto transportieren, aber natürlich haben wir die Fotos und Expertisen dabei. Sollten Sie daraufhin Interesse an den Werken haben, vereinbaren wir einen Termin, damit sie die Bilder in natura begutachten können«, sagt der Flanellmann mit der Fliege. *Dr. Holger Adhelsson, Kunstwissenschaftler,* steht auf seiner Visitenkarte.

»Ja, das wird das Beste sein«, fügt der Anzugträger erklärend hinzu. Seiner Karte zufolge heißt er Maurice van der Meer, ist Kunsthistoriker und steht in Verbindung mit irgendeiner Universität in den Niederlanden. Aus dem Augenwinkel heraus sehe ich, dass meine Mutter zu einer Bemerkung ansetzen will, und tippe sie leicht mit dem Fuß an. Sie war vermutlich drauf und dran, eines ihrer zahlreichen Lateinzitate anzubringen, um die beiden verlegen zu machen.

»In Ordnung. Dann sehen wir uns erst mal die Fotos an«, entgegne ich mit verbindlichem Lächeln.

Van der Meer zieht ein Kuvert aus seiner Aktentasche und reicht es Dr. Adhelsson, der es öffnet und zwei große Farbfotos auf den Tisch legt. Dann holt er eine Expertise hervor.

»Der Kunstmarkt ist voller Tücken, und auf dem Kontinent wimmelt es nur so von Fälschungen. Deshalb haben wir für die Gemälde ein Gutachten eingeholt. In unserer Branche muss man sich absichern«, erklärt Dr. Adhelsson und legt uns die Dokumente vor.

»Professor Stiernencreutz ist Experte für die russische Kunst des 19. Jahrhunderts«, fügt van der Meer hinzu.

Wer's glaubt, wird selig, denke ich, doch meine Mutter sieht ein wenig verwirrt aus.

»Wann wurden die Bilder gemalt?«, fragt sie.

»Soweit uns bekannt ist, gegen Ende der siebziger Jahre des 19. Jahrhunderts. Ungefähr zehn Jahre, bevor sein bekanntestes Werk ›Die Woge‹ entstand: ein kolossales Gemälde, zirka fünf mal drei Meter.«

»Ein einzigartiges Bild«, bestätigt van der Meer.

»Ich habe es vor zirka drei Jahren im Russischen Museum in St. Petersburg gesehen, wo es einen gewaltigen Eindruck auf mich machte. Damals war gerade das russische U-Boot »Kursk« gesunken, und so versammelte sich stets eine schweigende, bedrückte Menschenmenge vor diesem fantastischen Kunstwerk«, sagt Adhelsson mit einem Seufzen.

»Das Bild wurde 1889 in Paris ausgestellt und Ajvazovskij in die französische Ehrenlegion aufgenommen. Er ist vor allem für seine Seestücke bekannt«, ergänzt van der Meer mit pädagogischem Lächeln.

»Dann kann man seine Bilder sicher auch in Schweden bewundern«, sage ich.

»Leider nein, in Schweden ist er merkwürdigerweise weitgehend unbekannt geblieben. Sicher könnten wir auf dem Kontinent weitaus höhere Preise erzielen, doch sind wir eher daran interessiert, ihn auch in Schweden bekannt zu machen«, erklärt Adhelsson.

»Wir denken da patriotisch«, fügt van der Meer lachend hinzu. Meine Mutter studiert währenddessen aufmerksam die Expertise.

»Das hört sich gut an«, entgegne ich. »Wir haben nicht vor, die Bilder weiterzuverkaufen, es handelt sich eher … um eine Investition in die Zukunft. Man muss sein Geld für die kommende Generation doch vernünftig anlegen«, sage ich mit dümmlichem Lächeln.

»Wann können wir uns die Bilder ansehen?«, fragt meine Mutter schroff.

»Wie wär's mit morgen? Sagen wir um zehn in der Lobby des Hotels Rüssner?«

Nach dem Austausch weiterer Belanglosigkeiten brechen wir gemeinsam auf, während die ersten Mittagsgäste den Raum betreten. Wir heben die Hand zum Gruß, als die beiden Herren in ihren schwarzen Mercedes steigen und davonfahren. Ich notiere mir das Kennzeichen.

Meine Mutter nutzt die Gelegenheit, auf dem Markt Kartoffeln und Gemüse einzukaufen, jetzt, da sie jemanden zum Tragen hat. Während sie ihre Besorgungen macht, rufe ich vom Handy aus die Kfz-Zulassungsstelle an und erfahre, dass der schwarze Mercedes einem Stockholmer Autoverleih gehört.

Auf dem Markt treffen wir Lindström mit einem Kollegen. Sie sitzen in der Herbstsonne und essen Eis. Mittagspause, nehme ich an. Wir plaudern ein wenig, ehe Mama und ich den Heimweg antreten. Zu Hause vergewissere ich mich, ob ihr Garten auch winterfest ist.

Ich mache mir was zu essen und schreibe Bella einen liebevollen Brief, ehe ich erneut den Garten durchquere, um in munterer Gesellschaft eine Tasse Tee zu trinken.

»Und, was meinst du?«, frage ich.

»Fälschungen«, antwortet sie.

»Sicher?«

»Was soll man auf den Fotos schon erkennen? Würde mich nicht wundern, wenn die Bilder zum Beispiel in Acryl gemalt wären. Bauernfänger sollten auf dem Land bleiben.«

»Du willst doch wohl nicht behaupten, dass die Leute in der Stadt klüger sind?«

»Nein. Aber das Risiko, aufzufliegen, ist doch viel größer. Hier kann man jederzeit Gutachten einholen lassen, sich an Auktionshäuser, Museen, Konservatoren oder Kunsthistoriker wenden.«

»Was hältst du von der Expertise?«, frage ich.

»Mit so was lässt sich viel Geld verdienen. Vor zwanzig Jahren gab es mal einen Professor in Finnland, der auf Wunsch die absonderlichsten Expertisen erstellt hat. Und hier haben wir eben noch so einen von der Sorte. Falls er überhaupt existiert. Kannst ja mal deinen Freund Lindström fragen, vielleicht sagt ihm der Name etwas.«

»Ach, lass uns erst mal abwarten, was der morgige Tag bringt. Ich bin schließlich hinter den echten Bildern her, nicht hinter den falschen. Die interessieren mich nicht. Außerdem irritiert mich, dass sie uns nur Fotos von zwei Bildern gezeigt haben.«

»Ja, das ist seltsam«, sagt meine Mutter, die mit ihren Gedanken woanders zu sein scheint.

Später am Abend, nachdem ich im Dunkeln meine einsame Wohnung aufgesucht habe und sofort ins Bett gekrochen bin, klingelt das Telefon.

»Hello darling. Hier ist Ritva mit einem kleinen Rapport. Aber hör zu! Die Sache ist streng geheim. Du hast nie etwas gehört und nie mit mir gesprochen.« Für einen Moment bin ich perplex. Dann reiße ich mich zusammen.

»Okay. Was gibt's?«

»Den Mord an Mikhail Vladyslav Gorchakov alias Dimitri, einem Mann Anfang sechzig. Leider kann ich nicht viel verraten. *Wenn* er es war, dann befand er sich auf der Flucht. Er wusste, dass man ihn zum Tode verurteilt hatte.«

»Zum Tode verurteilt? Von wem? Und warum?«

»Von der Organisation, der er früher angehörte. Die hatten jede Menge gegen ihn in der Hand«, sagt sie trocken.

»Was für eine Organisation? Wann war das?«

»Eine Organisation, die damals viel Macht hatte. Heute gibt es andere Organisationen. Mehr musst du nicht wissen. Aber zu 70-80 Prozent war er es, der getötet wurde: Mikhail Vladyslav Gorchakov alias Dimitri.«

»Kannst du mir noch mehr sagen? Hatte er einen Beruf? Woher kam er? Verheiratet? Kinder?«

»Seine Eltern waren Bauern auf einer Kolchose. Von heute noch lebenden Verwandten weiß ich nichts. Jetzt reden wir von etwas anderem. Wie geht's mit deiner neuen Freundin?«

Wir reden noch eine Zeit lang weiter. Ich kann es nicht lassen. Es ist etwas Besonderes mit Ritva. Anders als mit Bella, aber trotzdem… Als wir schließlich auflegen, ist es kurz nach zwölf. Ich greife mir ein Buch aus dem Stapel, der auf meinem Nachttisch liegt, doch ehe ich drei Seiten geschafft habe, bin ich eingeschlafen.

»Du hast doch bestimmt noch nicht gefrühstückt«, sagt meine Mutter, als ich hereinkomme. Ganz richtig. In der Küche gibt es Tee und belegte Brote. Auf die Hafergrütze lege ich keinen Wert. Während ich esse, telefoniert sie. Uns steht eine langweilige Autofahrt nach Stockholm bevor.

Sie muss aufpassen, dass sie sich nicht verplappert. Sie kann ein ziemlich loses Mundwerk haben.

Wir fahren mit dem Auto nach Bålsta und nehmen von dort aus den Zug. Ich habe keine Lust, nach Stockholm hineinzufahren, dort findet man sowieso keinen Parkplatz.

Der Zug ist ziemlich voll. Wir sitzen ein Stück voneinander entfernt. Ich will etwas zu lesen haben und angele mir eine weggeworfene Zeitung aus dem Papierkorb. Die übergewichtige Frau, die neben mir am Fenster sitzt, schnaubt verächtlich und spreizt ihre fetten Schenkel. Sie kann glauben, was sie will, solange sie still sitzt und die Klappe hält.

Viel schaffe ich nicht zu lesen, bis wir da sind. Auf dem Bahnsteig des Stockholmer Hauptbahnhofs hakt sich meine Mutter bei mir ein. Es herrscht reges Treiben in Stockholm. Die Stadt wimmelt von geschäftigen, starr vor sich hin glotzenden Robotern, die versuchen, ihre Rolle als Großstädter möglichst überzeugend zu spielen. Bis man sie anhält, um nach dem Weg zu fragen oder um eine Gefälligkeit zu bitten. Dann wird einem in der Regel freundlich und geduldig geholfen. Vielleicht liegt das daran, dass die vermeintlichen Großstädter größtenteils zugezogene Kleinstädter sind.

Schnell donnert die U-Bahn in Richtung Süden zum Medborgarplats. Ganz in der Nähe befindet sich das Hotel Rüssner und wartet auf uns. Gut, dass wir nicht das Auto genommen haben, denke ich, als wir auf das Hotel zusteuern. Kein Parkplatz, soweit das Auge reicht.

Wir setzen uns erst mal in die Lobby. Warten. Warten noch ein bisschen.

Als meine Mutter schon drauf und dran ist, die Geduld zu verlieren, und meint, sie habe genug vom ganzen Tamtam um ein paar billige Fälschungen, tauchen die beiden Männer mit einem gar nicht mal so großen Paket unter dem Arm auf.

»Entschuldigen Sie unsere Verspätung, wir haben beim besten Willen keinen Parkplatz gefunden. Ich hoffe, die Zeit ist Ihnen nicht allzu lang geworden«, sagt Adhelsson, während van der Meer, der das Paket unter dem Arm trägt, einvernehmlich nickt.

»Ja, der Verkehr ist eine Plage«, ergänzt er.

»Vielleicht dürfen wir Sie zum Essen einladen«, schlägt Adhelsson lächelnd vor.

»Lassen Sie uns zuerst einen Blick auf die Bilder werfen. Dann wissen wir, wie es um unseren Appetit bestellt ist«, entgegnet meine Mutter brüsk.

Dr. Adhelsson sieht ein wenig irritiert aus, fängt sich jedoch rasch wieder. Wir gehen in einen kleinen Raum, der sich hinter dem Hotelrestaurant befindet. Van der Meer schaltet das mäßig helle Licht ein und legt das Paket auf den Tisch. So behutsam, als befänden sich darin unbekannte Gemälde von Rembrandt, schlägt er das Papier zur Seite, entfernt die Wellpappe und dann den Stoff, in den nicht zwei, sondern drei kleine Bilder sorgfältig eingeschlagen sind. Zumindest die Verpackung macht einen seriösen Eindruck, sage ich mir.

»Sind das Ihrer Meinung nach echte Ajvazovskijs? Ich frage, damit Sie die Möglichkeit haben, ehrlich zu antworten!« Die scharfe Zunge meiner Mutter teilt die Luft in dem kleinen Raum wie ein scharf geschliffenes Schwert. Jetzt haben sie noch eine Chance, Farbe zu bekennen. Sie nicken schweigend.

»Bin gleich wieder da, muss mir nur die Nase pudern …« Mit diesen Worten verschwindet meine Mutter.

Vier Minuten später ist sie, in Begleitung von Lindström und zwei weiteren Männern, wieder da. Lindström beschlagnahmt in aller Ruhe die drei Bilder, während die beiden anderen Adhelsson und van der Meer ohne Umschweife abführen und in ein Auto verfrachten. Lindström sieht zufrieden aus. Im Gegensatz zu mir. Verdammter Mist!

»So, das wär's. Wie dämlich diese Fälscher heute sind: russische Kunst aus dem 19. Jahrhundert, gemalt in Acrylfarbe!«, sagt meine Mutter und scheint zufrieden mit sich zu sein. Ich bin es nicht. Jetzt hat Lindström die beiden zwielichtigen Gestalten einkassiert, die mir eventuell wertvolle Einblicke in die Arbeit der Kunstfälscher hätten verschaffen können. Vielleicht wären sie bei der Suche nach den echten Bildern sogar von Nutzen gewesen.

»Du musst schon entschuldigen«, sagt Lindström, »aber diese Typen haben ihre Fälschungen offenbar schon über das ganze Land verteilt«, sagt er und winkt meiner verfluchten Mutter zu, die in ihrem Übereifer alles kaputtgemacht hat. Verflixt! Vielleicht hätte ich ihr vorher genauer sagen oder mit ihr diskutieren sollen, wie ich mir den Ablauf vorstelle, wer zu welchem Zeitpunkt die Initiative ergreift. Aber nun ist es zu spät.

30

Dass Lindström seine Pflicht tut, nachdem er von unseren »Kunstexperten« erfahren hat, kann ich ihm nicht verdenken, aber hätte er nicht noch ein bisschen warten können?

Über den Feldern wird es hell. Die Sonne hat die Kronen der Eichen erfasst. Bald wird der Schnee die Landschaft verwandeln.

Ich koche Tee und schmiere mir ein paar Brote. Rufe Bella an. »Könntest du mich bitte bemitleiden, damit's mir wieder besser geht?« Das tut sie, jedenfalls ein bisschen. Im Hintergrund höre ich Muffins und Tipsa.

Eine Stunde später sehe ich, dass meine Mutter auf den Beinen ist. Dann hat *sie* mir also die Zeitung vor der Nase weggeschnappt.

Sie ist bereits im Atelier und macht sich voller Energie an einer neuen Leinwand zu schaffen. Hätte sie doch nur ihren Schnabel gehalten! Dann hätte ich für eine kurze Zeit, zumindest ein paar Tage lang, den privaten Kunstliebhaber spielen können. Hätte vielleicht die Möglichkeit gehabt, ihnen die Namen anderer Kunstschwindler zu entlocken und und und.

Bilde ich mir jedenfalls ein.

Natürlich weiß ich, dass das auch nur sehr vage Möglichkeiten sind.

Ich hatte mir voreilig Hoffnungen gemacht.

Auch hätte mir klar sein müssen, dass meine Mutter solche Typen verabscheut. Ich frage mich, ob sie schon mal mit Fälschungen ihrer eigenen Bilder konfrontiert wurde. Das muss ich sie mal fragen, aber nicht jetzt.

Ich ziehe mich in meine Bude zurück. Ich muss mit Lindström telefonieren und ihn dazu bringen, Adhelsson und seinem Komplizen van der Meer die richtigen Fragen zu stellen.

Mit ein bisschen Glück können sie uns etwas über die drei echten Ajvazovskijs erzählen. Wir dürfen keine Chance außer Acht lassen. Im schlimmsten Fall werde ich eben weiter annoncieren, bei Kunsthändlern die Runde machen und mich durchfragen.

Es gibt nur einen Weg. Ich rufe Lindström an und versuche, meine Verärgerung im Zaum zu halten. Er hat zu tun und kann nicht lange sprechen, versteht jedoch mein Dilemma. Gleichzeitig weist er mich etwas barsch darauf hin, dass nicht ich es bin, der die ermittlungstechnischen Entscheidungen trifft. Wir verabreden uns für zwölf Uhr in einem Mittagsrestaurant in Linköping. Dann versinke ich in Gesellschaft von einer Tasse Tee und belegten Broten in der gestrigen Ausgabe von ›Dagens Nyheter‹.

Als das Telefon klingelt, denke ich, es ist Lindström, der an unserer Verabredung etwas ändern will: Treffpunkt, Zeit, Restaurant, Tag…

»Hier ist Gösta Hakanen aus Helsinki«, meldet sich eine dunkle, ein wenig schwerfällige, mir nicht unbekannte Stimme.

Gösta Hakanen? Ich versuche, meinen Denkkasten anzukurbeln, leider ist er in keiner guten Verfassung. Wer zum Teufel ist Hakanen? Vermutlich jemand, dem ich in Finnland begegnet bin. Ach, jetzt fällt's mir wieder ein. Der ehemalige Polizist. Mein Gehirn lässt ein Bild entstehen. Eine zurückhaltende Person, rote Krawatte und lange Zigarillos.

»Hallo, was für eine Überraschung… wie geht es Ihnen?«

»Danke, alles in Ordnung. Es hat ein bisschen gedauert, ehe ich die Bilder ausfindig machen konnte. Manchmal dauert so was Jahre, aber in diesem Fall hatte ich Glück. Jemand hat versucht, drei kleinformatige Bilder von Ajvazovskij in Hamburg zu verkaufen. Der Verkäufer ist Schwede. Ein Mann in den Vierzigern. Von Kunst scheint er nicht viel zu verstehen. Aber natürlich muss es sich nicht um den Dieb handeln. Er könnte die Bilder in gutem Glauben erworben haben, darüber weiß ich aber nichts.«

»Hm.«

»Tut mir Leid, aber so ist das meistens, wenn sich Bilder auf Abwegen befinden. Oft dienen sie nur als Geldanlage und verschwinden in irgendwelchen Schließfächern.«

»Was kann ich jetzt tun?«

»Leider nicht viel. Um die Polizei einzuschalten, müsste es schon um Mord oder Drogenhandel gehen, zumal sich die Bilder inzwischen im Ausland befinden. Die internationale Zusammenarbeit der Behörden ist in der Regel sehr zeitaufwändig«, sagt Hakanen mit einem Seufzen.

»Könnten Sie mir Namen und Telefonnummer einer Kontaktperson in Hamburg geben?«

»Hm, das geht leider nicht. Ich glaube auch nicht, dass Sie das weiterbringen würde. Der Besitzer der Bilder hat sie jedenfalls mehreren Kunsthändlern angeboten, wahrscheinlich um den bestmöglichen Preis zu erzielen. Ich vermute, dass sie inzwischen verkauft sind.«

»Meinen Sie, ich sollte trotzdem Kontakt zur Polizei aufnehmen?«

»Ich denke, dafür ist es zu spät. Die Spur dürfte sich nicht mehr zurückverfolgen lassen.«

Der Tag ist zum Teufel. Die Bilder sind futsch und die Spuren verwischt. Und das gilt jetzt wohl auch für den Tod von Bäck und den Mord an Mikhail Vladyslav Gorchakov alias Dimitri.

Schon in Grillby muss ich tanken, was ein kleines Vermögen kostet. Vielleicht sollte ich mir einen Diesel zulegen. Der Weg nach Västerås ist öde und hässlich. Wie so vieles andere am heutigen Tag.

Es ist nicht gerade ein Nobelrestaurant, das Lindström für

uns ausgesucht hat. Das Lokal liegt ein ganzes Stück vom Revier entfernt. Die Speisekarte ist mittelmäßig, um nicht zu sagen einfallslos, das Personal unfreundlich und ungeschickt. Das Interieur entspricht dem biederen Standard. Dennoch hat Lindström beste Laune und einen Bärenhunger. Ich bestelle mir ein Sandwich mit Hering und Ei.

»Wir haben eine Spur. Olli hat heute Morgen angerufen«, sagt er mit strahlendem Lächeln, bevor er zur Theke geht, sich Kohlrouladen bestellt und aus einer schmierigen Schüssel ein paar welke Salatblätter fischt.

»Aha«, entgegne ich maulfaul und sehe, dass die Heringsstücke meines Sandwichs schon einen Stich ins Grüne haben. Ich nehme mir eine weitere Papierserviette vom Stapel, den jemand neben der Salatschüssel platziert hat. Die obere Serviette ist mit Dressing bekleckst.

»Du hast richtig gehört, eine kleine Spur. Ich habe die Beschreibung eines Mannes bekommen, der vor fünf Jahren versucht hat, die Bilder in Helsinki zu verkaufen. Olli hat gestern Abend von den jüngsten Ermittlungsergebnissen erzählt. Sie wurden einem seriösen Kunsthändler zum Kauf angeboten, und zwar nur einen Tag nach dem Diebstahl.«

Langsam erwacht mein Interesse.

»Leider war der Kunsthändler nicht in der Lage, den Mann näher zu beschreiben. Das konnte jedoch eine Finnlandschwedin mit ihrer zehnjährigen Tochter. Ein richtiger Doppeltreffer«, sagt Lindström munter, indem er näher an den Tisch heranrückt.

»Wie meinst du das?«, frage ich und vergesse zwischenzeitlich, den Mund zu schließen.

»Die Frau hatte ihre Tochter damals gerade vom Kindergarten abgeholt. Das Mädchen trug ihre selbst gemalten Bilder, auf die sie sehr stolz war, zusammengerollt unter dem Arm. Als sie dem Mann begegneten, der ebenfalls ein Paket unter dem Arm trug, fragte das Mädchen ihn freiheraus, was in dem Paket wäre und ob er eines ihrer Bilder kaufen wolle. Doch er konnte offensichtlich kein Finnisch. Aber das Mädchen gab nicht auf und versuchte es auf Schwedisch. Zweisprachig, du verstehst …«

»Ja, ja, komm zur Sache.«

»Freudig zeigte sie ihm ihre Kunstwerke. Der Mann war sehr freundlich und hat eine Weile mit dem Mädchen geredet und gescherzt. Er hat ihr gesagt, dass in dem Paket ebenfalls Bilder sind und er deshalb keine weiteren braucht. Das Mädchen wollte seine Bilder natürlich sehen, doch er hat ihr erklärt, dass sie einen Goldrahmen hätten und so sorgfältig eingepackt wären, dass er sie nicht zeigen könne. Dann hat er sie noch aus Spaß gefragt, ob sie für ihre eigenen Bilder nicht auch goldene Rahmen haben will.«

»Das kann doch wer auch immer gewesen sein. Bist du ganz sicher, dass es ein Schwede war?«

»Die Mutter des Mädchens hat daran keinen Zweifel. Und was noch interessanter ist: Er hatte einen Transporter dabei, einen Mitsubishi. Die Frau meint, er sei hellgrau gewesen. Der Mann war so Mitte dreißig und gut gelaunt. Als er wegfuhr, hat er dem Mädchen zugewinkt. Die Polizei in Helsinki hat eine sehr genaue Personenbeschreibung bekommen. Selbst das Mädchen, das damals erst fünf Jahre alt war, kann sich immer noch an die Begegnung erinnern. Die Mutter auch.«

»Die Erinnerung einer inzwischen Zehnjährigen, die schon fünf Jahre zurückliegt?«

»Ganz genau. Der Mann war mittelgroß oder ein wenig kleiner, ungefähr eins fünfundsiebzig, hatte kurze blonde Haare und helle Augen. Er trug Jeans und ein graues, zerknittertes Sakko. Das Mädchen meint außerdem, dass er ein kariertes Käppi aufhatte, als er wegfuhr.«

»Das Mädchen war damals fünf, also ich weiß nicht …«

»Vergiss nicht, dass sich beide an dieselben Dinge erinnern.

Kurz zuvor hatten sie übrigens Strümpfe in einem Kindergeschäft gekauft. Dort hat die Kleine dann tatsächlich eines ihrer Bilder verkauft und das Geld noch am selben Tag auf ihr Sparkonto eingezahlt. Also kennen wir das genaue Datum. Das gerahmte Bild hängt übrigens immer noch in dem Geschäft. Das Mädchen hatte also gehofft, auch dem fremden Mann eins ihrer Bilder verkaufen zu können. So was vergisst ein Kind nicht.«

»Und das Auto war wirklich genau so ein Mitsubishi wie...?«

»Vermutlich.«

»Hm.«

»Und weißt du was? Das Mädchen hat damals aus Spaß gesagt, der Mann wäre in einer Kuh weggefahren, was sich erst mal unsinnig anhört, aber es hat tatsächlich einen Mitsubishi Van mit dem finnischen Kennzeichen MUU gegeben. Er gehörte einem damaligen Autoverleih, wurde eines Tages als gestohlen gemeldet und ist nie wieder aufgetaucht.«

»Interessant...«

»Es ist also gut möglich, dass das Mädchen mit einem Mann gesprochen hat, der in den Diebstahl der Bilder verwickelt war. Einem Mann, der höchstwahrscheinlich mit der Person identisch ist, die fünf Minuten zuvor versucht hat, drei Bilder von Ajvazovskij zu einem lächerlich niedrigen Preis zu verscherbeln. Das Geschäft des Kunsthändlers befindet sich nur ein paar Schritte von ihrem Treffpunkt entfernt. Das sollte doch Anlass genug sein, der Sache noch mal nachzugehen. Der Wagen ist ja auch nie wieder aufgetaucht.«

»Was tut die Polizei?«

»Für die schwedischen Behörden ist der Fall uninteressant. Der Herr Meisterdetektiv hat also freie Bahn.«

»Wie, sagtest du, war das Kennzeichen? MUU und weiter?«

»Der Anfang war MUU 365. Es gab oder gibt überhaupt nur

einen einzigen Mitsubishi Van mit dieser Kombination. So viele hellgraue Mitsubishi Vans Baujahr '89 gibt es sowieso nicht mehr. Mit ein bisschen Glück – mit ein bisschen viel Glück! – sollte er sich also ausfindig machen lassen. Wer weiß, vielleicht steht er irgendwo im Wald oder ist längst verschrottet worden. Da hast du eine harte Nuss zu knacken«, sagt Lindström leichthin und lässt sich seine letzte Kohlroulade mit eingemachten Preiselbeeren schmecken.

»Es müsste doch bekannt sein, wer das Fahrzeug damals gemietet hat.«

»Der Mietvertrag lautet auf Peter Sundin, aber der Führerschein war gestohlen gemeldet worden. Du kannst ja versuchen herauszufinden, ob Peter Sundin später irgendwelche Strafzettel bekommen hat. Ruf ihn doch einfach an.«

»Sag mal, wie kannst du nur so was essen? Sieht ziemlich eklig aus.«

»Kohlrouladen sind ein Gericht von kulturhistorischem Stellenwert. Die klebrigen Preiselbeeren hätten sie sich allerdings sparen können. Wusstest du eigentlich, dass unsere schwedischen Kohlrouladen einen türkischen Verwandten haben? Solltest mal das Kochbuch von Kajsa Warg lesen«, sagt Lindström, als er sieht, dass ich die Nase rümpfe.

»Ich glaube, Karl den Zwölften und Kajsa Warg können wir hier außen vor lassen. Du hältst es also für möglich, dass der Mitsubishi mit seinen Originalnummernschildern unter irgendeiner Tanne steht und geduldig auf mich wartet? Und wenn ja: eher in Schweden oder in Finnland?«

»Vertrau deiner Intuition«, ermuntert mich Lindström mit verbindlichem Lächeln. »Wir haben jedenfalls nicht vor, ihn suchen zu lassen. Es sei denn, wir werden ausdrücklich darum gebeten.«

»Dann kann ich ja anfangen, die Wälder des Landes systematisch zu durchforsten.«

»Kannst du. Und vergiss die Garagen nicht.«

»Gibt es eigentlich ein Verzeichnis aller verschrotteten Autos?«

»Schon möglich. Die bilaterale Zusammenarbeit auf diesem Gebiet ist jedenfalls gut. Die Listen der gestohlenen Fahrzeuge werden routinemäßig ausgetauscht. Wenn allerdings in Schweden ein finnisches Auto auftaucht, das nicht auf der Liste steht, noch dazu ohne Nummernschilder, wird es sicherlich zum nächsten Schrotthändler gebracht. Und wenn der nicht genau Buch führt, dann gute Nacht. Gestohlene Autos, verschwundene Autos, verschrottete Autos, einheimische, ausländische, innerhalb und außerhalb der EU, das ist ein einziger Wirrwarr – und außerdem nicht meine Baustelle. Ein pflichtbewusster Schrotthändler dokumentiert natürlich, was er verschrottet, auch wenn die Ware aus dem Ausland kommt.«

Autos, Autos, Autos. Ein Sumpf von Autos. Ein Dschungel von Autos sowie eine kaum überschaubare Anzahl von kleinen und größeren Schrotthändlern im ganzen Land. Ehrliche und weniger ehrliche. Und dass Fahrzeuge einfach im Wald vergessen werden, ist in der Tat keine Seltenheit. Unweit von Lindströms Sommerhaus in Småland findet man sogar noch Autos aus den vierziger und fünfziger Jahren, die unter Birken und Kiefern abgestellt wurden. Das sagt schon viel.

Ich weiß nur, dass der Wagen, den ich suche, ein Mitsubishi ist. Hellgrau, älteren Datums. Vielleicht sucht ja die finnische Polizei nach demselben Fahrzeug. Ich sollte Olli anrufen.

Olli ist nicht bei der Arbeit. Er liegt zu Hause mit einer schweren Erkältung. Hustet und spricht mit rasselnder Stimme.

»Mustonen …«

»Hallo Olli, hier ist Josef. Ich rufe wegen des Autos an. Das, mit dem vielleicht die gestohlenen Bilder transportiert wurden. Sucht ihr eigentlich nach dem alten Mitsubishi?«

»Nicht dass ich wüsste. Gut möglich, dass der Wagen in Schweden ist.«

Eine Weile reden wir über dies und das. Sind uns einig, dass der Dodge keine Rolle mehr spielt. Die finnische Polizei hat herausgefunden, dass er einer Frau namens Maija-Helena Sinivuori gehörte, der früheren Inhaberin eines Textilunternehmens, die inzwischen pensioniert ist. Sie wollte das Auto verschrotten lassen, da es alt und gebrechlich, durstig und unnötig groß gewesen sei. Sie hatte es eine Weile hinter der Textilfabrik abgestellt und den Diebstahl erst bemerkt, nachdem schon ein Monat vergangen war.

»Vermutlich von irgendwelchen jungen Typen gestohlen. Der Wagen tauchte ohne Schilder in Stockholm auf, wurde nach Åbo zurücktransportiert und später verschrottet«, berichtet Olli.

»Friede seinem Angedenken.«

»Wenn er es gewesen ist. Willst du noch was wissen?«

»Nein, im Moment nicht. Aber vielleicht willst *du* etwas wissen?«

»Schieß los.«

»Nach meinem Kenntnisstand spricht vieles dafür, dass Dimitri alias Mikhail Vladyslav Gorchakov von seinen ehemaligen Auftraggebern des alten Sowjetsystems liquidiert wurde«, sage ich leichthin und spüre, dass diese Neuigkeit auf der anderen Seite der Ostsee einschlägt wie eine Bombe. Da es still bleibt in der Leitung, spreche ich weiter: »Einer verlässlichen Quelle zufolge reicht der Ursprung dieser Geschichte weit in alte Sowjetzeiten zurück. Die Vergeltung ließ lange auf sich warten: Dimitri konnte sich nahezu vierzig Jahre lang versteckt halten.«

»Unter uns gesagt, entspricht das ziemlich genau unserer Theorie. Doch wie auch immer, den Fall sind wir losgeworden.«

»Hat eine andere Abteilung die Ermittlungen übernommen?«

»Kein Kommentar.«

»Und falls es sich doch um denselben Täter handelt, dem Bäck auf der Jagd nach Dimitri in die Quere kam?«

»Darauf deutet eigentlich nichts hin. Obwohl dies polizeiintern und außenpolitisch eine pikante Angelegenheit wäre.«

»Wir wissen mit ziemlicher Sicherheit, dass es sich nicht um denselben Täter handelt. Es ist reiner Zufall, dass die beiden Verbrechen zeitlich und räumlich so nahe beieinander liegen. Konzentrieren wir uns auf den Fall Bäck«, sagt Olli.

31

Die Verbindung zur alten Sowjetzeit öffnet finsteren Fantasien Tür und Tor. Möglichen, wenngleich unwahrscheinlichen Theorien, doch warum hielt sich Dimitri bei Bäck versteckt? Was lag diesem Menschenschicksal zugrunde, und was wissen wir eigentlich anderes von Bäck, als dass er während des Krieges und kurz darauf in Stockholm Medizin studierte? Eben, fast gar nichts. Es gibt nichts als Gerüchte, eine jüngst verstorbene alte Dame, Zeugnisse eines Medizinstudiums, ein paar Fotos und private Briefe, ein fast antikes Auto sowie einige wenige Gegenstände, die wir in seinem Haus gefunden haben. Seine übrige Habe wurde auf einer Auktion in alle Winde verstreut. Weder Freunde noch Angehörige, nur der eine Sohn: Håkon Österlind. Ein unsympathischer Typ.

Beim Reichspolizeiamt muss ich es lange klingeln lassen, ehe jemand abhebt. Ich frage nach der Geheimpolizei und werde verbunden. Lande bei jemandem, der mich nicht weiter durchstellen kann, weil er nicht weiß, wie man das macht. Ich bin gezwungen, noch einmal anzurufen. Diesmal frage ich nach der Registratur. Dort ist man in der Regel besser organisiert. Nach mehreren Freizeichen meldet sich eine Person, die mir erklärt, dass sich sämtliche Mitarbeiter in einer Sitzung befinden, und zwar den ganzen Tag.

Das war's dann wohl.

Göteborg ist eine Alternative. Ich versuche mein Glück und erhalte eine prompte Auskunft, doch die Person, die ich sprechen müsste, ist erst morgen wieder erreichbar. Ich bitte darum, mich zurückzurufen. Meine Hoffnung ist zwar gering, aber ich gebe ihnen meine Handynummer.

So, was mache ich jetzt?

Ich ziehe die Schuhe an und schlendere die hundert Meter über den Hofplatz zu meiner verehrungswürdigen Mutter. Schon von weitem kann ich sie in ihrem Atelier arbeiten sehen. Es sieht aus, als würde sie hämmern ... stimmt, sie wollte ein paar Bilder für eine Ausstellung in Deutschland verpacken. Die betagte Dame ist gefährlich vital, ehrgeizig und stur wie eh und je. Sie braucht meine Hilfe, denke ich und eile die Stufen hinauf.

»Ach, Josef, gut, dass du da bist. Ich will ein paar Bilder verpacken, die nach Hamburg müssen.«

»Du bist über achtzig. Da sollte man eigentlich mit einem Glas Portwein im Sessel sitzen und andere für sich arbeiten lassen.«

»Wer sagt denn, dass ich keinen Portwein trinke? Willst du auch ein Glas?«, fragt sie, während sie ins Wohnzimmer geht.

»Lieber nachher, wenn ich fertig bin.«

»Ja, ja, hämmere du nur die Kisten zusammen«, sagt sie, während sie ihren ansehnlichen Vorrat nach der richtigen Flasche durchforstet.

Sie füllt zwei Gläser. Das eine stellt sie auf die Hobelbank, bevor sie im Schaukelstuhl Platz nimmt. Ich hämmere und säge. Viel muss ich nicht tun. Die Platten für Vorder- und Rückseite sind maßgefertigt, nur die Seitenteile müssen noch zugeschnitten werden. Das ist schnell getan. Eine halbe Stunde später schenkt sie sich ein weiteres Glas ein.

»So, das wär's«, sage ich und bürste mir die Sägespäne von der Kleidung.

»Gut, morgen wird alles abgeholt«, sagt sie mit einem Seufzen und deutet auf mein Glas.

Ich lasse mich in einen alten Sessel sinken und lege die Beine auf den blauen Schemel. Chaotisch und gemütlich ist es in ihrem Atelier und nicht ohne einen gewissen Stil. Eine Rolle mit Wellpappe steht neben einem Regal, auf dem sich mit Pigmenten gefüllte Blechdosen befinden. Das Regal bedeckt beinahe die gesamte Wand. Ein Tisch ist mit halb leeren Dosen übersät, aus denen einige Pinsel herausschauen. Flaschen mit Ölen, Firnis und Terpentin. Tuben, Spachtelmesser, Kohle, Klebeband, Lappen. Über allem schwebt der Geruch von Terpentin und Ölfarbe. Acrylfarbe ist geruchlos. Jedenfalls für meine Nase. Draußen funkeln die Sterne. Das kahle Profil der großen Ahorne zeichnet sich vor dem dunklen Himmel ab. Vor einem Monat war es um diese Zeit noch bedeutend heller.

Vielleicht wird es Frost geben heute Nacht.

»Sag mal, fällt dir jemand ein, der sich auf dem finnischen Kunstmarkt auskennt? Der Beziehungen zu Kunsthändlern, Galeristen und Auktionshäusern hat?«

»Da fallen mir gleich mehrere ein. Fragt sich nur, ob sie noch am Leben sind. Das ist ja das Schreckliche am Alter – nicht die Falten, sondern die Freunde und Bekannten, die nicht so alt werden wie man selbst oder in irgendwelchen Altersheimen vor sich hin vegetieren.«

»Wovon du weit entfernt bist. Ich frage dich nur, weil ich auf der Suche nach drei Bildern …«

»Ja, ja, diese Ajvazovskijs. Das hast du mir schon ein paar Mal erzählt. Also manchmal frage ich mich, wie es um dein Gedächtnis bestellt ist.«

»Was ich dir erzählen wollte, ist, dass die Bilder vermutlich an einen Sammler in Deutschland verkauft wurden. Durch eine Galerie. Die Galerie konnte ja nicht wissen, dass sie gestohlen waren. Vielleicht wusste das nicht einmal die Person, die sie verkauft hat. Vielleicht haben die Bilder mehrmals den Besitzer gewechselt. Aber diesmal sagst du keinen Ton zu Lindström!«

»Hm, an deiner Verbrecherjagd kann ich dich nicht hindern. Aber sei vorsichtig. Und mir fällt schon jemand ein, der immer noch im Geschäft ist. Hast du es eilig?«

»Nein, nein, sag einfach, wenn dir jemand eingefallen ist. Ich überlege, ob ich morgen nach Helsinki zurückfahren soll. Um diese Jahreszeit gibt es ja nicht mehr viele Touristen. Da sollte ich problemlos ein Ticket für die Fähre kriegen.«

»Ja, tu das, die arme Bella! Und die Hunde! Die mussten schon so lange ohne dich auskommen. Wie geht's Bella eigentlich? Ich habe so oft in schwedischen Zeitungen etwas über sie gesucht, aber die interessieren sich nicht für das finnische Kulturleben, nehmen ja kaum davon Notiz, was im eigenen Land passiert. Ich lese immer nur über Popkultur.«

»Tja, du bist eben nicht am Puls der Zeit. Du solltest dich an großen Installationen versuchen, statt Bilder zu malen. Das ist doch altmodisch und langweilig. Mach was mit tanzenden Konservendosen im UV-Licht, selbstspielenden Akkordeons, irgendwas mit Videos; du kannst einen Mann filmen, der sich nackt in geschmolzener Schokolade wälzt, du wirst sehen, so kommst du auf deine alten Tage noch mal ganz groß raus!«

»Ach, mach dich nur über deine alte Mutter lustig. Außerdem weiß ich, dass du dich am liebsten selbst in Schokolade wälzen würdest«, sagt sie und holt die Schale mit Süßigkeiten.

Die Überfahrt mit der Fähre ist langweilig wie immer. Ich schlafe und spaziere über das Deck, betrachte die Leute und lese. Um halb neun am nächsten Morgen legt die Fähre in Åbo an. Es ist neblig und kalt. Ich fahre nach Helsinki. Rolle zwei Stunden später den Mannerheimvägen entlang und komme genau zur rechten Zeit, um mein geliebtes Murmeltier aus den Federn zu holen. Bella hat ja überhaupt keinen Schönheitsschlaf nötig. Finde ich. Das finden übrigens auch die Hunde, die vollkommen ungeniert in unserem Bett herumtoben, während ich versuche, Bella zum Aufstehen zu bewegen.

Ich nehme die Hunde zu einem kleinen Spaziergang mit und mache dann Frühstück. Tee, Brot und Mandarinen. Mehr geben die Vorräte nicht her.

»Vielleicht könntest du ja ein bisschen einkaufen. Ich komme heute Mittag nach Hause. Dann bist du doch da, oder?«

Sie duftet zart. Ihr Haar ist feucht. Ihr großer Frotteebademantel sitzt so lose, dass ich die Tropfen wegküssen kann, die ihren Hals hinabrinnen. Sie schlingt ihre Arme um mich und flüstert mir etwas ins Ohr, dass ich erröte. Schade, dass sie zur Arbeit muss.

»Aber heute Abend …«, sage ich, küsse die letzten Tropfen fort und reibe sie vorsichtig trocken.

»Hast du heute Abend Vorstellung?«

»Nein, heute nicht.«

»Na, dann werde ich versuchen, heute Abend zu Hause zu sein, wenn du wiederkommst.«

»Und was willst du in der Zwischenzeit tun?«

»Mich der Kunst widmen.«

Ich gehe zum Ateneum und frage sogleich nach einem Kurator, der etwas von älterer russischer Kunst versteht. Ich habe Glück, dass eine Mitarbeiterin namens Hillka Manner für mich Zeit hat, eine Frau mittleren Alters, die fließend Schwedisch spricht, wenngleich man ihr anmerkt, dass sie es nicht täglich tut. Ivan Konstantinovitsh Ajvazovskij gehöre zwar nicht gerade zu ihren Lieblingsmalern, räumt sie ein, doch habe er ohne Zweifel einen historischen Stellenwert und in gewissem Sinn eine eigene Schule begründet.

»Fessler und Ajvazovskijs Enkel, Hansen und Latri, sind gar nicht übel. Viele orientierten sich erst mal an seinem Stil, ehe sie ihren eigenen fanden. Bogoljubov zum Beispiel, der übrigens auch eine Menge Karten des Finnischen Meerbusens gezeichnet hat. Die Meerlandschaften von Lagorius zeichnen sich durch ihre nordische Kargheit aus. Und dann gibt es da natürlich noch Sudkovskij, aber Sie sind wohl kaum hierher gekommen, um sich eine Vorlesung über die russische Kunst des 19. Jahrhunderts anzuhören.«

»Nein, ich bin auf der Suche nach drei vermutlich echten Gemälden von Ajvazovskij, die in Finnland gestohlen wurden und sich inzwischen wahrscheinlich im Besitz eines deutschen Privatsammlers befinden.«

»Leider sind gerade, was Ajvazovskij angeht, zahlreiche Fälschungen aufgetaucht, teilweise richtig gut gemacht. In Finnland dürften sich tatsächlich einige Werke von ihm befinden, doch vermutlich fast alle in Privatbesitz.«

»Bei den Bildern, die ich meine, handelt es sich um drei relativ kleinformatige Seestücke.«

»Ja, er ist für seine Seestücke bekannt.«

Ich erkundige mich, ob sie Hella Vuotila kenne, eine der inzwischen verstorbenen Bekannten meiner Mutter.

»Ja, natürlich kannte ich sie. Sie war eine Spezialistin für das 19. Jahrhundert, vor allem wenn es um Österreich-Ungarn ging, doch auch mit russischer Kunst war sie vertraut. Sie hätte uns bestimmt einiges über Ajvazovskij erzählen können, doch leider ist sie vor ein paar Jahren gestorben, kurz nach ihrem neunundachtzigsten Geburtstag. Das war ein großer Verlust für uns, sie hat uns immer sehr geholfen. Aber warten Sie. Ich muss mal kurz telefonieren.«

Hillka Manner verlässt den Raum. Das muss ein wichtiges Gespräch sein.

Ich vertreibe mir die Zeit, indem ich ihre Bücherregale studiere, die mit Kunstbänden in verschiedenen Sprachen gefüllt sind. Ich suche und finde ein relativ neues Buch über Ajvazovskij. Setze mich ans Fenster und blättere. Die Seestücke sind wirklich beeindruckend, auch wenn die meisten für meinen Geschmack sehr nach Kodachrome aussehen.

Hillka Manner kommt in Begleitung einer älteren Dame wieder, die sich als Satu Lahti vorstellt. Erst vor wenigen Tagen sei sie von einer Geschäftsreise aus St. Petersburg zurückgekehrt.

»Satu kennt sich mit Ajvazovskij ausgezeichnet aus«, sagt Hillka und bittet mich, ihr von den drei gestohlenen Gemälden zu erzählen.

Ich sage ihr alles, was ich weiß, und schließe damit, dass sich die Bilder inzwischen im Besitz eines Sammlers in Deutschland befinden.

»Und er hat wirklich alle drei gekauft?« Satu Lahti sieht mich fragend an. Als ich nicke, wird aus ihrem fragenden ein wissendes Gesicht.

»Dann kenne ich den Mann. In St. Petersburg habe ich zufällig mitbekommen, wie ein Deutscher Kontakt zu den dortigen Experten aufnahm, weil er eine Weile zuvor drei Seestücke von Ajvazovskij erworben hat. Doch inzwischen waren ihm Zweifel an der Echtheit der Bilder gekommen. Der Preis sei auffallend niedrig gewesen; außerdem habe er erst jetzt erfahren, dass es auf dem Markt von Fälschungen nur so wimmelt. Vermutlich handelt es sich um einen Anfänger, da eigentlich allgemein bekannt ist, wie oft Ajvazovskij gefälscht wird.«

»Wird er das?«

»Oh ja! Es gibt zahlreiche angeblich echte Ajvazovskijs mit Expertise und Signatur, obwohl schon die Schreibweise der Signaturen variiert. Hier in Helsinki gab es einen Rahmenladen, der Gemälde auf Wunsch mit irgendwelchen Signaturen versah, wenn keine Originalsignatur vorhanden war. Dazu konnte der Deutsche nichts sagen. Jedenfalls befürchtete er, hereingelegt worden zu sein, nachdem er zuerst dachte, er hätte ein Schnäppchen gemacht«, sagt Satu Lahti schmunzelnd.

»Von wem hatte er die Bilder denn gekauft?«, frage ich.

»Das hat er nicht gesagt. Was wohl darauf hindeutet, dass er sie nicht etwa von einem bekannten Kunsthändler oder einem seriösen Auktionshaus erworben hat. Ich vermute von einer Privatperson.«

»Wie oft werden denn drei Bilder auf einmal verkauft? Und dann noch zu einem Preis, der weit unterhalb des Marktwerts liegt?«

»In dieser Branche ist alles möglich. Es gibt unprofessionelle und unehrliche Verkäufer. Manchmal kommt auch beides zusammen«, fügt sie lächelnd hinzu.

»Dann wollen wir hoffen, dass der Käufer Anzeige erstattet, wenn sich die Bilder als Fälschungen erweisen.«

»Vielleicht verkauft er sie auch an jemanden weiter, der noch naiver ist als er selbst. Auch das kommt vor. Man will ja schließlich seinen Schaden begrenzen. Ich denke, man sollte mit den Experten in St. Petersburg in Verbindung treten und sie über die drei gestohlenen Gemälde informieren. Dann können sie ihre eigenen Schlüsse ziehen. Ich nehme an, die Polizei weiß von dem Fall?«

Ich nicke. Gewiss. Die Polizei kennt die ganze Geschichte. Aber ich habe keine Ahnung, was die Beamten in St. Mickel bisher unternommen haben.

Satu Lahti verabschiedet sich. Sie sei verabredet. Doch ich solle sie anrufen, wenn ich noch irgendwelche Fragen habe.

Als ich später auf ihr Angebot zurückkomme, teilt sie mir Namen und Telefonnummern der Kunstexperten in St. Petersburg mit. Während der Heimfahrt spüre ich, wie mir die Sache langsam über den Kopf wächst. Von meinen finanziellen Möglichkeiten ganz zu schweigen. Ich habe einfach kein Geld, um nach St. Petersburg zu reisen und mich dort in einem Hotel einzumieten.

Am Nachmittag kaufe ich Graved Lachs für das Abendessen und versuche, Olli zu erreichen. Er ist dienstlich unterwegs und erst morgen wieder zu sprechen. Ich beschließe, mich so gut wie möglich zu entspannen und mich ganz auf Bella zu konzentrieren, die bald nach Hause kommen muss. Ich freue mich auf den Abend.

Bellas kleine Dienstwohnung ist zu einem echten Zuhause für mich geworden.

32

One more time … war das Erste, was Bella am Morgen flüsterte. Wir sind dann erst später aus dem Bett gekommen.

Während Bella duscht, nutze ich die Gelegenheit und wähle Ollis Büronummer. Er ist in einer Sitzung von ungewisser Dauer. In einer oder zwei Stunden soll ich es wieder probieren.

Ich schnappe mir die Tageszeitung von der Fußmatte und blättere ein wenig, während ich am Frühstückstisch auf Gesellschaft warte.

Lese ein paar Artikel und überfliege einen Leserbrief, der sich darüber mokiert, dass Schweden partout an der Krone festhält und sich nicht der Europäischen Währungsunion anschließen will. Dann wende ich mich den längeren Reportagen zu, und siehe da: Schon betritt Bella die Küche. Schwebt in ihrem weißen Bademantel herein und beginnt eilig, Brotscheiben zu toasten, Tee in eine Thermoskanne zu füllen, Käse zu hobeln und Tomaten zu schneiden. Salz und Pfeffer. Sie sieht meinen fragenden Blick und sagt bedauernd, sie müsse gleich zur Arbeit. Vormittags Probe, abends Vorstellung.

Eine Dreiviertelstunde später hastet sie zum Lift, winkt und ist verschwunden. Ich nehme die Hunde mit hinaus zur morgendlichen Pinkelrunde. Wieder zu Hause, klemme ich mich hinters Telefon und rufe Olli an. Bin nicht einmal überrascht, dass ich ihn aus dem Schlaf reiße. Sitzung? Unsinn! Schlaftrunken erklärt er mir, er sei mitten in der Nacht nach Hause gekommen. Er war zu seinem Sommerhaus gefahren, um die Wasserzufuhr abzudrehen. Das hatte er letztes Mal vergessen. Außerdem hatte er seinen Kollegen in St. Mickel einen halb offiziellen Besuch abgestattet und den Fall Bäck erörtert.

»Ich weiß von keiner Sitzung. Ich hatte mir zwei Tage Urlaub genommen. Das sollte die Zentrale eigentlich wissen.«

»Irgendwelche neuen Erkenntnisse?«

»Nicht dass ich wüsste.«

»Aber ich hab was zu berichten: Unsere Bilder befinden sich anscheinend in St. Petersburg.«

»Was?«

»Weil sie ihr neuer Besitzer dort auf ihre Echtheit untersuchen ließ. Das hat mir eine Mitarbeiterin des Ateneums erzählt, die gerade aus St. Petersburg zurückgekehrt ist.«

»Sind sie also aufgetaucht … dann könnte sich doch auch der Verkäufer aufspüren lassen. Wer weiß, vielleicht ist der Käufer ja zur Kooperation bereit. Irgendjemand muss mit ihm reden. Wir werden unsere deutschen Kollegen um Hilfe bitten.«

Ich stibitze mir ein paar Kekse aus der Speisekammer und lege mich aufs Bett. Ein kleines Nickerchen wird mein Gehirn hoffentlich in Schwung bringen. Manchmal fühlt sich mein Kopf wie ein Kaleidoskop an. Erinnerungen und Gedanken gehen mitunter völlig neue Kombinationen ein, je nachdem, wo ich mich aufhalte. Mit ein wenig Glück werden mir plötzlich Dinge bewusst, an die ich vorher nie gedacht oder die ich vergessen hatte.

Ich habe es mir gerade richtig gemütlich gemacht, als das Telefon klingelt. Meine Mutter. Ihr ist jemand eingefallen, mit dem ich Kontakt aufnehmen könnte: eine gewisse Satu Lahti vom Ateneum in Helsinki. Ich muss lachen, bedanke mich aber dennoch herzlich für den Tipp.

Zurück ins Bett.

Es läutet an der Tür. Interessiert mich nicht. Wir sind nicht zu Hause. Basta!

Das Bett knarrt diskret. Die eben noch lautlosen Federn protestieren sanft. Mit der Bequemlichkeit ist es dahin. Ich drehe und wälze mich hin und her. Denke eine Weile an Satu Lahti. Beschließe, sie noch einmal anzurufen. Später. Zuerst will ich ein bisschen schlafen … nur ein bisschen … ein bisschen …

Als ich halb eingeschlafen bin, schrillt erneut das verdammte Telefon. Eigentlich will ich nicht drangehen, doch dann denke ich daran, dass es etwas Wichtiges sein könnte, vielleicht eine Nachricht für Bella. Ich nehme den Hörer ab und erkenne Gavrilovs Stimme.

»Ich störe doch nicht?«

»Aber nein«, sage ich wenig überzeugend.

»Ich habe Neuigkeiten, die Sie interessieren dürften, das heißt, Gösta und ich, Sie erinnern sich doch?«

»Ja, natürlich, der ehemalige Polizist.«

»Richtig. Wir haben uns noch mal Gedanken über die gestohlenen Bilder gemacht. Gösta verfügt ja immer noch über wertvolle Kontakte in ganz Europa.«

»Ja?«

»Und so hat er herausgefunden, wer vor kurzem drei Gemälde von Ajvazovskij gekauft hat. Ein deutscher Privatsammler. Es *muss* sich fast um die drei Bilder handeln, die Sie suchen. Es kommt doch wohl selten vor, dass drei Bilder auf einmal verkauft werden. Drei auf einen Schlag – das ist wahrscheinlich mehr, als bei nordischen Auktionen in einem ganzen Jahr unter den Hammer kommt«, seufzt Gavrilov.

»Ja, vermutlich. Ich habe bereits mit …«

»Haben Sie schon zu Mittag gegessen?«

»Nein, aber …«

»Dann kommen Sie doch vorbei. Das Essen wird in ungefähr einer Dreiviertelstunde serviert. Passt Ihnen das?«

»Ja, ich komme gern.«

Am Kopf des Triebwagens sind eine 3 und ein Buchstabe zu lesen. 3B oder 3T. Zwei verschiedene Linien. Eine sonderbare Wahl, bedenkt man die Schwierigkeiten der Finnen, in der gesprochenen Sprache zwischen harten und weichen Konsonanten zu unterscheiden. Der Buchstabe B ist sowieso nicht finnisch. Wieso wird er dann für eine Straßenbahnlinie verwendet? Das muss ich mal jemanden fragen.

Nachdem ich eine Viertelstunde durch die Gegend gegondelt bin, sind es nur noch wenige Schritte bis zu seiner Wohnung. Dann mit dem Fahrstuhl in den obersten Stock. Ich entscheide mich für den Paradeeingang, nicht den Küchenweg. Gavrilov öffnet mit karierter Schürze, in der Hand einen Schneebesen.

»Es gibt Omelett, Salat, Hering und Kartoffeln – falls Ihnen das nahrhaft genug ist.«

»Aber ja, das hört sich wunderbar an«, entgegne ich und

frage ihn, ob er eine Ahnung habe, warum die Straßenbahnlinie 3 ausgerechnet zwei Strecken fährt, die mit den Buchstaben B und T gekennzeichnet sind. »B ist ja eigentlich gar nicht finnisch. Oder kennen Sie ein finnisches Wort mit B, ich meine, ein richtiges finnisches Wort, kein Fremdwort oder Slangausdruck?«, frage ich Gavrilov.

»Tja, so auf die Schnelle fällt mir keins ein. Darüber habe ich auch noch nie nachgedacht«, entgegnet er lächelnd.

Ich hänge meine Jacke an die Garderobe und folge Gavrilov in die große, altmodische Küche. Wer hier arbeitet, scheint Wert auf gutes Essen zu legen. Die Küche ist exzellent ausgestattet und wohl geordnet: neuer Herd, großer Kühlschrank mit mehreren Gefrierschubladen und großzügige Arbeitsflächen. Gavrilov scheint seine Mahlzeiten nicht in der Küche einzunehmen, doch verspüre ich wenig Lust, im Salon auf gepolsterten Stühlen an einem antiken Tisch zu essen, umgeben von Gemälden mit Goldrahmen.

»Wir müssen doch nicht das ganze Porzellan in den Salon tragen, nur um es nachher wieder zurückzubringen«, argumentiere ich mit Entschiedenheit.

»Wie Sie wollen. Da wir ohnehin über Raub und Mord sprechen werden, ist die Küche vielleicht der geeignetere Ort. Von den Küchenstühlen lässt sich das Blut auch viel besser abwaschen«, sagt er verschmitzt und legt demonstrativ das große Messer in die Schublade, mit dem er eben noch Brot geschnitten hat. »Wenn der Dieb den Wert der Bilder kannte, könnte dies ein ausreichendes Motiv für einen Mord sein«, sagt er.

»Die Polizei vermutet, dass es sich um mehrere Leute handelt, die auf Gelegenheitsdiebstähle in dieser Gegend spezialisiert waren. Größtenteils haben sie Schmuck gestohlen. Ich denke, dass sie nicht die leiseste Ahnung hatten, was sie da mitgehen ließen«, entgegne ich.

»Dafür haben sie aber ein gutes Händchen bewiesen«, beharrt Gavrilov.

»Das stimmt, aber ihr unbeholfener Versuch, die Bilder in Helsinki zu verkaufen, spricht doch auch dafür, dass es Dilettanten waren.«

»Vielleicht haben sie im Laufe der Zeit dazugelernt. Jedenfalls sollten wir uns darüber freuen, dass die Bilder wieder aufgetaucht sind. Ein Mann namens Dieter Goehr aus Deutschland hat sie gekauft. Gösta kennt ihn persönlich und sagt, er sei ein netter Kerl. Zum ersten Mal ist er ihm vor vielen Jahren bei einer Auktion begegnet. Mögen Sie eigentlich Oliven? Ich habe eine Dose italienische Oliven, die sind fantastisch. Irma hat sie aus dem Urlaub mitgebracht. Kennen Sie Irma? Sie hat sich diesmal ganz auf Florenz konzentriert. Angelico, Gozzoli, Raffael, Michelangelo …«

»Nein, ich kenne Irma nicht, aber erzählen Sie weiter. Was hat Ihnen Gösta Hakanen noch über diesen Goehr erzählt?«

»Goehr hat ihn angerufen, weil ihm Zweifel an der Echtheit der Bilder gekommen sind. An deutsche Experten wollte er sich vorsichtshalber nicht wenden. Das hängt wahrscheinlich mit der Besteuerung von Kunstgegenständen in Deutschland zusammen. In Schweden hingegen …«, fährt Gavrilov fort, der erneut abzuschweifen droht.

»Goehr hatte also Zweifel an der Echtheit?«, insistiere ich und versuche, mich zu beherrschen, obwohl Gavrilov nicht zur Sache kommt.

»Ja, Goehr ist ein Sammler, hat jedoch erst wenig Erfahrung. Er kaufte die Bilder von einem Schweden und wurde erst im Nachhinein misstrauisch. Der niedrige Preis ging ihm wohl nicht aus dem Kopf. Außerdem erfuhr er erst später, dass Ajvazovskij sehr häufig gefälscht wird. Daher wandte er sich zunächst an einen russischen Fachmann in St. Petersburg. Dort befinden sich die Bilder jetzt. Haben Sie eigentlich *meinen* Ajvazovskij schon gesehen?«

»Ja, ein wundervolles Bild. Aber Sie kennen nicht zufällig diesen russischen Kunstexperten in St. Petersburg, an den sich Goehr gewandt hat?«

»Nein, aber Gösta wird vielleicht wissen, wer es ist. Sie können ihn ja anrufen, wenn er nach Hause kommt. Momentan ist er in seinem Ferienhaus auf dem Land, und da hat er kein Telefon, leider.«

»Und dieser Goehr hat nicht den Namen des Schweden genannt, der ihm die Bilder verkauft hat?«

»Doch, das hätte ich fast vergessen. Er hieß Rezel, Ulf mit Vornamen, glaube ich, oder Ulrik ... nein, Ulf. Der hatte die Bilder wiederum von einer Frau gekauft, deren verstorbener Mann sie als eine Art Altersversicherung angeschafft hatte. Das war im letzten Jahr, wenn ich mich recht erinnere. Doch kurz darauf ist er gestorben. Mehr weiß ich nicht.«

»Sehen Sie! Dieser Ulf Rezel hatte sie also in gutem Glauben gekauft. Er konnte nicht wissen, dass sie gestohlen worden waren.«

»Ja, da haben Sie Recht.«

»Ich werde ihn gleich anrufen, wenn ich nach Hause komme.«

»Kennen Sie ihn etwa?«, wundert sich Gavrilov.

»Nein, aber die Auskunft wird mir sicher seine Nummer sagen.«

Für den Rest des Mittagessens verlassen wir die Welt der Kriminellen. Gavrilov wirkt etwas wirr und plappert in einem fort von seinen Lieblingsthemen, der Malerei und Literatur des 19. Jahrhunderts. Vor allem des ausgehenden 19. Jahrhunderts und der Jahrhundertwende. Er springt hin und her und hat Schwierigkeiten, einen roten Faden zu finden. Als er immer konfuser wird, frage ich ihn nach seinem Befinden. Er sagt, es gehe ihm gut, nur sein Gedächtnis mache nicht mehr richtig mit.

»Ich war erst neulich beim Arzt. Er hat mir eine tägliche Medizin verschrieben, aber meistens vergesse ich, sie zu nehmen. Ich bin fast vierundachtzig und habe mein Leben lang keine Medikamente gebraucht. Es wird ja behauptet, alt zu werden sei keine Freude. Ich habe immer viel Freude gehabt, aber vielleicht geht das jetzt zu Ende«, seufzt Gavrilov.

»Haben Sie heute Morgen Ihre Medizin genommen?«, frage ich ihn.

»Ich ... weiß es nicht. Wirke ich sehr durcheinander?«

»Ein bisschen. Jedenfalls mehr als letztes Mal. Da waren Sie in blendender Verfassung.«

»Ja, vielleicht geht es jetzt schnell bergab. Ich glaube, ich lege mich lieber ein bisschen hin. Wenn Sie mich entschuldigen wollen ...«

»Aber natürlich. Brauchen Sie Hilfe? Haben Sie jemanden, der nach Ihnen schaut?«

»Ja, Hillka wird bald hier sein. Sie kommt jeden zweiten Tag.«

Ich lasse Gavrilov in seiner Wohnung zurück und hoffe, dass er seine Medizin noch einnimmt. Der Fahrstuhl rattert langsam nach unten. Beim Anblick des prachtvollen alten Treppenhauses werde ich von Wehmut erfasst. Ich hoffe, Gavrilov hat nahe Verwandte und Freunde, die sich um ihn kümmern. Seine Veränderung war frappant, doch kann ich mir den geistig regen und interessierten Mann beim besten Willen nicht in einem Altersheim vorstellen. Ein bedrückender Gedanke.

Wir hatten uns doch gerade erst kennen gelernt.

33

Am Hafen trifft er Mikko mit dem Leihwagen. Es weht ein eisiger Wind bei Minusgraden. Verflucht!, denkt Robban. Hätte er doch nur wärmere Kleidung mitgenommen.

»Wir sind heute nur zu zweit«, sagt Mikko, als er den Wagen in Bewegung setzt. »Andrej konnte nicht kommen, der kümmert sich um seine neue Freundin, und Christian ist verreist.«

»Dann bleibt eben mehr für uns beide. Wie sehen die Pläne aus?«, fragt Robban und schnäuzt sich.

»Wir versuchen's mit einer neuen Gegend. Ländlich, aber nicht weit von der Stadt entfernt.«

Während der Fahrt schläft Robban seinen Rausch von der Fähre aus. Er wacht auf, als sie gerade an Renko vorbeifahren. In Tavestehus nehmen sie sich ein Hotelzimmer. Mikko legt zur Legitimation einen falschen Führerschein vor, während Robban gezwungen ist, seinen richtigen Pass zu benutzen. Fünfundachtzig Euro die Nacht.

Am nächsten Morgen fahren sie in Richtung Turenki weiter.

»Viele abgeschiedene Häuser«, sagt Mikko, »die nur auf uns warten.«

Doch schon im ersten Haus reißen sie einen großen, kräftigen Kerl aus dem Schlaf. Er streckt Robban mit einer geraden Linken nieder. Draußen findet er Mikko und versetzt auch ihm einen Faustschlag, der Mikko am rechten Hinterrad seines Wagens bewusstlos zu Boden sinken lässt.

Der Mann ist Polizist.

34

Während ich mit dem Fahrstuhl gemächlich nach oben schaukele, höre ich ein Telefon klingeln. Doch niemand hebt ab. Je höher der Fahrstuhl klettert, desto lauter werden die Signale. Das muss Bellas Telefon sein. Ich stürze aus dem Lift, bleibe mit der Jacke hängen, will den Schlüsselbund aus der Hosentasche ziehen, doch irgendwie hat er sich verhakt. Ich höre ein ungutes Geräusch, als ich ihn mit Gewalt herauszerre. Ich öffne die Tür, reiße förmlich den Hörer an mich. Olli ist dran.

»Das hat ja lange gedauert. Ich wollte schon auflegen.«

»Bin gerade zur Tür hereingekommen. Hab's schon von draußen klingeln gehört, aber der Lift hat nun mal kein Gaspedal.«

»So, jetzt halt dich fest! Wir haben zwei junge Einbrecher eingebuchtet, die wahrscheinlich auch für die Diebstahlserie in der Gegend um Hartola vor fünf Jahren verantwortlich waren. Außerdem sind wir uns ziemlich sicher, dass sie vor drei Jahren im Vasa-Gebiet, östlich von Lapua, ihr Unwesen trieben. Mitten im Winter. Dafür gibt es sogar Zeugen: Christian und Anne Ahlbom, denen ihr Weihnachtsschinken geklaut wurde«, sagt Olli mit ernster Stimme und muss sich ein Grinsen verkneifen.

»Ach je!«

»Vielleicht hat sie das zu Vegetariern gemacht. Die beiden Typen sitzen also in U-Haft. Ein Finne und ein Schwede. Schönes Beispiel für nordische Zusammenarbeit. Sie wurden vor ein paar Tagen auf frischer Tat ertappt, als sie in der Nähe von Hämeenlinna versucht haben, in ein Sommerhaus einzusteigen.«

»In Tavestehus?«

»Genau. Die beiden konnten natürlich nicht wissen, dass das Haus einem Polizisten namens Vanhanen gehört, den sie im

Schlaf überraschten. Und sie wussten erst recht nicht, dass Esko Vanhanen früher mal ein richtig guter Boxer war. Im Schwergewicht! Mit seiner geraden Linken hat er eine Menge Medaillen eingeheimst.«

»Wie geht es den beiden jetzt?«

»Sie haben ein paar hübsche Veilchen, ansonsten sehen sie ganz passabel aus.«

»Sind sie schon zum Fall Bäck und den Einbrüchen in Hartola befragt worden?«

»Erst vorläufig. Bis jetzt streiten sie alles ab. Sind fromm wie Lämmer und genauso klug. Der eine hatte übrigens einen gefälschten Ausweis in der Hosentasche. Und in Hartola sind sie angeblich nie gewesen, obwohl sie die Gegend auf ihrer Straßenkarte eingekreist haben. Die Armen! Noch so jung und leiden schon unter Gedächtnisverlust.«

»Wie alt sind sie denn?«, frage ich.

»So Mitte zwanzig.«

»Da haben sie ja früh angefangen mit ihrer Karriere.«

»Stimmt. Hartola vor fünf Jahren, später Vasa und jetzt Tavestehus. Aller guten Dinge sind eben drei. Bloß Pech, dass sie an einen ehemaligen Boxer geraten sind«, sagt Olli vergnügt.

»Der sie offenbar nach allen Regeln der Kunst ausgeknockt hat.«

»Dabei behaupten sie, dass sie sich nur verfahren hätten und nach dem Weg fragen wollten. Sie hätten ganz artig an die Tür geklopft, aber Vanhanen sei sofort auf sie losgegangen. Wieder mal zwei harmlose Touristen, die misshandelt wurden.«

»Gibt es Beweise für das Gegenteil?«

»Ja, natürlich. Die Art, wie die Tür geöffnet wurde. Das Blut auf dem Schlafzimmerteppich. Vanhanen war aufgewacht, als jemand in aller Ruhe in sein Schlafzimmer kam und begann, in seinen Sachen zu wühlen. Eine halbe Sekunde später ging bei Robert G. Nilsson alias Robban aus Sundbyberg das Licht aus.

In Unterhose schlich sich Vanhanen nach draußen und sah, wie Robbans Kumpel Mikko S. Rantaaho etwas in seinem Wagen suchte. Angeblich hat sich Mikko noch gewehrt, doch auch er machte mit Vanhanens linker Geraden Bekanntschaft. Die ist in Boxerkreisen immer noch berühmt. Obwohl er vor zehn Jahren seinen letzten Kampf bestritt.«

»Meinst du, dass damit auch der Fall Bäck gelöst ist?«

»Soweit sind wir noch nicht. Wir müssen die beiden erst mal dazu bringen, ein Geständnis abzulegen. Dann werden sie sicherlich zu einigen Jahren verknackt werden, besonders derjenige, der Bäck getötet hat.«

»Waren es nicht drei Personen, die bei Bäck eingebrochen haben?«

»Doch, die Kollegen in St. Mickel gehen jedenfalls von drei Tätern aus, das gilt genauso für Hartola und Vasa, was die Ahlboms bezeugen können. Sie haben drei Männer im Wagen verschwinden sehen.«

»Haben die Täter Chancen davonzukommen?«, frage ich.

»Kaum. In Finnland werden seit zirka acht Jahren an jedem Tatort DNA-Spuren gesammelt. Wenn irgendjemand gespuckt oder geniest, sich die Zehennägel geschnitten, die Toilette benutzt oder eine geraucht hat, dann können wir das eindeutig nachweisen«, sagt Olli.

»Ich sehe schon, die Einbrecher von heute müssen sich gut fortbilden.«

»Ja, das stimmt. Aber in diesem Fall werden wohl nicht einmal DNA-Beweise herhalten müssen.«

»Werden Sie für alle Einbrüche gleichzeitig angeklagt?«

»Ja, für alle zusammen, und sie werden sich nicht mit lächerlichen Ausflüchten aus er Affäre ziehen können. Schließlich sind wir ja nicht in Schweden, wenn du mir die Bemerkung erlaubst.«

Ich nehme die Hunde auf einen Spaziergang mit. Wir gehen zum Hesperiapark hinunter. Über die Töölöbucht pfeift ein kalter Wind. Heute Nacht hat es Frost gegeben. Die Pfützen sind gefroren. Die Zahl der Fußgänger und Inlinescater hat beträchtlich abgenommen. Fehlt nur noch der Schnee. Brrr. Zeit, sich Winterreifen anzuschaffen. Das wird ein weiteres Loch in meine Kasse reißen.

Als wir wieder zu Hause sind und die Hunde sich zusammengerollt haben, mache ich mir einen Tee und rufe Olli an.

»Du schläfst ja gar nicht«, sage ich und setze meinen Telefonterror genüsslich fort.

»Hab's noch nicht wieder ins Bett geschafft. Ich räume ein bisschen auf, aber davon darfst du mich gerne abhalten.«

»Ich habe nachgedacht.«

»Sieh an.«

»Die Polizei kann sich ja nicht um alles kümmern. Was hältst du davon, wenn ich mir Bäcks persönliche Kontakte mal genauer anschaue? Mögliche Vereine, Bekannte im weiteren Sinne. Das ist doch zumindest einen Versuch wert.«

»Das kannst du gerne tun. Obwohl ich befürchte, dass es einen Riesenaufwand für dich bedeutet und wenig dabei herauskommen wird. Aber ich weiß deine persönliche Initiative zu schätzen.«

»Okay, dann erstatte ich dir inoffiziell Bericht.«

»Du hast doch irgendwas in der Hinterhand?«

»Lass dich überraschen.«

Ich habe noch eine Bemerkung von Olli im Ohr, die er machte, als er das Handschuhfach des Jaguars leerte: »Dieser Bäck scheint ja ein Faible für Süßigkeiten gehabt zu haben.« Wenn das stimmt, sollte ich versuchen, seinen Zahnarzt ausfindig zu machen. So viele wird es um Sysmä herum schon nicht geben – es sei denn, er ist mit seinem schicken Jaguar zur Zahnbehandlung nach Lahti oder St. Mickel gefahren.

Ich rufe die Auskunft an. Weder in Sysmä noch in Hartola, Pertunmaa oder Joutsa gibt es privat praktizierende Zahnärzte. Es gibt nur den kommunalen Zahnpflegedienst, unter dessen Ärzten sicher eine große Fluktuation herrscht. Nicht gerade ein Nährboden für persönliche Bekanntschaften. In größerer Entfernung finden sich natürlich auch ein paar private, aber die will ich fürs Erste außer Acht lassen.

Wo ließ er die Inspektionen für seinen Jaguar durchführen? Das geht nicht einfach an jeder Tankstelle. Gibt es womöglich irgendwo in der Gegend eine Werkstatt, die sich auf Jaguars spezialisiert hat? War Bäck ein Autonarr? War der Jaguar eine Art Hobby, oder hätte er genauso gut einen Volvo fahren können?

Ich erreiche Taisto in Sysmä und erkundige mich, ob die Untersuchung des Jaguars etwas ergeben hat. Er antwortet mit einem knappen Nein. Das Fahrzeug ist bis auf weiteres in Polizeigewahrsam und wartet auf bessere Tage. Das Serviceheft sowie alle Tankquittungen und Wagenpapiere haben sie von Olli bekommen. Eine Inspektion scheint in St. Mickel durchgeführt worden zu sein. Ich lasse mir Rahmen- und Fahrgestellnummer geben. Danach rufe ich den finnischen Importeur von Jaguar an und erfahre, dass sich in Lahti und St. Mickel Vertragshändler befinden. In dem kleinen Ort Jämsä gibt es eine Servicewerkstatt. Von Bäcks Hof aus sind alle drei Orte ungefähr gleich weit weg. Wenn ich wählen könnte, würde ich mich für den schönsten Weg entscheiden und in St. Mickel landen.

Zeit für einen Teller Sauermilch mit Haferflocken zum Mittagessen.

Die Autofirma Vauhti-Vaunu in St. Mickel verkauft Mazda und Jaguar. Ich rufe dort an und erkundige mich, ob sie eine Inspektion an »meinem« Jaguar durchführen könnten und ob ihnen das Kennzeichen bekannt sei. Nach einem Blick in ihr

Computerarchiv kommt die Antwort: »Ja, der war bei uns Stammkunde…« Ich berichte, der ehemalige Eigentümer sei verstorben – was sich bedeutend besser anhört als »ermordet« –, und frage, welcher Mitarbeiter für Bäcks Jaguar zuständig gewesen sei. Doch leider ist dieser inzwischen pensioniert worden.

Verflixt.

»Aber Sie können ihn gerne zu Hause anrufen«, fügt die Frau am anderen Ende hilfsbereit hinzu. Ich höre sie blättern, ehe sie sich wieder meldet: »Jarmo wohnt in Tuukkala«, teilt sie mir mit, gibt mir seine Adresse und Telefonnummer und wünscht mir viel Glück.

Ich habe gerade die Nummer gewählt, als mir einfällt, dass mein Finnisch eigentlich sehr zu wünschen übrig lässt. Vor allem am Telefon. Glücklicherweise hebt niemand ab.

Olli muss helfen. Ich frage ihn, ob er einen Bekannten in der Gegend um St. Mickel hat, der ein wenig dolmetschen kann.

Olli, der inzwischen mit dem Füllen der Waschmaschine beschäftigt ist, entgegnet lachend:

»Kein Problem. Ich werde Kontakt zu meinem alten Freund Stig Westerlund aufnehmen. Er ist Architekt und hat sein kleines Büro in St. Mickel. Warte kurz, dann rufe ich dich zurück.«

Ich schaue auf die Uhr und frage mich, wie lange es dauert, mit dem Auto nach St. Mickel zu fahren. Sicher mehrere Stunden. Vielleicht vier? Habe ich noch genug Benzin? Brauche ich Winterreifen? Der Wettervorhersage zufolge soll es im ganzen Südosten Finnlands trocken und kalt werden. Ach, was soll's. Ich lasse es darauf ankommen. Hauptsache, ich bin schnell da. Zurückfahren kann ich auch im Schneckentempo und mir, falls erforderlich, dann immer noch Winterreifen zulegen. Irgendwann sind die ohnehin fällig.

Als das Telefon klingelt, ist Stig Westerlund am Apparat. Er stellt sich kurz vor und kommt dann gleich zur Sache.

»Ich habe gehört, dass du einen Dolmetscher brauchst – es ist doch okay, wenn wir uns duzen? – pass auf: Du kannst bei mir wohnen, wenn du hierher kommst. Je eher, desto besser, weil ich ab Donnerstag beschäftigt bin. Vielleicht machen wir sofort etwas aus, ich muss gleich aus dem Haus.«

»Entscheide du. Ich kenne mich in St. Mickel nicht aus.«

»Am großen Markt, mitten in der Stadt, gibt es einen Parkplatz. Den kannst du nicht verfehlen. Sagen wir um vier Uhr heute Nachmittag? Ruf mich sicherheitshalber noch mal an, kurz bevor du da bist. Dann hole ich dich ab.«

»Ich fahre einen Citroën und bin ziemlich groß ...«

»Ich weiß. Das hat mir Olli schon erzählt. Ich habe einen Vollbart und werde meinen alten Kamelhaarmantel tragen. Bis dann.«

Ich packe alles ein, was ich brauche, im Prinzip nur die Zahnbürste, und schreibe Bella eine Nachricht. Die Hunde nehme ich mit. Ich weiß nicht, wann Bella nach Hause kommt. Es kann spät werden. Sie soll sich ein paar Tage nicht um die Hunde kümmern müssen.

Auf halbem Weg fällt mir plötzlich ein, dass Stig Westerlund ja auch allergisch gegen Tierhaare sein oder Angst vor Hunden haben könnte, beschließe jedoch, mich mit diesen Problemen zu befassen, falls es so weit kommt. Zur Not gibt es sicher ein Motel in der Nähe, sage ich mir, und erhöhe das Tempo. Der Karte zufolge habe ich noch zirka zweihundertdreißig Kilometer vor mir.

Gut drei Stunden später fahre ich ins Zentrum und finde den verabredeten Parkplatz. Steige aus, nehme die Hunde an die Leine und drehe mit ihnen eine Runde über den Markt. Abgesehen von einem Hochhauskomplex, möglicherweise eine städtische Behörde, gibt es nur niedrige Bauten.

Ein heruntergekommenes Auto rollt auf den Parkplatz. Es

ist vollkommen grau, so wie Straßenstaub. Ein bärtiger Mann im Kamelhaarmantel steigt aus. Anfang vierzig, weder groß noch klein. Stig Westerlund, der Architekt. Er ist mir auf Anhieb sympathisch. Das gilt auch für Tipsa und Muffins, die sich von Anfang an vorbildlich benehmen. Da es bereits zu dämmern anfängt, verfrachte ich die Hunde wieder ins Auto und folge seinem Wagen, bis wir ein modernes Einfamilienhaus am Stadtrand erreichen. Glas und Beton, zwei Etagen.

»Ehe du fragst, ich habe das Haus nicht selbst entworfen, das war ein Kollege von mir. Ich bin größtenteils mit Schulen und Krankenhäusern und so was beschäftigt. Aber ich habe schon ein Grundstück gekauft und Pläne für ein eigenes Haus, bin also voller Hoffnung«, sagt Stig. Das Haus liegt am Hang vor einem dunklen Nadelwald.

Seine Frau Aino, eine Ökonomin, kommt aus der Küche und trocknet sich die Hände an einem Geschirrtuch ab. Sie hat kurze, dunkle Haare und einen festen Handschlag. Aino sagt etwas auf Finnisch über das Essen, tätschelt die Hunde und verschwindet wieder. Stig zeigt mir das nahe am Eingang gelegene Gästezimmer mit eigener Toilette und Garderobe.

»Wir haben manchmal junge Architekturstudenten zu Gast, da ist dieses Zimmer sehr praktisch. Die Architektin, die dieses Haus entworfen hat, war meine erste Praktikantin. Heute arbeitet sie natürlich in Helsinki.«

»Hast du dein Büro in der Stadt?«

»Nein, hier im Obergeschoss«, antwortet Stig und deutet auf eine Treppe.

»Kinder?«

»Ja, eine Tochter. Sie studiert in Jyväskylä ...«

Wir gehen hinauf in sein Büro, wo er mir ein laufendes Projekt zeigt. Es handelt sich um einen sechsgeschossigen Gebäudekomplex, in dem einmal Büros und Geschäftsräume Platz finden sollen. Sieht spannend aus. Zwei verschachtelte Baukörper, in deren Mitte sich ein Atrium befindet. Ein weiteres Großprojekt ist eine Schwimmhalle, die sich aber noch im Planungsstadium befindet. Während Stig mir sein Konzept für die Schwimmhalle erläutert, fragt seine Frau, ob die Herren Weltverbesserer Zeit für eine einfache Mahlzeit hätten. Wir werfen uns einen raschen Blick zu und wissen in diesem Moment, dass es genau das ist, was wir brauchen.

Nach vegetarischen Spagetti à la Aino rufen wir Jarmo Sinisalo an, der diesmal glücklicherweise zu Hause ist. Gestern war er mit einem Freund beim Angeln, aber morgen passt es ihm ausgezeichnet, am besten noch vor dem Mittagessen. Nachdem der morgige Tag also verplant und das schmutzige Geschirr abgewaschen ist, unternehmen wir alle drei, besser gesagt alle fünf, noch einen längeren Abendspaziergang im Mondschein.

35

Gegen halb neun, unmittelbar nach dem Frühstück, machen wir uns auf den Weg zu Jarmo Sinisalo. Das Wetter ist wechselhaft und windig. Die Sonne kann sich nicht richtig entscheiden, ob sie sich zeigen oder verstecken will. Sinisalo wohnt außerhalb von Tuukkala. Stig hat den Zettel mit seiner Adresse und eine Straßenkarte auf dem Schoß. Die Hunde hoffen auf einen ausgiebigen Spaziergang.

Die Adresse ist leicht zu finden. Ein älteres, gelb gestrichenes Haus aus den fünfziger Jahren, das seine besten Tage bereits hinter sich hat. Die ehemals weißen Eckbalken und Fensterrahmen sind grau geworden. Das Blechdach ist weder neu noch in gutem Zustand, und die Kiesfläche vor dem Haus wird von einer alten Plane geziert, unter der sich ein Autowrack befindet. Der Architektur auf dem Land wird offenbar weniger Bedeutung beigemessen als im übrigen Schweden. Restaurierte alte Häuser sind rar, und auch das klassische Ochsenblutrot sieht man nur selten. Hier ist es allein der Wald, der zählt.

Eine dünne Rauchsäule steigt aus dem Schornstein, als wir an die Tür klopfen. Jarmo erweist sich als umgänglicher, gesprächiger Kerl, der sein Rentnerdasein in vollen Zügen genießt. Er angelt, geht auf die Jagd und hat sich in der Nähe an einem kleinen See eigenhändig eine Räuchersauna gebaut. An Jens Bäck, vor allem an dessen Jaguar, ein E-Modell, kann er sich gut erinnern, obwohl es schon einige Jahre her ist.

»Es gibt so wenige Jaguars in dieser Gegend. Leider hat er ihn aufgegeben. Er sagte, dass der Verbrauch ihm auf Dauer zu hoch wäre. Aber er hatte ja einen Sohn. Ich glaube, der sollte den Wagen übernehmen. Bäck hat sich dann einen gebrauchten Opel zugelegt, einen Kadett. Kleiner Unterschied«, fügt Jarmo lachend hinzu. Ich verstehe sein Finnisch ganz gut. Bisher braucht Stig nicht zu übersetzen.

»Sind Sie seinem Sohn mal begegnet?«

»Nein, den habe ich nie gesehen. Jedenfalls ist Bäck mit dem alten Opel genauso gut, aber bedeutend billiger zu seinen Patienten gekommen als mit dem Jaguar.«

»Was war Bäck für ein Typ?«

»Er war sehr eigen. Ein Original. Sehr humorvoll, wenn man sich nicht durch seine Schroffheit abschrecken ließ. Wir haben manchmal zusammen geangelt und uns mit der Zeit richtig angefreundet. Aber vielen war er nicht geheuer«, berichtet Jarmo.

»Als Arzt oder generell?«

»Beides. Zu den Kindern war er immer ausgesprochen nett, aber die Eltern mussten sich einiges anhören. Er war nicht gerade sehr beliebt, vor allem, weil er immer offen sagte, was er dachte. Damit macht man sich meistens keine Freunde.«

»Da haben Sie Recht. Was ist mit dem Opel, gibt's den noch?«

»Keine Ahnung. Wenn der nicht auf dem Schrottplatz gelandet ist, hat ihn sich vielleicht irgendein junger Kerl unter den Nagel gerissen.«

»Können Sie sich zufällig noch an das Kennzeichen erinnern?«

»Nein, ich habe an dem Wagen auch nie eine Inspektion durchgeführt.«

»Hatten Sie später noch Kontakt zu Bäck, ich meine, bis zu seinem Tod?«

»Leider nicht. Die letzten Jahre haben wir uns kaum noch gesehen. Fürs Angeln war er wohl nicht mehr fit genug. Manchmal habe ich ihn angerufen, und am Telefon wirkte er immer unverändert. Vielleicht ein bisschen müde. Das war er wohl auch. Aber er machte keine spontanen Besuche mehr so wie früher. Da kam er einfach in seinem schicken Jaguar angerauscht und stellte ihn direkt vor meinem Haus ab. Wir haben Kaffee getrunken, geredet, Schach gespielt ... Er fehlt mir immer noch«, sagt Jarmo.

»Ja, es ist schlimm, dass er so sterben musste.«

»Ja. Aber in meinem Alter gewöhnt man sich an den Tod. Es gibt so viele alte Freunde und Bekannte, die plötzlich sterben.«

»Kannten Sie auch seinen Gehilfen, der mit auf Bäcks Hof lebte?«

»Dimitri? Nein, leider nicht, aber es kann sein, dass Pekka ihn kannte. Pekka Rantanen ist ein Freund von mir. Manchmal waren wir zu dritt angeln. Wenn Sie noch ein bisschen Zeit haben, dann können wir ihn besuchen.«

Ich werfe aus Gewohnheit einen Blick auf die Uhr, aber natürlich habe ich Zeit. Stig nickt, und Jarmo verschwindet im Haus, um zu telefonieren. Ich lehne mich gegen das Treppengeländer, studiere die Landschaft und lasse die Hunde herumschnüffeln, während ich warte. Das Wetter wird besser, aber es bleibt kalt.

Jarmo gibt grünes Licht. Pekka sei zwar gerade mit einer japanischen Reisegruppe unterwegs, aber das spiele keine Rolle.

»Ich weiß genau, wo sie sind. Es ist nicht weit«, sagt Jarmo.

Ich fahre los. Stig hat auf dem Rücksitz Platz genommen und plaudert mit den Hunden. Jarmo sitzt neben mir und schaut sich um. Er ist noch nie in einem Citroën gefahren. Eigentlich soll er uns den Weg zeigen, ist aber voll und ganz damit beschäftigt, mich über den Wagen auszufragen. Schon nach wenigen Minuten lotst er mich auf eine idyllische kleine Straße. Wir fahren bis zu einem Schild, das auf Finnisch irgendein Zentrum ankündigt. Dorthin wollen wir nicht, aber wir lassen den Wagen hier stehen. Gemeinsam mit den Hunden spazieren wir bis zu einer Gedenktafel, die an die Schlacht von Porrassalmi im Jahr 1789 erinnert, als das kleine finnische, seinerzeit schwedische Heer die zahlenmäßig weit überlegene russische Armee schlug. Hier treffen wir auf Pekka, einen spindeldürren ehemaligen Geschichtslehrer mit wettergegerbter Haut. Er hat gerade eine Gruppe japanischer Touristen herumgeführt und freut sich, uns zu sehen. Ich erzähle ihm, was wir über Bäcks plötzlichen Tod wissen. Er hört interessiert zu. Von den Bildern und Dimitri sage ich nichts. Pekka fragt mich, was ich für ein Interesse an dem Fall habe. Ich erzähle ihm, dass ich Bäcks Sohn, Håkon Österlind, kenne und dessen Mutter hatte treffen wollen.

»Sie hatten ein Kind zusammen. Trotz allem ...«, füge ich ohne großes Nachdenken hinzu.

Pekka tätschelt lachend die Hunde.

»Tja, im Garten des Herrn gibt es die verschiedensten Tiere«, sagt er.

Während die Sonne herauskommt, trotten die japanischen Touristen zum Parkplatz zurück, um ihre Fahrt fortzusetzen. Stig und Jarmo schauen sich die Gedenktafel näher an. Pekka und ich gehen auf einem Pfad zum Seeufer hinunter. Der Boden ist von erstarrtem Heidelbeer- und Preiselbeergestrüpp bedeckt, was Tipsa und Muffins äußerst spannend finden.

»Ich fand, dass mich das nichts anginge«, fügt Pekka hinzu. »Ich meine, die Polizei tut ihre Arbeit, und ich war ja in keiner Weise beteiligt ...«

Er sieht verschmitzt aus. Wie der klassische alte Fischer mit Südwester, der auf unzähligen Kitschbildern verewigt ist. Allerdings ohne Südwester, sondern mit zugeknoteter Pelzmütze. Ich frage mich, wie er als Lehrer gewesen ist, während er weiterspricht:

»Wir waren Freunde, mehr als Freunde, Jens und ich. Wir waren oft zusammen angeln. Sind mit dem Boot rausgefahren. Das Boot gehörte mir, der Motor ihm. Als er älter wurde, ist er immer seltener zu Besuch gekommen. Ab und zu sind wir noch nach Ohkkala gefahren, wo ich eine Sauna habe. Wir haben gebadet, Bier getrunken und dort übernachtet. Bis diese schreckliche Geschichte passiert ist.«

»Wann haben Sie ihn zum letzten Mal gesehen?«

»Tja, das muss jetzt ... bald sechs Jahre her sein. Wenige Tage vor dem Überfall haben wir noch telefoniert. Bevor er niedergeschlagen wurde.«

»Können Sie sich seinen Tod erklären?«

»Sie meinen, wie es passiert ist?«

»Nein, ich meine eher, warum er überfallen wurde.«

»Ich weiß es nicht. Aber es gab damals mehrere Einbrüche in der Gegend. Die Polizei meint, dass alle von denselben Personen verübt wurden.«

»Und Sie glauben nicht, dass die Täter es von Anfang an auf ihn abgesehen hatten?«

»Das kann ich mir nicht vorstellen. Die Polizei geht davon aus, dass Jens ihnen zufällig in die Quere kam. Vermutlich dachten sie, dass niemand zu Hause sei. Er hatte nur noch mal nach seinen Enten sehen wollen. Das tat er immer, bevor er zu Bett ging.«

»Also Zufall?«

»Wahrscheinlich. Aber es muss ein hartes Stück Arbeit für die Diebe gewesen sein, ihn zu bestehlen.«

»Warum?«, frage ich, obwohl ich die Antwort kenne.

»Weil er seit den siebziger Jahren nicht mehr aufgeräumt hatte. Es war ihm schlichtweg egal. Ich habe gehört, dass sie die Bilder gestohlen haben, die er von Dimitri geschenkt bekommen hatte. Sehr schöne Bilder. Jens meinte, sie wären viel wert. Er wollte sie seinem Sohn vermachen.«

»Aber daraus wurde nichts, wie mit dem Jaguar.«

»Nein, daraus wurde nichts ... Ich selbst hätte dem Russen ja nicht so vorbehaltlos getraut. – Dort im Altenzentrum«, sagt er und zeigt auf ein Gebäude in der Nähe des Parkplatzes, »dort wohnen noch ein paar Freunde von mir. Ich besuche sie, wenn ich in der Nähe bin, und das werde ich jetzt auch tun«, sagt Pekka.

Ein kleiner Bus rollt vom Parkplatz. Die Reisegruppe fährt weiter. Stig und Jarmo haben sich auf eine Bank gesetzt, während Pekka und ich dem Seeufer entgegengehen.

»Hatte Bäck denn irgendeinen Anlass, Dimitri zu misstrauen?«, frage ich.

»Was wissen wir denn schon von ihm? Ich bin mir nicht mal sicher, dass er wirklich Dimitri hieß. An der ganzen Geschichte ist doch was faul. Angeblich hat er allein die ehemalige Sowjetgrenze überwunden. Dass ich nicht lache! Als hätte man an einem dunklen Abend einfach von einem Land ins andere spazieren können. Das war vollkommen unmöglich. Es sei denn, jemand hat ihm geholfen. Wie gesagt, für mich war die Sache von Anfang an dubios. Hab mich auch nicht gewundert, als ich in der Zeitung von seinem Tod gelesen habe. Nur werden wir wohl nie erfahren, was wirklich passiert ist.«

Pekka lässt seinen Blick über den See schweifen, über eine der unzähligen Buchten des Saimen, und scheint zu überlegen, ob er seinen Worten noch etwas hinzufügen möchte.

»Wenn Dimitri sich illegal in Schweden aufhielt, warum haben Sie dann nicht die Polizei informiert?«, frage ich.

»Tja, warum nicht ... Dimitri war geflohen, und sicher nicht ohne Grund. Wir wollten uns da nicht einmischen. Wir kannten ihn ja gar nicht. Und er störte doch niemanden. Er bestellte die Felder, mähte das Gras mit der Sense, reparierte, malte, kümmerte sich um die Tiere. Der arme Teufel war Jens eine große Hilfe, und die konnte der gut gebrauchen.«

»Haben Sie mal mit Dimitri gesprochen?«, frage ich, als wir zu Jarmo und Stig zurückkommen.

»Nein, ich habe ihn nie persönlich kennen gelernt, und Jens hat auch nie von ihm erzählt. Ich wusste nur, dass er in einem eigenen Haus auf dem Hof lebte und sich dort versteckte. In all den Jahren habe ich ihn vielleicht zwei- oder dreimal zu Gesicht bekommen«, erklärt Pekka, und Jarmo nickt.

Stig, der neben ihm sitzt und telefoniert, sieht verfroren und hungrig aus.

»Wir wollten unsere Nase nicht in Dinge stecken, die uns nichts angehen«, bestätigt Jarmo.

»Also«, beginnt Jarmo, »wir glauben ja, dass Dimitri von Russen liquidiert wurde. Warum, wissen wir noch nicht.«

»Und wer ist Ihrer Meinung nach für Bäcks Tod verantwortlich?«, frage ich.

»Dieselben Leute, obwohl es vermutlich ein Versehen war«, sagt Pekka. »Sie haben die falsche Person erwischt und es nachher wie einen Einbruch aussehen lassen.«

»Wen meinen Sie?«

»Na, seine alten Komplizen ... die Russen. Sie hatten Jens bestimmt nicht umbringen wollen. Wer hätte denn da freiwillig eingebrochen? Jeder wusste doch, wie es bei ihm aussah. Er wurde weder erstochen noch erschossen. Er ist gestorben, weil er die harten Fußtritte, die sie ihm verpassten, in seinem hohen Alter nicht mehr verkraftet hat. Es war ein Versehen«, wiederholt Pekka.

»Also, ich glaube nicht an Spione oder irgendwelche alten Rechnungen, die zu begleichen waren«, entgegnet Jarmo. »Ich denke, es war ein ganz gewöhnlicher Einbruch, der eben schief gegangen ist. Ja, das glaube ich«, sagt Jarmo mit Nachdruck.

»Und wie kommen Sie zu der Annahme?«

»Weil bei Bekannten von mir einen Tag zuvor ebenfalls eingebrochen worden ist. Sie haben ein Haus in der Nähe von Riihiniemi, ganz in der Nähe«, erklärt Jarmo.

»Was hat die Polizei dazu gesagt?«

»Nichts. Sie haben keine Anzeige erstattet, weil nichts gestohlen wurde. Als sie nach Hause kamen, sind die Diebe abgehauen. Sind in ihren Transporter gesprungen und haben Vollgas gegeben. Meine Bekannten haben nachher das Schloss ausgetauscht, das ist alles«, berichtet Jarmo, zuckt die Schultern und sieht auf die Uhr.

»Zeit fürs Mittagessen«, sagt Pekka.

Wir verabschieden uns. Jarmo will Pekka ins Altenzentrum begleiten und dort auch zu Mittag essen. Stig und ich schlendern zum Auto. Während der Fahrt nach St. Mickel spricht keiner von uns ein Wort. Bin ich klüger geworden? Beide schienen Bäck ja ziemlich gut gekannt zu haben, doch etwas Aufschlussreiches, etwas, das den Fall in neuem Licht erscheinen ließe, habe ich nicht erfahren.

Nachdem Stig in St. Mickel ausgestiegen ist, wo er einkaufen will und von seiner Frau abgeholt wird, trete ich die Heimreise

an. In Kouvola kaufe ich eine Fleischpastete und ein Milch-
brötchen, mache wenig später eine Pause und verzehre mein
Mittagessen im Auto.

Ich wähle Bellas Nummer, doch sie ist nicht zu Hause. Ach,
verdammt... heute ist doch ihr Konzert mit Les Goûts-Réunis
in der Deutschen Kirche. Das schaffe ich nicht mehr.

Oder ist es erst morgen?

36

Doch erst morgen! Dann werde ich das Konzert in der Deutschen Kirche doch nicht verpassen. Ausgesprochen guter
Laune bereite ich ein spätes Abendessen zu: eine abenteuerliche
Mischung aller Zutaten, die unser Kühlschrank hergibt. Offensichtlich hat niemand Zeit gehabt, sich um Vorräte zu kümmern.

»Unsere gestrige Generalprobe ging fast beunruhigend
glatt«, berichtet Bella. Die unausgesprochene Botschaft lautet:
Deshalb hatte ich auch keine Zeit, ans Essen zu denken.

»Ich kümmere mich schon um das Essen«, entgegne ich auf
diese unausgesprochene Botschaft und füge hinzu: »Wieso beunruhigend?«

»Weil auf eine perfekte Generalprobe immer eine verpatzte
Premiere folgt. Ist natürlich nur Aberglaube.«

»So, wie ihr geschuftet habt, müsste es doch mit dem Teufel
zugehen, wenn nicht alles gut ginge. Ich bin sicher, dass ihr eine
Bombenpremiere hinlegt«, sage ich leichthin, während mir
durch den Kopf geht, dass man angesichts solch sensibler The-
men eigentlich nicht fluchen sollte.

»Jetzt reden wir nicht mehr von dem Konzert. Ich bin schon
nervös genug. Gute Idee übrigens, dass du die Hunde mit raus-

genommen hast. Die sind gestern nicht viel an die frische Luft gekommen, und in der Kirche sind sie auch keine gern gesehenen Gäste.«

»Wie auch immer, ich wünsche dir ganz viel Glück für mor...«

»Nein, bitte keine Glückwünsche, das bringt Unglück.«

Tipsa und Muffins dösen auf dem Bett vor sich hin. Die sonderbaren Verhaltensregeln der Menschen sind ihnen schnuppe. Generalproben interessieren sie nicht; ebenso wenig, ob eine Kirche eine Kirche ist oder ein gewöhnliches Haus. Die Dinge werden ausschließlich durch ihre Gerüche charakterisiert. Riecht etwas gut, ist alles in Ordnung. So einfach ist das. Andererseits ist die Welt der Gerüche von unendlicher Vielfalt, quasi eine Wissenschaft für sich, denkt Muffins gähnend, während er die Zunge ausrollt, die Beine streckt, einen Buckel macht und sich auf die andere Seite legt.

Nachdem wir gegessen, abgewaschen und die Fernsehnachrichten gesehen haben, scheuchen wir die Hunde auf. Sie haben ihr eigenes Lager. Das hier ist unser Bett, und jetzt gedenken wir, es in Besitz zu nehmen.

Bella schläft tief und fest. Ihre Haare bedecken das gesamte Kopfkissen. Wie schön sie ist. Eine dünne Schneedecke hat sich in der Nacht lautlos über die Stadt gelegt – weich und schön und nahezu unberührt. Der Himmel ist immer noch schwarz und das Geräusch des frühmorgendlichen Verkehrs gedämpft. Höchste Zeit, sich Winterreifen anzuschaffen. Nicht weit von hier gibt es eine Reifenwerkstatt. Für heute Vormittag habe ich einen Termin bekommen. Entweder hat jemand abgesagt, oder alle sind inzwischen mit Winterreifen versorgt. Die Werkstatt empfiehlt Reifen von Nokia, denn natürlich muss man auf nordischen Straßen auch finnische Winterreifen fahren. Finde ich jedenfalls.

Ich mache Licht in der Kochnische. Setze Teewasser auf. Schleiche ins Badezimmer. Ziehe mich an. Gieße den Tee auf, als das Wasser zu sieden beginnt, und rufe danach die Polizei in Tavestehus an. Nach einer Weile werde ich mit einem Kommissar verbunden, der angeblich Schwedisch kann. Sein Name ist Tarkko Laitinen, und sein Schwedisch ist wirklich ausgezeichnet.

Ich trage mein Anliegen vor, teile ihm also mit, dass ich zum Fall Robert G. Nilsson und Mikko S. Rantaaho eine Aussage machen möchte. Laitinen ist weder unfreundlich noch besonders aufgeschlossen, taut während des Gesprächs jedoch spürbar auf. Ich erzähle ihm alles, was ich weiß, und verweise ihn auf seine Kollegen in St. Mickel. Laitinen lauscht. Es wird ein ziemlich langes Gespräch. Als er hört, was ein echter Ajvazovskij wert sein kann und dass es sich um drei Gemälde handelt, pfeift er durch die Zähne. Schließlich gebe ich als Referenz Kriminalkommissar Lindström in Västerås an.

Nach diesem Gespräch ist der Tee nur noch lauwarm. Ich schmiere mir ein paar Brote und spüle sie runter. So schmeckt der Tee irgendwie nach Spülwasser.

Der Fall Bäck könnte doch nun für mich beendet sein. Ein Brief der Geheimpolizei, der gemütlich durch den Briefschlitz plumpst, bestärkt mich in diesem Gefühl.

Unterdessen hat Bella sich aufgerappelt und stakst schläfrig ins Badezimmer.

Nicht der Rede wert, was SÄPO mir mitzuteilen hat: »Es liegen keinerlei Informationen vor, die auf die Zeit vor 1949 zurückgehen.« Das ist alles. Etwas anderes hatte ich auch nicht erwartet. Bäck war nicht der Typ, um in irgendeine Spionagesache verwickelt zu sein. Andererseits hätte er gerade deswegen ein geeignetes Objekt sein können. Wie man es auch dreht und wendet, man wird einfach nicht klüger in dieser Angelegenheit.

Vielleicht sollte ich der Ordnung halber noch Kontakt zum finnischen Gegenstück der schwedischen SÄPO aufnehmen, der SUOPO. Aber das kann warten.

Bella zieht sich an. Ich stelle ihr das Frühstück hin und lege mich aufs Bett. Bis zum Termin mit der Reifenwerkstatt habe ich noch etwas Zeit. Tipsa und Muffins folgen jedem Bissen ihres Frauchens mit den Augen, ohne direkt zu betteln. Nachdem die letzte Brotscheibe verzehrt ist, zieht sie Schuhe und Mantel an, wirft mir eine Kusshand zu und ist verschwunden. Der Fahrstuhl rattert, dann breiten sich Ruhe und Frieden aus, nur der Wecker tickt. In zwanzig Minuten wird er klingeln. Ich strecke mich und atme tief durch. Da läutet das Telefon. Meine verehrungswürdige Mutter.

»Hallo, mein lieber Josef. Du warst leider nicht zu Hause, als Satu Lahti dich besuchen wollte.«

»Wie schön zu hören. Wann war denn das?«, frage ich.

»Vor ein paar Tagen, ich weiß nicht genau, wann. Aber ruf sie an. Sie wollte dir etwas über diese Bilder mitteilen.«

»Okay, ich ruf sie gleich an.«

»Und grüß Bella von mir...«

Ich wähle die Nummer des Ateneums und erreiche Satu Lahti, die gerade zur Arbeit gekommen ist. Wir verabreden uns gleich bei der Reifenwerkstatt. Sicher ein ungewöhnlicher Ort, um sich mit einer kultivierten älteren Dame zu verabreden, aber sei's drum. Sie wollte mich am liebsten gleich sehen und wusste sogar, wo sich die Werkstatt befindet.

Muffins und Tipsa kommen mit, nachdem sie eine Weile herumgetobt haben. Die kleine Wohnung ist ein einziges Durcheinander, die Zeitung liegt ungelesen neben meiner Teetasse. Ich hoffe, dass Bella nicht zwischenzeitlich nach Hause kommt und das Chaos sieht.

Wir verteilen uns im Wagen, die Hunde und ich, und fahren

den kurzen Weg bis zum Reifenhändler. Ich parke das Auto auf dem Hof und gehe in die Werkstatt. Ein großer Glatzkopf blickt von einem Fahrzeug zu mir herüber. Ich erkläre, ich sei angemeldet.

»No, jätä aivaimet, olemme hieman myöhässä …«

Okay. Ich gebe ihm den Schlüssel und gehe wieder hinaus. Ist mir ganz recht, dass es noch etwas dauert. Schließlich bin ich verabredet.

Wir warten eine Weile vor der Werkstatt, bevor uns Satu Lahti in festen Winterstiefeln entgegenkommt. Sie begrüßt mich lachend und erklärt, sie wohne ein bisschen außerhalb, wo mindestens fünfzehn Zentimeter Neuschnee gefallen seien.

Die Hunde schnüffeln mäßig interessiert, als wir uns in Bewegung setzen. Das Wetter ist vielleicht nicht das beste, doch zumindest sie hat ja solides Schuhwerk an. Meine eigenen Schuhe werde ich nachher zum Trocknen aufhängen müssen.

»Ich habe mit St. Petersburg telefoniert. Privat. Inoffiziell. Diejenigen, die Goehrs Bilder untersuchen, sind zu der Auffassung gelangt, dass die angeblichen Ajvazovskijs auch von einem anderen Maler stammen könnten.«

»Also Fälschungen?«

»Sie wollen sich da nicht festlegen. Die Bilder könnten auch von einem seiner Schüler stammen. So ist zumindest ihre vorläufige Einschätzung.«

»Hatte er mehrere Schüler?«

»Einige sind uns bekannt, andere vielleicht nicht. Zeitgenössische Fälschungen sind allerdings sehr selten. Die heutigen Begleiterscheinungen des Kunstmarkts gab es ja noch nicht, obwohl natürlich auch schon damals gefälscht und kopiert wurde. Fragt sich also, was von der Signatur auf den Bildern zu halten ist. Wie gesagt, die Bilder könnten auch echt sein. Das wird noch spannend werden.«

»Aber es lässt sich doch sicherlich feststellen, ob die jeweilige

Signatur jünger ist als der Rest des Bildes. Die chemische Zusammensetzung der Farbe müsste doch unterschiedlich sein«, sage ich, während die Hunde ein Fallrohr inspizieren.

»Man konnte so einiges feststellen«, sagt sie.

»Zum Beispiel?«

»Dass die Signaturen relativ alt sind.«

»Was heißt das?«

»Dass sie schlimmstenfalls alt, aber trotzdem gefälscht sind, was die Sache natürlich noch komplizierter macht. Außerdem befinden sie sich auf der falschen Seite«, seufzt sie.

»Der falschen Seite?«

»Ja, die Untersuchungen dauern noch an. Wir müssen uns in Geduld üben. Aber ich habe mir gedacht, dass Sie die vorläufigen Ergebnisse interessieren müssten. Ihre Mutter, die ich schon sehr lange kenne, sagte mir, dass die Bilder mit einem Verbrechen in Verbindung stehen.«

»Ja, sie wurden vor fünf bis sechs Jahren gestohlen«, entgegne ich.

»Wenn plötzlich Werke eines bekannten Malers auftauchen, interessiert mich das grundsätzlich. Man fragt sich doch immer, wo sie gewesen sind und wer sie besessen hat«, sagt Satu Lahti, indem sie mich über die Straße zieht und auf ein Café zustrebt.

»Was machen wir mit den Hunden?«, frage ich erstaunt.

»Ach, die können ruhig mitkommen, solange sie sich benehmen. Ich kenne den Besitzer.«

Wir setzen uns in eine ruhige Ecke an einen runden Tisch. Das Café ist fast leer. Satu Lahti holt sich einen Kaffee und mir eine Tasse Tee. Die Hefeteilchen sind groß und frisch und noch warm. Die Hunde benehmen sich erstaunlich gut und legen sich ruhig unter den Tisch.

»Ich wohne hier, in der fünften Etage.«

»Aber wohnten Sie nicht...?«

»Dort wohnt mein Freund … mein Lebensgefährte«, verbessert sie sich lachend. Die Hunde schauen kurz auf, bevor sie wieder ihre Köpfe senken.

»Da sind wir ja fast Nachbarn«, stellt sie fest.

»Ja, jedenfalls zurzeit.«

»Und Sie glauben, dass Sie beide wieder nach Schweden zurückziehen? Da wäre ich an Ihrer Stelle nicht so sicher. Vielleicht bekommt Ihre Freundin ja ein festes Engagement an der Nationaloper.«

»Ich weiß gar nicht, ob sie das wirklich will. Aber um auf die Bilder zurückzukommen, woher wussten Sie überhaupt von ihrer Existenz?«, frage ich, um den roten Faden nicht aus den Augen zu verlieren.

»Es gab da so ein Gerücht«, sagt Satu Lahti und nimmt eine Pille aus ihrer Tasche. Legt sie sich in den Mund und schluckt. Ich werfe einen Blick aus dem Fenster und sehe Schneematsch, so weit das Auge reicht.

Sie sieht mir in die Augen und spricht weiter:

»Der Besitzer der Bilder, ein älterer Mann aus Ostfinnland, hat sie einem kleineren Museum in Villmanstrand gezeigt und um ein Gutachten gebeten. Die Direktorin kenne ich gut, eine sehr tüchtige Frau. Sie rief mich eines Tages an und erzählte mir von drei kleinen Gemälden, die ihr ein älterer Herr gezeigt habe. Er hatte sich nicht einmal angemeldet, sondern stand plötzlich in der Tür und wollte von ihr wissen, ob es sich um Gemälde des russischen Malers Ajvazovskij handele. Nachdem sie die Bilder eingehend betrachtet hatte, kam sie zu dem Ergebnis, dass es sich durchaus um Originale handeln könnte. Der Mann war zufrieden, nahm die Bilder unter den Arm und fuhr wieder nach Hause. Mehr hat sie mir nicht erzählt, sie hielt es aber tatsächlich für möglich, dass die Bilder echt waren«, sagt Satu Lahti und wischt sich ein paar Krümel von der Oberlippe.

»Ich frage mich, wo die Bilder ursprünglich herkommen.

Gemälde von Ajvazovskij befinden sich ja für gewöhnlich nicht in Privatbesitz. Vielleicht sind sie während des Krieges gestohlen worden«, sage ich.

»Tja, es ist so vieles passiert. Es wurde geraubt und gemordet, leider auch an der Heimatfront. Ein alter Freund aus St. Petersburg hat mir von einer deutschen Familie erzählt, die in Käkisalmi am Ladoga-See gewohnt hat. Auf Schwedisch heißt die Stadt Kexholm.«

»Kexholm? Nie gehört.«

»Das glaube ich gern. Es ist eine kleine Stadt, in der damals einige deutschsprachige Familien wohnten, die von der Papierproduktion lebten. Wie auch immer, so war meine Mutter, die selbst aus einer Stadt in der Nähe kam, mit einer wohl situierten deutschsprachigen Familie bekannt. Der Hausherr war der Direktor der damaligen Papierfabrik. Ein sehr kunstinteressierter Mann, den seine Geschäftsreisen durch ganz Europa führten. Im Laufe der Zeit hat er sich eine eigene kleine Kunstsammlung zugelegt«, berichtet Satu Lahti und nimmt sich noch ein Hefeteilchen. »Ob es sich um ein Hobby oder reine Geldanlagen handelte, weiß ich nicht. Das Haus der Familie wurde während des Krieges zerstört. Wer überlebte, geriet in Gefangenschaft, wurde häufig nach Sibirien deportiert. Unmöglich zu sagen, wem die Bilder darauf in die Hände fielen. Manche Werke sind irgendwann in russischen Museen wieder aufgetaucht, aber die meisten blieben für immer verschollen. Was ich aber mit Sicherheit weiß, ist, dass sich unter den Bildern auch welche von Ajvazovskij befanden.«

»Sie meinen also …«

»Möglich wäre es immerhin.«

»Glauben Sie, dass es noch jemanden gibt, der darüber Auskunft geben könnte?«

»Über die Privatsammlung in Kexholm? Das glaube ich kaum. Meine Mutter hätte uns etwas sagen können, aber sie ist schon lange tot. Sie war ja öfter bei der Familie zu Gast und sprach sowohl Russisch als auch Deutsch. Das Haus muss wunderschön gewesen sein. Übrigens wurde in Kexholm mit Ausnahme der deutschsprachigen Familien ausschließlich Finnisch gesprochen.«

Sie nippt an ihrer Tasse und blickt aus dem Fenster. Der Schnee taut, sonst ist alles vollkommen still. Auch im Café ist es ruhig und leer.

»Tja, das war eine andere Zeit … Ich bin übrigens in Viborg geboren. Von uns alten Viborgern sind auch nicht mehr viele übrig geblieben«, sagt Satu Lahti.

Um die Stimmung ein wenig aufzulockern, frage ich sie, ob sie weiß, dass Bella morgen Abend ein Konzert in der Deutschen Kirche gibt. Auf dem Programm steht Musik von Couperin, Monteclair und Rameau. Les Goûts-Réunis, das finnische Barockensemble, das die Gelegenheit genutzt hat, sich Bellas Dienste zu sichern. Sie hat sich auch nicht lange bitten lassen.

37

Nachdem ich das Auto abgeholt und die neuen Winterreifen bewundert habe, rolle ich auf spitzen Spikes nach Hause. Ich bin gerade zur Tür hereingekommen, als Lindström anruft. Sein Anliegen ist wortreich:

»Wir haben einen ziemlich interessanten Typen geschnappt: Andrej Vuorinen, Mitte vierzig, bezeichnet sich als Geschäftsmann und handelt mit verschiedensten Dingen – lauter Hehlerware. Auf alt getrimmte Schmuckgegenstände, ›antike‹ Möbel und so was. Außerdem verkauft er Gemälde im alten Stil, die ganz unverblümt als Kopien angeboten werden. Oft von bekannten nordischen Malern. Bilder, die in keinem Museum oder Buch zu finden sind, aber mit Echtheitszertifikat eines gewissen finnischen Professors. Der ist in diesem Zusammenhang das erste Mal in den sechziger Jahren aufgefallen. Eigentlich ist er inzwischen gestorben, aber merkwürdigerweise scheint er seine Tätigkeit aus dem Jenseits fortzusetzen.«

»Du sprichst von den Expertisen?«

»Genau. Wir fanden das ein wenig merkwürdig, einerseits soll er gestorben sein, andererseits gibt es die Expertisen für die Kopien. Die Wörter ›kopiert nach‹ lassen sich allerdings leicht entfernen, womit aus den Kopien – Simsalabim! – authentische Werke werden«, erklärt Lindström.

»Dieser Vuorinen ist also auf den Verkauf von Fälschungen spezialisiert?«

»Nein, nein, es geht nicht nur um Fälschungen. Auf alt getrimmte Möbel herzustellen ist nichts Illegales, und man darf auch Kunstwerke kopieren, solange man nicht verschweigt, dass es sich um Kopien handelt. Das haben Schüler und Kunststudenten doch zu allen Zeiten getan. Entscheidend ist, wie sie auf dem Markt angeboten werden. Die Worte ›kopiert nach‹ sind, wie gesagt, leicht zu entfernen, und wenn plötzlich nur noch der Name des Künstlers zu lesen ist, dann kann doch der arme Herr Vuorinen nichts dafür, oder?«, fragt Lindström.

»Tja, kommt auf den Vorsatz an.«

»Erst tilgt man den Schriftzug, und dann braucht man nur noch eine vorfabrizierte Expertise aus der Schublade zu ziehen. So schlägt man Kapital aus der Naivität seiner Kundschaft. Glaub mir, da gibt es mehrere von der Sorte ...«

»Hm, vermutlich hast du Recht.«

»Eine der interessantesten Fragen ist natürlich, mit wem er zusammenarbeitet. Wenn du Näheres erfahren willst, solltest du dich an Jan-Gilbert Håkanssen in Stockholm wenden«, sagt Lindström und fügt hinzu: »Obwohl er sicher keinen gesteigerten Wert darauf legt, mit dir oder jemand anderem darüber zu sprechen.«

»Warum das?«

»Ach, er ist ein mürrischer Typ, an den man so leicht nicht rankommt.«

»Und was hat Vuorinen zu den Bildern gesagt, an denen wir interessiert sind? Das scheinen ja keine Fälschungen zu sein, jedenfalls nicht neueren Datums.«

»Er hat behauptet, noch nie ein Seestück von Ajvazovskij verkauft zu haben. Er meinte, das lohne sich nicht, dazu sei der Maler in Schweden zu unbekannt. Aber Vuorinen kannte ihn durchaus. Hast du mir nicht erzählt, dass es kein einziges Bild im Nationalmuseum von ihm gibt und er bei anderen Museen teils völlig unbekannt ist?«

»Stimmt, ich habe mich in ungefähr zehn Museen nach ihm erkundigt.«

»Vuorinen hat ihn während des Gesprächs ganz selbstverständlich bei seinem vollen Namen genannt: Ivan Konstantinovitsh Ajvazovskij.«

»Wie groß sein Wissen ist, lässt sich ja testen. Dieser Vuorinen hat sich bestimmt einiges angelesen.«

»Wir haben genug gegen ihn in der Hand. Ein paar ehemalige Kunden haben ihn angezeigt, und für Betrug kann es in schweren Fällen bis zu sechs Jahre geben. Steuerhinterziehung käme eventuell noch dazu. Bis jetzt können wir ihm noch nicht viel nachweisen.«

»Jedenfalls habt ihr ihn in der Mangel.«

»Ja, und wir werden ihn noch ordentlich zum Schwitzen bringen.«

»Sag deinem Kollegen, dass zwei ehemalige Komplizen von Vuorinen in Tavestehus in U-Haft sitzen. Sie werden verdächtigt, mindestens einen Mord und drei Einbruchserien auf dem Kerbholz zu haben. Vielleicht heitert das deinen mürrischen

Kollegen aus Stockholm etwas auf. Sag ihm, dass sie gemeinsame Raubzüge in Finnland zu verantworten haben. Die Komplizen heißen Robert G. Nilsson, genannt Robban, aus Sundbyberg und Mikko S. Rantaaho aus Helsinki.«

»Sieh an, das ›Sünderregister‹ wächst schon.«

»Wenn man sie gegeneinander ausspielt, werden sie sich vielleicht gegenseitig beschuldigen. Ich nehme an, dass Vuorinen an den Einbrüchen in Vasa und Hartola beteiligt war. Ist er groß und dunkelhaarig mit ungewöhnlich kurzer Nase?«

»Stimmt genau, so sieht er aus.«

Lindström bekommt Namen und Adresse eines Kollegen in Tavestehus. Da gegen alle drei Verdächtigen offiziell ermittelt wird, brauche ich nun nicht länger den Privatdetektiv zu spielen und kann mich in den nächsten Tagen ganz auf Bella konzentrieren, bevor ich ins Studio fahre, um ein bisschen Geld zu verdienen. Ich bin ziemlich abgebrannt.

In einem halben Jahr ist Bellas Gastspiel in Helsinki beendet, und wir müssen unser Leben in Schweden neu organisieren. Zwei kleine Zimmer, eine Kochplatte und ein Fotolabor sind vielleicht nicht gerade das, was ein frisch verheiratetes Paar sich erträumt. Ein bisschen mehr Platz brauchen wir schon. Andererseits haben wir beide unseren Beruf und sind relativ viel auf Reisen. Ein sesshaftes Leben mit Kaffee und Kuchen vor dem Fernseher sind wir beide nicht gewohnt.

Ich trage mich seit längerer Zeit mit dem Gedanken an einen neuen Foto-Bildband; warum nicht einen über Ajvazovskij? Sein Leben, seine Arbeit, seine Reisen, echte und gefälschte Werke. Vielleicht in Zusammenarbeit mit Satu Lahti. Darüber kann ich mir auch morgen noch Gedanken machen. Jetzt muss ich mich um Bella kümmern, bevor das Konzert beginnt.

Bella, die mich am liebsten nicht in ihren Konzerten sehen will.

Das Telefon reißt mich aus meinen Gedanken. Gösta Hakanen ist dran. Geschäftsführer der Firma Schultz & Korsakoff, ehemals Kriminalkommissar.

»Guten Abend, ich habe gehört, dass zwei Ihrer Verdächtigen von meinen ehemaligen Kollegen in Tavestehus in Gewahrsam genommen wurden.«

»Wie haben Sie das denn so schnell erfahren?«

»Tja, Sie wollten doch, dass ich an der Sache dranbleibe. Ich habe ein paar alte Kontakte aktiviert. Ich wollte Ihnen gratulieren und Sie gleichzeitig fragen, ob Sie glauben, dass es sich um die drei Männer handelt, die Sie im Sinn hatten. Vielleicht gibt es ja noch einen fünften oder sechsten Komplizen.«

»Wie meinen Sie das?«

»Ich meine, wenn Sie im Norden so erfolgreich sind, warum versuchen sie es dann nicht auch in Mitteleuropa? Ist nur so ein Gedanke. Die meisten Unternehmen streben doch nach Expansion.«

»Ja, das wäre natürlich möglich ...«

»Denken Sie mal darüber nach.«

Meine Unruhe ist geweckt. Steckt vielleicht doch noch mehr hinter der Sache? Natürlich hat Hakanen Recht. Auch kriminelle und halb kriminelle Organisationen streben natürlich nach Perfektionierung und Expansion. Mord ist Mord, und Diebstahl ist Diebstahl, und funktioniert die Geschäftswelt nicht immer unter denselben Bedingungen?

Ich werfe mich mit der Tageszeitung aufs Bett, aber das hilft nicht. Ich fühle mich rastlos und allein.

Bella öffnet die Tür. Die Hunde freuen sich. Die Stimmung ist ausgelassen, leicht elektrisiert, doch Bella scheint mit den Gedanken woanders zu sein. In der Deutschen Kirche, vermute ich, und mache uns was zu essen. Etwas Leichtes, Vegetarisches, ein Omelett mit viel Salat, das dürfte vor dem Konzert genau das Richtige sein.

»Mach uns was Leckeres!«, ruft sie noch, ehe sie mit den beiden Schwanzwedlern zu einem kurzen Spaziergang verschwindet.

Nachdem sie sich umgezogen hat, ist sie weg. Ihr wunderbarer Duft bleibt in der kleinen Wohnung zurück. Auch ich will mich bald auf den Weg machen, um mich heimlich unters Publikum zu mischen. Am besten hinter einer Säule. Doch zuerst rufe ich Satu Lahti an. Ich muss sie fragen, ob sie ebenfalls kommt.

Sie ist hocherfreut, und wir verabreden uns an der Straßenbahnhaltestelle am Salutorg. Von dort aus ist es nur ein Katzensprung bis zur Deutschen Kirche.

Ich habe Glück und erwische eine Straßenbahn älteren Datums. Deren Rattern ist gemütlicher als das lautlose Dahingleiten der röhrenförmigen modernen Wagen. Nach einem kurzen Spaziergang erreiche ich den Salutorg etwas zu früh. Ein eisiger Wind treibt vereinzelte Schneeflocken über den Finnischen Meerbusen. Es ist dunkel und grimmig kalt. Die Linie 1 gleitet heran, fährt eine Kurve und bleibt stehen. Satu und Hillka steigen aus. Wir gehen zur Deutschen Kirche. Satu in quer gestreiften Wollstrümpfen. Rot und grün.

Die Kirche ist nicht voll besetzt. Es gibt genug Plätze zur Auswahl. Hinter einem groß gewachsenen, korpulenten Herrn falle ich kaum auf. Mich hinter einer Säule zu verstecken ist mir doch zu albern.

Die Stimmung ist gut. Die Sterne an der Decke blicken freundlich auf uns herab. Der Schlussapplaus des Publikums ist überaus warmherzig, was Miikka Helasvuo dazu bewegt, eine Zugabe anzukündigen. Leider verstehe ich nicht, worum es sich handelt. Der anschließende Applaus ist noch überschwänglicher, doch meine Hoffnung auf eine zweite Zugabe ist vergeblich. Bella errötet sanft, als sie mich sieht. Das bilde ich mir jedenfalls ein.

Wir warten eine Weile, während die Musiker ihre Instrumente einpacken. Das Cembalo wird in einem kleinen Lieferwagen abtransportiert. Bella, Satu und ich gehen zum Restaurant voraus. Es liegt direkt am Kaserntorg. Draußen rieselt der Schnee, doch drinnen ist es warm und gemütlich. Bella und ich sitzen Satu Lahti gegenüber. Während Miikka Helasvuo, Jouko Mansnerus und die übrigen Musiker im Lokal eintreffen und ihre Jacken aufhängen, erzählt Satu Lahti diskret von den letzten Neuigkeiten aus St. Petersburg:

Die Gemälde sind tatsächlich echt. Echte Ajvazovskijs. Erstaunlich ist jedoch, dass die Signaturen irgendwann übermalt wurden. Vielleicht geschah dies, bevor sie aus der Sowjetunion herausgeschmuggelt wurden. Später wurde der Name wieder hinzugefügt, jedoch jeweils auf der falschen Seite der Bilder. Wer das getan hat und warum, ist nicht bekannt. Jetzt hat man die ursprüngliche Signatur wieder sichtbar gemacht und die falsche entfernt. Eine neue Expertise bestätigt die Echtheit der Bilder.

Ihr Wert dürfte zwischen 50.000 und 70.000 Euro liegen. Ein kleinformatiges Gemälde, zirka 14 x 20 cm, wurde vor ein paar Jahren in Helsinki für 19.000 Euro verkauft.

»In London werden oft noch sehr viel höhere Preise erzielt«, flüstert Satu Lahti.

Irgendwie freut es mich, dass die Bilder sich schließlich doch als echt erwiesen haben. Die Diebe hatten sie zu einem Spottpreis in Helsinki verscherbeln wollen. Welchen Weg sie nahmen, lässt sich nur erahnen, doch aus kunsthistorischer Sicht nahm die Sache ein glückliches Ende. Die Bilder wurden begut-

achtet, mit einer Expertise versehen und an einen Privatsammler verkauft. Es hätte auch anders kommen können.

Ich bestelle mir ein großes Bier und trinke im Stillen auf Jens
Bäck. Ein Original, das ich gern kennen gelernt hätte. Für mich
ist die Sache beendet. Jetzt werde ich mich Bella und meinen
maroden Finanzen zuwenden.